제4회

대한민국 소설독서대전 수상작품집

제4회 대한민국 소설독서대전 수상작품집

초판 인쇄 2023년 6월 2일
초판 발행 2023년 6월 5일

저 자 한국소설가협회
발행인 김호운
편집주간 김성달
사무국장 이월성
발행처 사단법인 한국소설가협회
등 록 제313 – 2001 – 271호(2001. 12. 13)

주 소 04175 서울 마포구 마포대로 12, 한신빌딩 302호
전 화 02) 703 – 9837, 팩 스 02) 703 – 7055
전자우편 novel2010@naver.com
한국소설가협회홈페이지 http://www.k – novel.kr
인 쇄 유진보라
총 판 한국출판협동조합 02) 716 – 5616

ISBN ｜ 979 – 11 – 7032 – 098 – 2*03810
정가 15,000원

사단법인 한국소설가협회는 소설가로만 구성된 국내 유일의 단체입니다.

제4회

대한민국
소설독서대전 수상작품집

사단법인 한국소설가협회

독서는 사람을 향기롭게 만든다

김호운(소설가·한국소설가협회 이사장)

(사)한국소설가협회가 주관하는 제4회 대한민국 소설독서대전 독후감 공모에 응모하여 입상하신 분들께 축하드립니다. 아울러 훌륭한 작품을 읽고 독후감을 준비하여 응모하신 모든 분께도 격려와 함께 고마움을 전합니다.

(사)한국소설가협회는 해마다 문화체육관광부와 (사)한국문학예술저작권협회의 후원으로 우리 소설문학의 발전과 건전한 독서환경을 조성하기 위하여 이 행사를 치릅니다. 매년 응모하는 분들이 늘어나고 있습니다. 이는 우리 소설 문학의 역할과 기능에 깊은 관심을 가지는 독자들이 늘어나고 있음을 보여주는 현상으로 기쁘고 반가운 일입니다.

대한민국 소설독서대전은 여느 글짓기 행사와 달리 책을 읽고 그 감상을 쓰는 일입니다. 따라서 입상하면 기쁜 일이지만 비록 입상하지 못했다고 하더라도 이 기회에 훌륭한 작품 한 편 읽은 소중한 체험을 하였기에 매우 뜻깊은 일입니다. 이 독서 체험은 각자의 삶에 귀중한 에너지가 될 것입니다. 세계적인 부자면서 훌륭한 일을 많이 하기로도 소문난 빌 게이츠는 "어릴 적 나에겐 정말 많은 꿈이 있었고, 그 꿈의 대부분은 책을 읽을 기회가 많았기에 가능했다"라고 말했습니다. 오늘이 있기까지 빌 게이츠를 키운 건 독서였습니다. 그만큼 책 읽기가 한 사람의 인생에 미치는 영향은 매우 큽니다.

특히 이번 제4회 대한민국 소설독서대전에서는 예년에 비해 훌륭한 작품이 많아 심사위원들을 기쁘게 하였다고 합니다. 특히 대상을 수상한 작품은 '영(0)'이라는 숫자가 불러일으키는 인생론적 가능성을 긍정의 눈으로 발견하고 그것을 새로운 세계로 확산하는 과정이 독후감의 수준을 넘어 한 편의 에세이를 읽는 듯했다고 합니다. 한 권의 책 읽기가 이처럼 사유思惟의 폭을 넓히고 이를 논리적으로 표현하는 능력을 만들어 줍니다.

사회 환경이 변하면서 독서인구가 줄어든다는 우려의 목소리도 있습니다만, 대한민국 소설독서대전을 치르면서 독후감 공모에 응모하는 분들이 늘어나는 걸 보면 크게 걱정할 일은 아닌 듯합니다. 다만 독서는 특별한 목적으로 하는 게 아니라 우리가 하루 세끼 식사하듯 당연한 일상으로 받아들이는 일이 중요합니다. 어릴 때부터 우리는 독서를 교육의 하나로 여기도록 지도받아왔습니다. 이 강박감이 오히려 책을 멀리하는 부작용을 만들었습니다. 책을 읽으면 교양이 습득되고 교육 효과가 있는 건 맞습니다만, 그러하지만 책 읽기의 주목적은 공부가 아닙니다. 독서는 우리가 여행을 즐기고 좋아하는 영화 한 편을 감상하는 일과 같습니다. 즐겁게 여행하고 좋아하는 영화를 보다 보면 사유의 폭이 넓어지고 삶이 웅숭깊어지듯이 책 읽기도 이처럼 즐기는 가운데 새로운 세계를 간접 체험하게 됩니다.

'독서만권讀書萬卷 행만리로行萬里路'(책 만 권을 읽고, 만 리를 여행하라)라는 말이 있습니다. 꼭 만 권을 읽고, 만 리를 여행하라는 게 아니라 그만큼 많이 읽고 많이 여행하라는 의미입니다. 우리가 존경하는 훌륭한 학자들, 성공한 인물들, 사회를 변혁시킨 인물들의 공통점을 살펴보면 모두 남달리 책을 많이 읽고 여행을 많이 했습니다. 책 읽기가 한 사람의 삶에 얼마나 큰 영향을 끼치는가를 보여주는 사례입니다.

문학작품 한 편이 나무 한 그루와 같다는 말을 자주 합니다. 나무가 없으면 우리가 사는 지구는 사막이 됩니다. 그 사막에서는 사람이 살 수가 없습니다. 문학작품 한 편은 사람과 사람, 사람과 사물 사이를 이어주는 가교架橋 역할을 합니다. 문학이 우리 사회에 숲을 이룰 때 우리가 사는 세상은 밝고 아름다워집니다.

다시 한번 제4회 대한민국 소설독서대전 독후감 공모에 입상하신 분들께 축하드리며 아울러 응모하신 모든 분께도 깊은 감사 말씀 전합니다. 세계 속에 한국 소설문학의 위상이 더욱 빛나고 국민 모두 우리 문학을 사랑할 때까지 (사)한국소설가협회는 부단히 노력해 나갈 것입니다.

차례

발간사
독서는 사람을 향기롭게 만든다 | 김호운(소설가 · 한국소설가협회 이사장)

대상

전재희 | 가능성의 자리 … 14
　　－ 고민실 『영의 자리』

일반부 / 금상

박금선 | 치유와 성장의 공간, 휴남동 서점 … 20
　　－ 황보름 『어서 오세요, 휴남동 서점입니다』

일반부 / 은상

이지현 | 사실, 그 고양이의 이름은 길 필요가 없다 … 27
　　－ 이주혜 『그 고양이의 이름은 길다』

최은영 | 위대하기도 뻔하기도 한 고상욱들에게 … 33
　　－ 정지아 『아버지의 해방일지』

일반부 / 동상

최슬기 | 표류하는 서른 … 38
　　－ 김다경 『서른살 목화』

서하랑 | 고통과 위로를 지나, 목련의 평안함에 도달하기까지 … 43
　　－ 김연수 『이토록 평범한 미래』

한미경 | 성곤과 성공은 한 끗 차이 ··· 50
　　　－손원평『튜브』

일반부 / 장려상

김소연 | 상실의 고독 너머로 구원의 희망이 다가오는 삶에 대하여 ··· 54
　　　－김금희『크리스마스 타일』

김　리 | 마법소녀 준비합니다 ··· 59
　　　－박서련『마법소녀 은퇴합니다』

김태균 | 삶의 지향점과 속력 ··· 65
　　　－김훈『하얼빈』

백해인 | 우주를 가로지르는 근사한 이별의 순간 ··· 71
　　　－천선란『노랜드』

강태욱 | 대한민국 책방 ··· 77
　　　－박래풍『조선책방』

대학부 / 금상

홍서연 | 그럼에도 불구하고 ··· 84
　　　－임선우『유령의 마음으로』

대학부 / 은상

강한조앤 | 사라지지 않을 우리의 공백 마주하기 ··· 90
　　　－정선임『고양이는 사라지지 않는다』

김민경 | 레이디 맥도날드와 함께 살아가기 ··· 95
　　　－한은형『레이디 맥도날드』

대학부 / 동상

이정민ㅣ오지랖도 용기가 필요하다 ··· 100
　　－윤이안『세 번째 장례』

김시현ㅣ은결－미결로 남은 포구 ··· 105
　　－구효서『웅어의 맛』

김혜원ㅣ흙내음 그리운 날엔 엄마의 안녕을 묻습니다 ··· 111
　　－김하인『안녕, 엄마』

대학부 / 장려상

정혜원ㅣ귀를 기울여 보자, 사랑을 지키기 위해 ··· 118
　　－최은영『애쓰지 않아도』

김민서ㅣ삶과 죽음, 마지막 순간의 임서기 ··· 123
　　－김경『푸른바다거북』

김민주ㅣ덩굴처럼 기대어 ··· 129
　　－유중원『인간의 초상』

유지혜ㅣ내 유년의 루비, 수연에게 ··· 135
　　－박연준『여름과 루비』

오유미ㅣ특별할 것 없는 우리의 이야기 ··· 141
　　－김지연『마음에 없는 소리』

고등부 / 금상

이시윤ㅣ'하나의 세계'라는 환상과 치유 ··· 148
　　－천선란『노랜드』

고등부 / 은상

김시언 ┃ 그럼에도, 당신이 살아가길 바란다 ┈ 153
    - 윤이안 『세 번째 장례』

이정민 ┃ 실수를 바로잡고 싶다. 소원을 이루고 싶다.
    그렇다면 빵을 먹자 ┈ 158
    - 구병모 『위저드 베이커리』

고등부 / 동상

이병주 ┃ 새로운 시작 ┈ 164
    - 백종선 『고양이에게 말 걸기』

심재희 ┃ 끝없는 죄와 벌 ┈ 169
    - 김하연 『너만 모르는 진실』

이다혜 ┃ 과학발전은 좋은 것일까? ┈ 175
    - 이희영 『테스터』

고등부 / 장려상

신진영 ┃ 젊은 사색가의 회고 ┈ 181
    - 정지아 『아버지의 해방일지』

이서원 ┃ 숨어버린 마음을 찾아서 ┈ 187
    - 임선우 『유령의 마음으로』

문여원 ┃ 작별인사 읽고서, 감사인사 ┈ 192
    - 김영하 『작별인사』

김지윤 ┃ 재앙에서 굴리는 석류 한 알 ┈ 199
    - 조예은 『트로피컬 나이트』

최다영 ┃ 내 마음 속의 튜브 ┈ 205
    - 손원평 『튜브』

중등부 / 금상

이서현 | 너만 모르는 진심 … 210
　　－ 김하연 『너만 모르는 진실』

중등부 / 은상

홍석주 | 희망 빠진 튜브에 바람 불어 넣기 … 215
　　－ 손원평 『튜브』

이윤성 | 소설을 깨달은 이과가 사실을 추구하는 이과에게 … 219
　　－ 이희영 『테스터』

중등부 / 동상

강은서 | 스스로에게 가장 통쾌한 복수 … 225
　　－ 이도해 『우리 반 애들 모두가 망했으면 좋겠어』

윤혜령 | 혼란과 성장의 페퍼민트 … 230
　　－ 백온유 『페퍼민트』

허채은 | 잠시 기다려주세요, 구워지는 중입니다 … 235
　　－ 구병모 『워저드 베이커리』

중등부 / 장려상

김가빈 | 상자를 열 수 있는 용기 … 239
　　－ 김선영 『붉은 무늬 상자』

하지은 | 나 자체가 무의미하지 않도록 … 245
　　－ 이도해 『우리 반 애들 모두가 망했으면 좋겠어』

최정원 | 나는 테스터가 아니다 … 252
　　－ 이희영 『테스터』

박소이 | 팬데믹 속에 피어난 위로 … 257
　　　 − 김호연 『불편한 편의점』
손예림 | 세상에서 가장 소중한 가족 … 260
　　　 − 강해원 『나비춤』

심사평 / 제4회 대한민국 소설독서대전 심사평

대상

가능성의 자리 | 전재희

– 고민실 『영의 자리』를 읽고

공감에서 시작되는 독서에는 어마어마한 파급력이 있다. 소설 속 주인공과 내가 조금이라도 닮은 구석이 있다면 나는 단숨에 독자에서 화자가 된다. 좋아하는 책을 소리내어 낭독한 지는 좀 되었다. 배우가 대사를 치듯, 소설 속 인물들의 감정을 이해하고 싶어서다. 텍스트로만 표현하기에 더 넓은 세계를 상상할 수 있는 소설이라는 광야에서, 『영의 자리』는 꼭 소리내어 따라 읽고 싶은 작품이었다.

소설의 화자 양 양은 평범한 서른살 여성이다. 그녀는 다니던 회사에서 해고당하고 약국의 전산원으로 취직한다. 양 양을 둘러싼 동료, 가족, 친구 그리고 나 자신과의 관계는 숟가락 위에 얹어놓은 탁구공처럼 위태롭지만 결과적으로는 아무 일도 일어나지 않은 듯한 무방향의 상태다.

양 양이 약국에 면접을 보러가는 그 짧은 시퀀스에서 좌심방인지 우심실인지 모를 심장 어딘가가 꾸욱 눌렸다. 그 안에 내 모습이 있었다. 문장의 흐름 속에서 청년의 현주소가 보였다. 나름대로 열심히 살아온 것 같은데, 정작 이룬 건 없고. 강가에 손을 넣고 물결을 한 움큼 쥐었는데 주먹 안에 남은 건 아무것도 없는. "나는 무엇이 되어보려고 한 적이 없었다"라는 문장이 종소리를 내며 뇌를 관통했다. 나 역시 주체적으로 무엇이 되어보려고 한 적이 없었다. 해야 하니까 하고, 하지 말아야 하니까 안 했을 뿐인데 내 미래의 설계도는 백지로 남았다. 정말 열심히 살았다고 생각했는데, 그래서 내가 가진 가치도 꽤 높다고 생각했는데, 사회로 나가 비로소 나의 무능을 직면하면서 젠가의 맨 아래 블록이 이탈하듯 한꺼번에 무너지고 말았다. 이 세상에 나를 필요로 하는 '자리'가 있을까? 막연한 고민을 기저에 깔고서, 『영의 자리』가 고작 30페이지 남짓한 발단으로 통찰하는 청년의 삶은 마치 깊이를 알 수 없는 물빛 같았고 그 물빛에 나의 얼굴이 선명하게 반사되었다. 나는 유령이었다.

에코백을 들고 사람이 꽉 찬 지하철에 올라타는 약국의 전산원 양 양. 독립에 들뜨기도 잠시, 현실에 치여 인테리어는 꿈도 못 꾸고 매번 라면을 먹거나 배달음식을 먹는다. 화장품과 악세사리도 몇 없다. 양 양은 중고거래 앱을 이용해 물건을 팔아 돈을 모으고 인터넷 커뮤니티를 즐겨한다. 이런 사소한 인물의 특성 자체가 소설보다는 휴먼다큐에 가깝다는 생각이 들었다. 미래가 흐릿하면 현재의 나에 대한 투자를 줄이게 된다. 요리를 해먹는 게 경제적이고 몸에도 좋다는 걸 누가 모르겠는가. 혼자서는 식재료를 다 먹지도 못하고 썩힌다. 차라리 배달음식을 시켜서 여러 끼 나눠 먹는 게 낫다고 생각하게 되는 것이다. 해고라는 칼날은 목에 채워진 족쇄 같다. 일정한 소득 없이 자존감이 떨어진 상태에서는 화장품이나 악세사리처럼 나를 꾸미는 데에 신경을 끊게 되고, 번듯한 취미에는 또 돈이 들어가니 반사적으로 인터넷 커뮤니티를 취미로 삼는다. 모든 사람이 이렇게 살아가지 않는다는 것은 아주 잘 알고 있다. 그러나 한 문장을 읽고 나서 양 양의 모습을 아주 세밀한 정묘화로 상상할 수 있을 정도로 이 소설은 나를 비롯한 현대인의 표상을 현실적으로 그려내고 있다.

양 양은 어머니에게 씻을 수 없는 상처를 남긴 아버지를 제대로 원망하지 못한다. 상처에 먹혀 제 얘기를 들어주지 않는 어머니를 원망할 수도 없다. 가족이기에, 남을 대하듯 외면할 수 없어서, 그대로 견뎌야 하는 현실이 너무도 어두웠다. 빛에 알러지가 있는 양은 그때부터 어둠 속에서 숨쉬는 유령이 아니었을까. 내게 상처를 준 부모를 원망하면서도 솔찬히 사랑하는 모순적인 이 마음은 유독가스가 가득한 방 안에서도 호흡할 수밖에 없는 인간의 고통스런 본능이며 독이 퍼져 전부 망가질 때까지 그만둘 수도 없는 불가항력의 법칙일지도 모르겠다.

양 양은 덕질을 하면서 만났던 혜를 그리워한다. 양 양은 쉬는 시간에도, 퇴근 후에도 잦게 SNS와 커뮤니티를 확인한다. 커뮤니티와 덕질 둘 다 경험해본 사람으로서, 정보의 홍수를 경험하는 것도, 무언가를 미친 듯이 좋아하고 덕질하는 것도 내 정신과 마음을 어딘가로 던져두고 싶기 때문이라고 생각한 적이 있었다. 고통스럽지 않기 위해 덕질을 했다는 양 양을 십분 이해했다. 무언가를 좋아하면, 잊을 수 있었고 잊을 수 있으면 행복할 수 있었다. 양 양이 행복했으면 했다. 내 행복을 바라는 것과 같이.

반드시 약국에서 일해봤으리라 확신하게 될 정도의 세밀한 업무 묘사가 인상적이었다. 양 양이 사고하는 과정부터 그녀의 시선이 머무는 자리까지 매우 상세하게 묘사되어 있다. 약국 안의 깔끔한 향기마저 느껴지는 듯하다. 섬세한 묘사와 서술이 주는 몰입감이 소설의 현실감각을 곱절은 더해주었다.

이 소설의 현실적 면모는 인물 묘사에서도 드러난다. 극중 인물들의 선악이 명백하지 않다. 현실에서도 선인과 악인은 쉽게 구분되지 않기에 우리는 내일을 쉽게 예상할 수 없고, 공들인 예측도 허무하게 깨져버리곤 한다.

조 부장이나 김 약사 같은 주요 인물들이 가진 입체감이 주는 느낌표가 장마철 폭우처럼 한숨을 채웠다. 조 부장과 김 약사에게도 실패와 그 잔해가 있다. 양 양처럼 돈과 가족 그리고 모든 관계를 어깨 위에서 굴리며 살아간다. 이 소설이 말하고자 하는 삶의 범주는 비단 한 세대에만 갇히지 않는다. 사람들은 저마다의 고충을 안고, 그럼에도 살아간다. 살아있는 유령이 되어. 알약이 터지듯 가슴께가 알싸해졌다.

매애애…. 유령의 울음으로 울던 양 양은 장난감이 달린 비타민을 사가던 문신 손님의 상처를 치료하자고 강단 있게 주장하면서 살아있는 인간의 목소리를 낸다. 좋은 기억과 나쁜 기억 중 어느 쪽을 더 잘 잊어버릴까? 쉬이 단정 지을 수 없는 질문이었지만 이 소설이 제시한 답은 상상 이상으로 명쾌했다. 나쁜 기억을 남기지 않는 것. 그때서야 나도 매애애… 따라 울지 않고 또박또박 문장을 소리내어 읽었다. 유령이 아닌 나를 조금은 알 것 같았다.

『영의 자리』가 말하는 '영'이 가진 무한한 의미 중 과연 몇 가지나 내 손에 꼽아볼 수 있을까. 숫자 0, 유령의 영, 그림자 영, 꽃부리 영…. 당신이 0이라면 가장 무한한 숫자가 될 것이고, 당신이 유령이라면 어디든 흘러갈 수 있을 것이며, 당신이 그림자라면 빛을 따라갈 수 있을 것이고, 당신이 꽃부리라면 언젠가는 꽃을 틔울 것이다. 영의 자리는 시간이 흐르고 세월이 지날수록 방대해질 거라는 확신이 있다. 이듬해 나에게서 피어오를 영의 자리는 어떤 모습일지 궁금해졌다.

인생은 후진이 불가능하다는 점에서 가끔 수직선을 닮았다. 소설은 0에서 1로 흘러가다 다시 0.1이 된다. 그렇다. 수직선 위에서 후진할 수는 없지만 수직선을 여러 개 그을 수는 있다. 양 양은 점차 0에서 0.1, 0.2… 그리고 마침내 1이 된다. 그 삶을 지켜보는 내내, 그녀는 채워지고 있다기보다 그저 어디론가 가고 있는 것이라고 말하고 싶었다. 꼭 1이 될 필요도, 0에서 벗어날 필요도 없다고. 0이든 1이든, 양 양은 그대로 양 양이었다.

통계학에는 상대적 원점이라는 개념이 있다. 무게에서의 0은 무게가 없다는 뜻이다. 온도는 그렇지 않다. 온도에서의 0은 온도가 존재하지 않는다는 의미가 아니라, 상대적으로 0만큼 존재한다는 뜻이다. 당신이 스스로를 영이라 생각한대도 상관없다. 당신은 0만큼이나 존재하고 있다. 어쩌면 무한대가 될 수 있는, 가장 광활하고 야생적인 상태로. 영의 자리는 공백이 아닌 가능성의 자리. 평생 수학에 정을 붙이지 못한 내게 참 감사한 작품이다. 지금, 새로운 수직선이 막 탄생하려 하고 있다. 가능성 위에 서 있는 나와 당신을 응원한다. 영-원히.

일반부

수상작

치유와 성장의 공간, 휴남동 서점 | 박금선

- 황보름 『어서 오세요, 휴남동 서점입니다』를 읽고

1. 진심을 다하여 읽다

책 한권을 오랜만에 진심을 다하여 읽었다. 등장인물과 유사한 고민을 했던 지난날이 생각나기도 했고, 동시에 그 당시 나에게 꼭 필요했던, 어쩌면 간절하게 듣고 싶었던 말이 가득했기 때문이다. 그래서인지 문장 하나하나를 허투루 지나칠 수 없었다. 한 번으로는 부족하여 시간 간격을 두고 다시 읽은 책은 정말 오랜만이었다.

『어서 오세요, 휴남동 서점입니다』에는 최근 소설분야의 트렌드인 '힐링'이 부드럽게 녹아있다. 특유의 느린 전개와 한 글자 한 글자 꾹꾹 눌러쓴 듯한 문장은 독자의 마음을 움직인다. 물론, 몇몇 인물의 이야기가 미처 모두 다뤄지지 못한 부분이 있다. 열린 결말보다는 꽉꽉 닫힌 결말을 선호하는 나에게는 내용 상 다소 아쉬운 점이었다. 하지만, 아무래도 좋았다. 작가는 정말로 독자가 공감하고 위로받을 수 있는 이야기를 만들었기 때문이다.

특히, 등장인물 대한 현실적인 상황설정은 독자의 공감을 극대화하는 가장 큰 요인이다. 이 책에서 대부분의 등장인물은 우리사회에 존재하는 서로 다른 문제로 방황한다. 번아웃 증후군, 청년실업, 계약직 차별, 불확실한 진로, 가족관계 단절 등이 그 것이다. 그리고 누구나 이 중 한 개 혹은 그 이상 직면해 본 문제일 것이다. 나만 하더라도 고등학생 때 민철이처럼 진로에 대해 치열하게 고민했다. 또한, 대학 졸업반일 땐 민준과 같이 취업의 벽 앞에서 좌절하기도 했으며, 영주와 현우처럼 직장생활 중 번아웃을 경험하게 되면서 긴 시간을 방황했다. 현실적이고 익숙한 상황설정으로 책 속의 이야기는 곧 나의 이야기가 된다. 그리고 등장인물은 곧 내가 된다. 그래서인지 인물들에 대해 더 애정이 가고 마음이 쓰인다. 또한, 이 상황을 어떻게 풀어나갈 것인지 응원 반 호기심 반으로 책에 몰입하게 된다.

2. 영주와 나의 연결고리

등장인물 중 영주는 불과 몇 년 전 나를 보는 듯했다. 험난한 취업 준비의 시간을 보냈지만, 결과적으로 대학교 졸업 후 원하던 회사에 입사했다. 첫 부서로 일은 많지만, 높은 고과를 받을 수 있어 누구나 오고 싶어 하는 곳에 배치되었다. 많은 업무량으로 야근과 주말 출근이 반복되는 생활을 당연한 듯 견뎌냈다. 잘 알지도 못하면서 나 자신을 성과지향형 사람이라고 간주했다. 어쩌면 그 땐 나를 객관적으로 들여다볼 시간도 심적 여유도 없었던 것 같다.

일이 1순위인 생활이 지속 되면서 내 삶에서 '나'는 점점 후순위로 밀려

났다. 정말 작은 일이 발단이 되어 고개를 돌렸을 땐 이미 위치도 방향성도 모두 잃어버린 채 방황하고 있는 나를 발견할 수 있었다. 마치 바다에서 앞만 보고 수영을 하다가 나도 모르게 안전구역에서 이탈하여 수영금지구역에 진입한 상황이었다. 그리고 그 곳에서 나는 감당 못 할 조류에 휩싸인 채 망망대해를 이러지도 저러지도 못한 채 표류하고 있었다.

　　'눈을 몇 번 깜빡거리고 나서는 다시 책을 읽기 시작했다. 어렸을 때 헤어진 친구와 관계를 회복하듯 영주는 온 마음을 다해 읽었다. 아침에 일어나 밤에 잠들 때까지 두 친구는 떨어질 줄 몰랐다. 소원하던 관계가 찰싹 달라붙더니 둘 사이는 금방 회복됐다. 책은 영주를 받아주었고, 그것도 모자라 따뜻하게 품어주었고, 영주가 어떤 사람이든 상관없다는 듯 영주를 그 자체로 이해해주었다'.(17P)

　영주와 나를 강하게 연결한 문단이다. 영주는 번아웃 증후군을 진단받고 가치관이 다른 남편과 이혼을 선택한다. 정리한 돈으로 휴남동 서점을 열며 새로운 시작을 하지만, 결국 그녀를 일상으로 구원한 것은 '책'이었다. 나 또한 마찬가지이다. 부서이동을 요청한 후, 나를 구하기 위해 가장 먼저 한 일은 사소한 일상 되찾기였다. 크게 고민할 것은 없었다. 어릴 적부터 유독 책 욕심이 많았을 만큼 내가 되찾고 싶었던 일상은 '하염없이 독서하기' 이었기 때문이다.

　처음엔 너무 긴 시간 책을 놓고 있었는지 잘 읽히지 않았다. 단어 하나하나가 분리되어 파편처럼 떠다니는 것 같았다. 하지만, 책과 하는 시간이 증가할수록 예전처럼 문장이 나를 향해 뛰어와 폭신하게 안겨왔다. 이와 동시에 나 또한 먼 바다에서 아득하지만 안전구역으로 돌아가야 한다는 의지를 점점 갖게 되었다.

3. 모든 사람은 마음에 방황의 씨앗을 품고 산다

방황의 시작과 끝은 일률적이지 않기에 모든 사람에게 적용되는 한 가지의 명제나 해답을 제시할 수는 없다. 작가도 이를 알고 있다. 휴休남동 서점이 독자들에게 휴식이 될 수 있었던 이유도 작가의 생각을 직접적으로 주입하거나 강요하지 않기 때문이다. 오히려 미래를 고민하는 민철에게 시간을 주는 영주처럼 독자에게 '시간'을 준다. 독자가 책을 읽으며 자연스럽게 깨닫게 될 수 있도록 은은하게.

다만, 작가가 '성철'이라는 인물을 통해 조심스럽게 작가의 의도를 전달하고 있다는 생각이 든다. 성철은 이 책에서 유일하게 방황하지 않고 주체적인 삶을 사는 인물이다. 때문에 다른 등장인물들과 확연히 대조된다. 성철은 타인의 생각과 사회의 시선에 흔들림 없이 자신의 생각과 취향을 정확히 알고 있다. 그리고 높은 자존감과 자신감을 갖고 자신만의 속도와 리듬으로 인생을 대한다. 여기서 나는 자신을 파악하는 것만으로 내 삶의 주인이 되어 중심을 잡고 살 수 있겠다는 가능성을 발견할 수 있었다.

어쩌면 모든 사람은 마음에 방황의 씨앗을 하나쯤은 품고 산다. 다만, 자신과 소통하며 정면으로 대면하느냐 아니면 눈앞에 다가올 때까지 애써 외면하느냐의 문제이다. 이 둘은 결과적으로 차이가 있다. 전자는 객관적인 자기파악을 통해 큰 탈 없이 극복할 수 있겠지만, 후자는 아니다. 마지그간 외면했던 것에 대한 원망이 더해져 거센 후폭풍이 기다리고 있다.

> '이 방법이 맞나 고려해볼 만큼 현명할 수 없었던 것이, 하나의 길만 믿
> 고 달려오느라 다른 길도 있음을 헤아려볼 만큼 현명할 수 없었던 것이 후
> 회된다고 말하려다가 그만뒀다.' (106p)

그럼에도 대부분의 사람은 문제가 눈앞으로 올 때까지 애써 외면한다. 이미 인생의 속도와 방향성을 놓치기도 했거니와 현재 시간적, 신체적, 정신적 여유도 없기 때문이다. 나 또한 마찬가지였다. 이 책을 접한 지금, 그 당시 나와 만날 수 있다면, 꼭 전해주고 싶다. 내 마음 들여다볼 조금의 여유는 가지라고. 적어도 인생이 어느 방향으로 가고 있으며, 그 방향이 내 가치관과 부합하는지 정도는 파악하며 살자고.

4. 치유와 성장의 공간, 휴남동 서점

휴남동 서점은 동네의 복합 문화 공간 그 이상의 의미를 갖는다. 인생이라는 바다에서 어떤 이유로든 표류하고 있는 개인이 다시 안전구역으로 돌아올 수 있도록 보듬어 주는 '치유와 성장의 공간'으로써 존재한다.

우연이든 필연이든 휴남동 서점에는 방황하고 있는 혹은 방황했던 개인들이 모인다. 이유도 모두 가지각색이다. 대표적으로 청년취업의 구조적문제에 좌절한 민준, 재미있는 일이 없는 무기력한 민철, 갑의 횡포에 분노한 정서 등……. 그리고 이들은 각각 커피, 타인과의 대화, 뜨개질을 매개로 하여 휴남동 서점에서 천천히 자신을 치유한다.

'저 미소가 민준에게 시간을 준 것이다. 천천히 삶을 받아들일 시간, 서툴러도, 실수해도, 앞을 나아갈 수 있다고 스스로를 믿게 해준 시간.'(326p)

이들은 사소한 일상을 지켜가며 자신의 마음에 귀 기울인다. 급할 것은 전혀 없다. 본인만의 속도로 '나'를 찾으며, 인생의 가치관과 방향성을 치열하게 정립해나간다. 주변에서는 섣부르게 방법을 강요하지도 재촉하지도 않는다. 때로는 기다림이 약이라는 것을 경험으로 아는 것이다. 그렇기에 이들이 조급하지 않게 자신을 찾을 때까지 속으로 응원하며 기다려준다. 다만, 조언을 필요로 하는 사람에겐 누구보다 타인의 상황에 공감하고 함께 고민한다. 아주 부드러우면서도 조심스러운 방법으로. 이 과정을 통과하며 각 인물은 한층 평온하고 성장한 모습으로 새로운 시작을 향해 나아간다.

내 방황은 사실 부서 이동 후, 결국 이직까지 하고 나서야 일단락되었다. 나를 되찾기 위한 길고 힘든 시간을 거치며, 비로소 바다의 안전구역에 진입할 수 있었다. 적어도 지금은 명확하게 내 인생관과 직업관을 정의할 수 있고, 사소한 일상을 잃지 않고자 한다. 하지만, 아직도 방황했던 시기를 생각하면 마음이 힘들다. 유사한 상황에 직면하면 문득 과거와 오버랩 되기도 하고, '그때의 선택이 최선이었을까?' 하는 의문이 문득 들기도 한다.

'영주는 정답을 안고 살아가며, 부딪치며, 실험하는 것이 인생이라는 걸 안다. 그러다 지금껏 품어왔던 정답이 실은 오답이었다는 것을 깨닫는 순간이 온다. 그러면 다시 또 다른 정답을 안고 살아가는 것이 평범한 우리의 인생.'(32p)

하지만, 이 책을 읽으며 두 가지 측면에서 위로와 용기를 얻었다. 우선, 나와 동일한 고민을 지닌 인물의 존재 자체만으로도 위로가 되었다. 내가 유독 예민한 사람이어서 겪은 것이 아니라 현실을 살아가는 많은 사람들이 경험하고 있는 것이라는 생각에 안도감이 들었다. 다른 하나는 '최선의 선택'의 측면에서 갖고 있던 의문에 대한 해답을 찾았다. 부단한 노력을 통해 얻어낸 결과를 지금 이 순간의 정답이라고 생각하기로 했다. 물론 미래에 어떤 계기로 오답이었음을 깨닫게 될 수 있지만, 이는 지극히 자연스러운 일이다. 만일 그렇다면, 새로운 정답을 찾기 위한 과정을 거치면 된다는 용기를 얻었다.

책 속에서 영주는 서점에서 판매하는 각 책의 소개문을 포스트잇에 적으며 생각을 정리한다. 나 또한, 이 글을 쓰는 시간을 통해 나를 다시금 되돌아볼 수 있었다. 이 자체만으로도 충분한 치유와 성장의 시간이었다.

사실, 그 고양이의 이름은 길 필요가 없다 | 이지현

－이주혜 『그 고양이의 이름은 길다』를 읽고

사람들은 누구나 이름 외에도 자신을 나타내는 수식어를 가진다. 그것은 남자, 여자처럼 고유하게 타고나는 어떤 것들일 수도 있고 의사, 작가와 같은 직업일 수도 있으며 예민한 아이, 성실한 친구와 같은 성격적인 것일 수도 있다. 그중에서도 내가 대중적이고도 개인적으로 가지고 살아온 수식어가 몇 가지 있다. 예민한 아이, 딸부잣집 셋째딸, 입에 단 것만 좋아하는 애, 그리고, '팔자 드센 백말띠 여자'.

세상에는 수많은 종류의 '사회적 약자'들이 존재한다. 어린이, 노인, 장애인, 임산부 등등, 사회에서 남들 만큼의 영향력을 가지거나 활동성을 가지기 어려운 어떠한 대상들을 두고 우리는 사회적인 '약자'라 표현한다. 자, 이제는 여기에 '여성'을 끼워 넣어보자. 어린이, 노인, 장애인, 임산부, '여성'? 다소 어색하게 느껴질 수 있는 그것에 갸웃하면서도 고개가 끄덕여지지 않는가? 그것이 바로 〈그 고양이의 이름은 길다〉의 정체였다.

이 책은 많은 약자들의 이야기를 다룬다. 평범한 자매들, 아이를 잃은 부부, 남편에게 학대 당하는 아내, 아픈 아이를 돌보는 엄마, 동성애자와 노처녀, 성 역할을 탈피하지 못하는 운동권 여학생과 가해자가 되어버린 성 피해자 아동과 엄마가 여럿인 새로운 가족 형태에 관한 이야기. 수많은 약자들의 이야기를 풀어내는 과정을 지켜보다보니 작가가 담백하게, 그러나 처절하게 하고자 하는 이야기들에 귀를 기울이지 않을 수 없었다. 이것은, 나의 이야기이기도 했기 때문이다.

　책 제목이 된 '그 고양이의 이름은 길다'에서 주인공은 여성이지만 도입부부터 여성의 가장 상징적인 어떤 것을 거세하게 된다. 갑작스럽고 자극적인 전개로 느껴질 수 있는 자궁 적출은 담담한 주인공의 말투로써 마치 '그럴 수 있는 일'처럼 느껴진다. 뒤따라오는 그녀에 대한 수식어는 그것을 더욱 합리화하기에 좋다. 그녀는 키가 170센티미터, 체중은 70킬로그램이 넘는 '거구'를 가진 50에 가까운 40대 '중년' 여성이었다. 그 나이가 되도록 결혼을 하지 않은 '노처녀'였으며, 그녀를 가리키는 호칭은 '처녀 가장', '처녀 장사', '거인'이었다. 그야말로 여성에게는 어울리지 않는 호칭들의 총집합 같은 그녀는 스무 살이 되어 입사한 회사에서 그야말로 여성스러움의 정수와도 같은 '소희 언니'를 만나게 된다. 소희 언니를 향한 수식어는 너무나도 간편하다. '미쓰 양아'. 소희 언니는 여상 출신으로 경리 실무를 도맡고 있는 총무부 베테랑 직원이었으나, 화자가 아름답다 칭하는 소희 언니를 향해 회사 사람들이 요구하는 것은 '커피 좀 마시자', '과일 좀 깎아 와라'였다. 소희 언니의 인생의 목표는 적당한 사람을 만나 결혼하고 단란한 가정을 꾸리는 것이었다. 그것이 아름다운 총무부 베테랑 소희 언니의 꿈이었다.
　아름답고 향기로운 소희 언니와의 관계는 못생기고 일만 아는 사장님에 의해 끝이 난다. 사장이 일본에 출장을 갈 때에 동행으로 은정(나)을 택했기 때문이었다. 언니는 소리쳤다. 너는, 행복하려고, 늙은 홀아비 앞에서, 다리를 벌렸니?

그러나 누군가에게는 다정하고 이상적일 것 같은 사장은 마음속에 다른 이를 품고 있었다. 누군가는 죽은 사모님을 잊지 못해 재혼하지 않는 것이라 했지만, 그의 정인은 일본에 있는 사토 사장이었다. 그 은밀하고도 애틋한 만남을 위해 사장은 '처녀 가장'으로서 가족을 위해 회사에 계속 다녀야 하는 은정을 택했던 것이다. 그들은 서로의 약점을 쥐고 있는 사이이자 서로의 방패막이가 되는 관계였다. 그러나 그들을 보는 시선은 달랐다. 너는, 행복하려고, 늙은 홀아비 앞에서, 다리를 벌렸니? 그것이 그들을 보는 사회의 시선이었다.

그들의 비밀을 간직한 출장이 이십 년을 넘게 지속되었을 즈음, 은정은 가지고 있던 수식어 중 몇 개를 빼앗겼다. '처녀 가장', '노처녀' 등은 이제 그녀에게 과분한 호칭이 되고 그녀의 성별을 담은 호칭은 '억척 아줌마' 정도의 형태로만 남게 된다. 심지어는 '불알 없는 남자'라는 호칭까지 따라붙게 되었으나, 그녀는 그것 또한 그러려니 하게 된다. 그리고 그녀의 약점을 잡고 약점을 내어준 사장은 임종을 앞두고 그녀에게 자신의 몇 가지 흔적을 남긴다. 딸이 시집갈 때 만들어 보낸다는 오동나무 함 안에 들어있는 것은 회사의 브로슈어 몇 개였다. 그리고 그 안의 비밀 공간에 담겨 있는 것은, 많은 돈과, 사장과 사장의 연인이 함께 찍힌 사진, 그러니까, 사장이 간직한 비밀, 그것이었다. 이제 두 사람의 비밀은 그녀가 간직한 비밀이 된 것이다.

구루미 라떼 아로니아 바로네즈 3세. 은정이 비밀 동맹 때문에 일본에서 보낸 시간 중 만난 카페의 고양이 이름이다. 라떼는 친구가 붙여 준 것, 아로니아는 아로니아 농장에서 구조될 때 지어진 것, 바로네즈는 어머니가 시어주신 것, 3세는 3세대이기 때문에 붙은 것, 구루미는 사장의 이름이자 카페의 이름이기 때문에 붙은 것이라고 사장은 설명했다. 은정은 그 이에게 호텔과 방 번호를 알려주고, 둘은 그날 밤 조금 더 깊은 관계가 된다. 둘은 내년에도 만날 것을 약속하지만 약속은 지켜지지 않는다. 이 이야기 속에서 사장은 '구루미'라는 이름 외에 어떤 수식어도 가지지 않는다. 여성, 남성, 예민한 사람, 나이 든 사람, 잘 생긴 사람…… 그 어떤 수식어도.

그것은 전혀 중요하지 않기 때문일 것이다.

다시 처음으로 되돌아가 생각해본다. 나를 꾸미는 수식어 중 정말 정확히 '나'를 말하는 수식어가 있었을까? 아무리 긴 이름을 가져도 고양이의 본질은 고양이다. 아무리 고양이에게 나의 이름을 붙여도 고양이는 내가 될 수 없고, 아로니에도 될 수 없으며, 라떼도 될 수 없다. 호칭은 그저 호칭이고, 고양이는 그저 고양이이다. 내가 아무리 많은 수식어를 가져도 본질적으로는 그냥 '사람'인 것처럼.

책에 담겨진 많은 인생들 중 가장 내게 공감을 주었던 이야기는 〈그 시계는 밤새 한 번 윙크한다〉이다. 온과 '나'의 이야기가 너무나도 우리네 이야기 같아 아주 작은 울분이 일었다. 나는 엄마가 '아들인 줄 알고 낳은 딸'로, 농담으로 "의사가 아들이라고 하지 않았으면 너는 이 세상에 없었어"라는 말을 귀에 박히도록 듣고 자랐다. 이 말을 들으면 마치 나의 부모님이 나를 무척이나 괄시하고 미워했을 것으로 보이지만 나는 '공주 대접'을 받고 자란 아주 귀한 딸이었다. 엄마의 말에 반항이 있을 때면 "내가 너를 어떻게 키웠는데!"라는 원망을 들어도 말문이 턱 막혀 입을 다물게 될 만큼. 그럼에도 엄마는 삼 일이 멀다 하고 그 말을 했다. 의사가 아들이라고 안 했으면, 너는 안 낳았어.

작중 '나'의 어머니는 가난한 이의 자격지심에 딸이 선물 받아온 옷을 말도 되지 않는 이유로 화를 내며 찢어버린다. 공부 잘하는 딸이 선생님께 좋은 대학을 추천받아도 서울은 절대 보낼 수 없으며 가장 싼 대학 외에는 보낼 수 없다고 일갈한다. 일순 그녀가 딸을 전혀 사랑하지 않는 싸늘한 엄마로 비쳤으나, 막상 딸이 서울대 사범대에 합격하자 가난한 살림에도 가게를 찾은 손님들에게 막걸리를 돌렸다. 그리고 딸에게 이불과 분홍색 카디건을 사 입히며 "요즘 여대생들이 이런 걸 입고 다니데?" 하며 딸을 품에서 떠나보낸다. 그것은 사랑이 아닌 것이 아니라 엄마의 삶의 방식이었고, 사랑의 방향이었던 것이다. 그들은 그렇게 살아왔으니까, 그렇게 살아남았으니까, 다른 방법을 배운 적이 없으니까……. 그것이 너무나도 나의 부모님과 닮아 있어 나는 얕은 숨을 삼켜야 했다.

살면서 종종 '좋은 글'을 마주하게 된다. 그것은 감동을 주는 글일 수도 있고, 표현력이 훌륭한 글일 수도 있으며, 눈물과 공감을 자아내는 글일 수도 있다. 그중에서도 내가 〈그 고양이의 이름은 길다〉를 아주 좋은 글이라고 느낀 것은, 이 글이 '삶을 읽어내는 글'이기 때문이다. 사람들은 누구나 어떤 부분에서는 약자가 된다. 그것을 혼자만의 비밀로 가지고 있을 수도 있고, 같은 약점을 가진 이들과 나누어 편안해질 수도 있다. 은정처럼 그 모든 아픔에서 얽혀있어도 얽혀있지 않은 존재가 될 수도 있고, 소희 언니처럼 수식어 그 자체가 자신인 양 받아들이고 살아가게 될 수도 있다. 이 소설집을 읽으면서 나는 촌스러운 이름을 가진 자매의 일원이었고, 원을 잃은 규였으며, 나를 사랑한다면서도 나를 괴롭게 하는 남편을 가진 제이였고, 은정, 소희, 히읗이었다. 또 가해자가 된 피해자 소년이었다가 벽에 세밋대로 그림을 그리는 여자였고, 봄을 사랑하는 연인이었다가 그의 여러 명의 엄마 중 한 사람이 되기도 했다. 어느 순간에는 부유한 어머니를 둔 온이었고 허름한 대폿집의 가난한 딸이었다. 책 속의 모든 아픈 이들은, 모두 나였다. 그 모든 '나'들을 지켜보던 작가는 우리의 곁에 서서 말한다.

"괜찮아요, 아무래도 좋아요."

그래, 아무래도 좋은 것이다. 그 고양이의 이름은, 실은 길 필요가 없으니까.

위대하기도 뻔하기도 한 고상욱들에게 | 최은영

− 정지아 『아버지의 해방일지』를 읽고

"네가 빨갱이였냐?"

10여 년 전이었을까. 아버지와 뉴스를 보다 벌어진 말다툼이 큰 논쟁과 서로 간의 비난으로 이어졌고, 아버지는 마침내 나를 향해 이렇게 탄식했다. 나도 아버지의 정치 성향에 대해 그렇게까지 과격하게 비난하면서 몰아세우고 싶지는 않았지만 이해할 수 없음과 이해하고 싶지 않음이 엉키다 보니 말이 거칠게 나갔고, 아버지는 그런 나의 태도에 꽤나 놀라 '빨갱이'란 말로 충격을 표현했던 것 같다. 물론 그렇다고 그 일로 내가 아버지와 연을 끊었다든가 관계가 틀어지는 등 드라마 같은 일은 일어나지 않았다. 그저 그후 아버지와 정치 관련 이야기를 나누거나 뉴스를 보는 건 피하는 것으로 서로 간의 입장을 정리했을 뿐이다. 우리 사이엔 절대로 넘을 수 없는 벽이 존재한다는 걸 깨달았기 때문이다. 어쩌면 단념이었을지도 모른다.

그렇다고는 해도 그 일 이후로 나는 내심 괴로웠다. 왜 아버지는 저런 생각을 품게 되었을까, 왜 저런 편향된 시선으로 세상을 보는 걸까, 나의 사랑하는 아버지는 왜 저토록 존중할 수 없는 신념을 가지게 된 걸까. 물론 아버지도 나에 대해 그런 생각을 했을 터였다. 전쟁과 가난을 몰라 배부른 소리 하는 철없는 젊은 애들. 우리는 그렇게 서로를 단정하며 그 문제에 대해선 말문을 닫았지만, 나는 끈질기게 아버지의 세상을 이해해 보려 애썼다. 그리고 결국엔 아버지가 세상을 바라보는 방식의 근간에 아버지의 삶이 있음을 알았다.

여덟 살에 한국전쟁을 겪으며 극단의 공포를 경험했고, 가난에서 벗어나려고 군인이 되어 베트남전쟁에 참전했고, 그 이력으로 교련 선생이 되어 네 아이를 키운 아버지. 아버지의 삶 곳곳에는 한국의 현대사가 직조되어 있었다. 그리고 그 마디마디의 경험과 기억이 아버지를 만들었다. 생의 전부를 걸어야 생존할 수 있었던 가난한 아버지의 삶에 필연적으로 따라붙을 수밖에 없었던 그때의 정권과 그 정권의 이념. 그렇게 만들어진 아버지의 세상이기에 나는 아버지의 신념을 바꿀 수 없다. 아버지의 생각과 시각이 바뀐다는 건 당신의 삶의 자취를 지운다는 뜻도 될 테니 말이다.

『아버지의 해방일지』속 '고상욱'과 나의 아버지는 걸어온 길이 이토록 다르다. 그런데도 이 책을 읽으며 나의 아버지와 그날의 소동을 떠올린 건 딸이 아버지를 인간적으로 이해해 가는 과정이 닮았기 때문인지도 모른다. '아리'는 자신의 '민중'에 대한 대책 없는 믿음 때문에 사기당하고 손해 보는, 현실에선 아무짝에도 쓸모없는 한때 혁명가였던 아버지가 한심하다. 때로는 싫고 벗어나고 싶다. 아리에게 아버지는 헛된 이상과 과거를 붙잡고 실속 없는 일만 벌이는, 혈육에게 불행과 족쇄만 남긴 인물이기 때문이다. 아버지로 인해 세상을 견제하고 인간을 경계하게 된 아리는, 그러나 아버지의 죽음을 통해 그의 삶이 다른 삶과 어떻게 진심으로 조우했는가를 보게 되고, 마침내 아버지의 삶을 마음으로 받아들인다.

『아버지의 해방일지』는 한 인간에게 서서히 스며들어 마침내 그의 삶 전체를 추모하는 과정, 즉 '빨갱이 고상욱' 너머의 '인간 고상욱'을 만나는 이야기다. 고상욱은 지리산과 백운산에서 사회주의 건설을 위해 싸운 혁명가이기도 하지만, "고추밭 김매는 두 시간을 참지 못해 쪼르르 달려와 맥주컵으로 소주를 원샷"하는 일머리 없는 농부이고, 하동댁 궁둥이나 두드리는, "뻔한 남자들과 다르지 않은 뻔한 행동"을 하는 하릴없는 남자이며, "사람이니 실수를 하고 사람이니 배신을 하고 사람이니 살인도 하고 사람이니 용서도 한다"고 말하는 오지랖 넓은 이웃이기도 하다. 그 다양한 면면을 희극과 비극으로 촘촘하게 엮어낸 작가로 인해 평평했던 고상욱은 마침내 또렷한 부조浮彫가 되어 아리 앞에, 독자 앞에 선연히 모습을 드러낸다.

하지만 무엇보다 이 책의 미덕은 이념이 사라진 시대에 이념을 품고 고군분투하는 한 인간에 대한 이야기에서 그치지 않고, 그를 둘러싼 다양한 인물 군상이 씨줄과 날줄이 되어 우리가 살아가는 세상을 압축해서 보여준다는 데 있다. 이 책의 작가 정지아가 가장 좋아하는 작가 중 한 명이라는 이문구의 작품들처럼, 『아버지의 해방일지』는 다양한 인물 군상을 밀도 있게 그려낸 '인물 만화경'이라 할 만하다.

이 작품 속에 등장하는 수많은 인물들은 저마다의 사연으로 고상욱을 만난다. 죽은 동지의 아들이거나, 전혀 다른 정치 성향을 가진 반동이지만 사람 좋은 동창이거나, 빨갱이라는 고상욱의 전력 때문에 꿈을 접어야 했던 혈육이거나, 현실의 냉정함을 담배로 태우다 고상욱과 맞담배 친구가 되는 어린 소녀이거나, 딸보다 더 자식 같은 지역사회 운동가 등이 그들이다. 이들은 작품 속에서 일회성으로 소모되지 않는다. "어떤 사정은 자신밖에는 알지 못하고, 또 어떤 사정은 자기 자신조차 알지 못"하는 사연 많은 이들은, 그 자체로 "현대사의 비극이 어떤 지점을 비틀어, 뒤엉킨 사람들의 인연"으로 고상욱을 추모하기 위해 등장한다.

이들이 엮어내는 생생한, 그래서 우습기도 하고 어처구니없기도 한 삶의 단편들을 통해 우리는 이 세상을 살아가는 동력은 인간과 인간 사이의 연대이자 이해이자 연민이라는 것을 깨닫는다. 독자들이 이 소설에 응답한 이유도 이데올로기나 역사와 같은 거대 담론이 아닌 누구나 공감할 수 있는 보편적인 이야기를 하고 있기 때문일 것이다. 빨치산이 어디에 있는 산이냐고 묻는 20대도, 자본의 압박을 온몸으로 견디며 버텨온 30대도, 첨예한 이념의 시대를 건너온 40~50대도 이 책에 공감할 수 있었던 이유가 여기에 있다. 우리는 책 속에 등장하는 수많은 고상욱들을 통해 "우리가 싸워야 할 곳은 산이 아니라고, 사람들이 불빛 아래 옹기종기 모여 밥 먹고 공부하고 사랑하고 싸우기도 하는 저 세상"이라는 것을 환기한다. 고고하고 거창하고 위대한 것이 이 사회를 유지하고 견인하는 것이 아니라 사소하고 구질구질하고 모순투성이인 인간과 인간 간의 관계가 세상을 떠받치는 힘이라고 말이다.

『아버지의 해방일지』는 빨치산이라는 우리 역사의 비극을 소재로 삼고 있지만 그것을 전면에 내세우지 않는다. 어떻게 보면 조금 나이브할 수도 있는 '결국은 사람이다'라는 이 책의 순수한 메시지는 멋 부리지 않고 은유하지 않고 마치 민화처럼 써내려간 작가의 뚝심 있는 문체로 독자들에게 명징하게 가닿는다. 책을 덮고 나면 누구나 선명하게 떠올릴 수 있다. 이념이든 체제든 그보다 더 중요한 것은 사람이고 사람의 세상이라는 휴머니즘적인 메시지를 말이다.

그러나 인간이란 참으로 많은 얼굴을 갖고 있기에 그들을 온전히 이해한다는 것은 지난한 일이다. 고상욱을 '빨갱이'로만 단정할 수 없듯이 나의 아버지도 '보수적인 노인'이라고만 단정할 수는 없을 것이다. 자식 넷을 키우기 위해 죽음도 불사했던 가장이자 평생을 성실하고 부지런하게 일한 노동자, 가부장적이고 엄격했던 남편, 술과 노래를 좋아하는 흥이 넘치는 친구, 홀어머니가 내내 마음 아팠던 아들이기도 했던 나의 아버지. 그러니 한 사람을 이해한다는 것은 우주를 이해하는 것만큼이나 어렵다. 아리도 나도 아버지를 이해하기까지 그 긴 시간을 거슬러야 했던 것처럼 말이다.

한 인간에게 가닿는 일이란 그토록 어렵기에 그 과정에서 우리는 수없이 인간을 환멸하고 관계에 버거움을 느낀다. 하지만 어쩌겠는가. 그렇다고 인간에 대한 이해의 노력과 수고를 그만둘 수는 없지 않은가. 우리를 지탱하는 힘은 나 자신을 포함한 고상욱들에 대한 끝없는 애정과 수고일 테니 말이다. 그것이 삶을 긍정하고 살아가는 동력이 되어줄 테니 말이다. 작가 정지아가 이 책에서 말하고 싶었던 것도 바로 그것이 아니었을까? 인간은 인간을 버려서는 안 된다는 것, 그것이 삶을 끈질기게, '하염없이' 버텨내는 힘이라는 것.

표류하는 서른 | 최슬기

− 김다경 『서른살 목화』를 읽고

언젠가 '인생 그래프 그리기'가 유행이었다. '인생 그래프'는 인생의 굴곡을 그래프로 나타내는 것인데, 나는 이미 15년 전부터 알고 있었다. 학교 숙제로 했던 것인데, 몰입한 나머지 끝마칠 때쯤 펑펑 울었던 기억이 난다. 그때까지 성장한 과정과 앞으로 펼쳐질 인생을 하나의 그래프에 꾹꾹 눌러 담다보니, 삶의 끝자락까지도 생생하게 느껴졌던 것이다. 마치 모두 이뤄낸 것처럼, 나의 인생이 담긴 공책을 끌어안고 한참을 울었다. 열일곱의 내게, 인생은 희망 그 자체였다.

어쩌면 '목화'에게도 그런 열일곱이 있었을 것이다. 친구들과 떡볶이를 나눠 먹으며 서로의 10년 후 모습을 상상하고, 무엇이든 할 수 있을 것 같은 그런 순간. 혼자 서울에서 대학생활을 해야 했을 때도, 처음엔 '할 수 있다'는 말로 자신을 다독일 수 있었을 것이다. 열일곱의 우리들은 자신이 세상의 주인공이라고 느낀다.

하지만 휴학을 반복하며 힘겹게 대학교 졸업을 하면서, 목화도 점점 지쳐간다. 대학 등록금과 생활비를 위해 알바를 이어 나가는 것은, 그녀만의 모습이 아니다. 우리 주변에서 볼 수 있는 흔한 모습이다. 생일날 고시원에서 편의점 미역국을 데워먹는 그녀처럼, 청춘들은 저마다 슬픈 장면을 가지고 있다. 대학교를 졸업하고 나면 아르바이트를 하지 않게 될 줄 알았다는 목화의 말에, 젊은 세대의 취업률 문제를 다룬 뉴스 기사가 떠오르기도 한다. 열심히 살면 잘 살게 된다는 말이 누군가에는 상처가 될 수 있다는 것을 '열일곱의 그들'은 알았을까.

이런 상황에 목화는 말레이시아로 향한다. 친척이 살고 있는 그 곳에서, 그녀는 새롭게 시작하고자 한다. 다시 희망을 품고 싶었을까, 아니면 도망치고 싶었던 것일까. 어쨌거나 목화는 강했다. 돈도 받지 않고 친척의 일을 돕다가 우연히 한 골프장에서 일하게 된다.

그곳에서 알게 된 동료 '사띠'가 목화에게 준 꽃을 주었을 때, 그녀는 시골집 마당에 있던 모란꽃을 떠올린다. 나무가 힘들어질 수 있다는 이유로 땅에 버린 작은 꽃봉오리에서 다음 날 피어난 꽃을 보고, 목화는 경외심을 느낀다. 끝이라고 생각했던 것에도 생명의 에너지가 남아있었던 것이다. 앞이 보이지 않는 깜깜한 상황에서도 포기하지 않으며 꽃을 피우고 있는 그녀에게도 그런 힘이 있었다.

사랑도 찾아왔다. 호텔 베이커리에서 일하는 '왕하오'는 그녀에게 매일 맛있는 디저트와 커피를 건넸다. 오직 목화를 위해 만드는 쿠키와 케이크에는 숨김이 없었다. 끊임없이 사랑을 표현하는 그에게서 풋풋한 사랑이 느껴졌다. 세상을 알게 될수록 하기 힘든 것이 그와 같은, 조건 없는 사랑일 것이다.

그전까지 목화에게 사랑이 찾아오지 않았던 것은 아니다. 말레이시아로 오기 전, 그녀에게도 남자친구 '경호'가 있었다. 20대 연인이었던 그들은 그러나 중년의 부부 같았다. 설레는 감정보다는 팍팍한 삶을 공유하고 있었다. 그러나 경호 마음에 사랑의 감정이 사라져서 목화를 붙잡지 않았던 것은 아니었다. 목화가 말레이시아로 떠난 후 그녀가 살던 고시원 근처에 찾아가 사고를 친 것은, 분명 남은 사랑 때문이었을 것이다. 그러나 보이지 않는 미래에, 경호도 그녀를 붙잡을 수는 없었을 것이다. 결혼을, 연애를 포기한 이들에게도 사랑을 억누르는 것은 쉽지 않다.

말레이시아에서는 나름대로 안정된 생활을 이어나갔지만, 왕하오의 사랑도 목화를 다시 '열일곱의 그녀'로 돌아가게 만들지는 못했다. 한국 드라마를 보고, 한국 음식을 배우며 열정적인 사랑을 하는 그와는 달리, 목화는 고민이 많았다. 국적, 종교 등 많은 것이 가로막고 있다고 생각해서, 커져가는 마음을 애써 누르고 있었다. 하지만 사랑의 감정이 숨긴다고 숨겨지는 것은 아닐 것이다. 조금씩 삐져나오는 사랑을 목화는 더 이상 외면하지 않는다.

그러나 사랑도, 인생도 한곳에 머무르지 않고, 계속 흘러간다. 본격적인 사랑을 시작하기도 전에, 목화의 앞에는 새로운 남자가 나타난다. 골프장이 위치한 시의 시장 처남이라는 '자밀'은 다시 그녀의 삶을 어지럽힌다. 자밀도 그녀에게 마음을 표현하지만, 그의 사랑은 왕하오의 사랑과는 다르다. '어른'의 사랑에 가깝다. 서른을 넘긴 그녀에게 어쩌면 더 익숙한 사랑.

목화는 그런 자밀에게 골프를 배우다가, 그와 '실수'를 저지르고 만다. 임신 테스트기에 두 줄이 뜨지 않았더라면, 실수가 아니었다고 할 수 있었을까. 일부다처제인 말레이시아의 남자인 그에게 아내가 있을 거라고 생각하지 못한 것은 분명 실수였다. 그러나 불꽃같은 마음이 싹틀 때, 이것저것 따질 여유는 없었을 것이다.

사실 그때 목화는 그렇게나 원하던 경제적 안정을 얻었다. 골프장에서 중요한 역할을 하고 있었던 것이다. 그러나 그녀는 급하게 모든 것을 버리고 한국으로 돌아간다. 타국에서 도망친 것은 정말 수술 때문이었을까. 그곳의 국제병원에서도 수술은 가능했을 것이다. 말레이시아로 떠났을 때처럼, 한국으로 돌아온 것도 어떤 것으로부터 도망치려는 것은 아니었을까.

서른 즈음에 나도 목화처럼 도망치고 싶은 순간이 있었다. 내 것이 아닌 일을 하고 있는 것 같았고, 혼란스러운 감정들을 억누르기 힘들었다. 같은 고민을 하는 친구들을 찾아보려 했지만, 쉽지 않았다. 나의 고민은 아직 경제적 독립을 하지 못한 이들에게는 배부른 소리일 것이고, 잘 적응하며 살고 있는 이들에게는 이해할 수 없는 이야기일 것이기 때문이다.

그래서 한동안은 되는대로 여행을 다녔다. 여유가 있었던 것은 아니지만, 필사적으로 나갔다. 계획을 세우고 짐을 쌀 때면, 열일곱의 내가 된 것만 같았다. 극적인 일로 내가 멋진 주인공이 될 수 있을 거라는 망상에 빠지기도 했다. 여행을 떠나면 무언가 크게 달라질 것 같았다. 목화도 그래서 말레이시아로 출국했던 것이 아닐까. 정해진 것이 아무 것도 없더라도, 떠나면 찾을 수 있을 것 같은 자신의 열일곱. 물론 잠깐 여행을 다녀온 나와, 말레이시아에서 일을 한 목화의 상황이 똑같지는 않을 것이다. 그러나 어디로 가야할지 몰라서 둥둥 떠다니는 우리의 서른은 닮아있었다.

많은 여행을 다녀온 후, 여행으로는 채워지지 않는 것이 분명 있다는 것을 느꼈다. 어쩌면 목화에게도 말레이시아는 종착지가 아니라 여행지였을지도 모른다. 그게 아니라면, 모든 것을 그렇게 쉽게 버리고 다시 한국으로 돌아온 것이 설명되지 않는다. 긴 '여행'을 마치고 돌아온 목화는 과거의 '실수'를 감추기 위해 한 생명을 외면한다. 한국행 비행기조차도, 목화에게는 모든 것을 새롭게 할 수 있는 여행의 시작이었을지 모른다. 그러나 분명 '여행'만으로는 모든 것이 채워지지 않는다. 다행히 목화도 그것을 깨달은 것 같다. 그녀는 한국으로 돌아와서 더 이상 '여행'을 하지 않고, 그 이상의 것을 하고자 한다.

목화는 한국으로 돌아와서 친구들의 이야기를 전해 듣다가, '담이'가 평평 울었던 것도 알게 된다. '알바생'이어서, '취준생'이어서, 어떤 사람도 아니어서 슬프다고 했다. 우리를 규정하는 것은 무엇일까. 담이의 말처럼 번듯한 직장을 가지지 못하면 어른이 되지 못하는 것일까. 표류하는 서른은 힘들다.

그러나 분명 직장 말고도 우리를 표현할 수 있는 것은 있다. 사랑하는 남자를 뒤로 하고 정략결혼을 해야 해서 죽음을 선택한 사띠, 모든 것을 버리고 오로지 목화를 만나기 위해 한국으로 온 왕하오에게서도 그것을 찾을 수 있다. 사랑은 사치라고들 하지만, 분명 사랑 또한 우리를 어떤 곳으로 움직이게 한다.

그렇기에 '실수'로 인해 결국 왕하오에게 가지 못하는 목화가 안타깝다. '열일곱의 목화'였어도 그런 선택을 했을까. 어쩌면 그의 연락을 받고, 그에게 용서를 빌었을지도 모른다. 그러나 서른의 목화는 그럴 수 없다. 선택에는 책임이 따른다는 것을 뼈저리게 깨달았기 때문이다. 열일곱과 서른의 우리는 이렇게 다르다. 책임질 것이 생긴 뒤로는 실수가 두렵다. 인생의 핸들을 한 번만 잘못 틀어도, 다시는 돌아올 수 없는 곳으로 흘러갈 것만 같다.

하지만 그것이 두렵다고 해서 계속 바람이 이끄는 대로 표류할 수는 없다. '살다 보면 실수도 할 수 있다'고, '실수 때문에 더 잘 산다'는 목화의 말처럼, 인생은 새옹지마일 수도 있다. 아는 것이 많아질수록 두려움도 많아지지만, 그것을 이겨낼 수 있는 힘도 같이 생긴다. 세상의 모든 서른이 그런 내면의 힘으로 실수를 두려워하지 않기를 바라며, '서른 살 목화'는 표류하는 서른에게 위로를 건넨다.

고통과 위로를 지나, 목련의 평안함에 도달하기까지 | 서하랑

‒ 김연수 『이토록 평범한 미래』를 읽고

"어떤 말로도 우리는 위로받을 수 없다. 그게 이십대 초반에 그가 가진
견해였다."

‒ 「바얀자그에서 그가 본 것」 중

소설가 김연수는 작가의 말에서 괴로움에 대한 화살의 비유를 이야기한
다. 붓다는 세상에서 겪는 고통이 첫 번째 화살이며, 왜 내가 이런 대접을
당해야 하는지 따지다가 다시 맞는 화살을 두 번째 화살이라고 했다. 그해
겨울, 나는 수십 개의 화살을 끌고 다니며 괴로워했다. 모든 학생은 교사가
진심으로 대할 때 변할 수 있으며, 나 하기에 따라 그 아이에게 최선의 미래
를 인도할 수 있으리라 믿던 새파란 신규교사는 간 곳 없이 사라졌다.

그동안 나는 수없이 대드는 학생들을 어르고 달래며 시간을 보내왔고, 재
학 기간동안 사고뭉치로 유명한 학생, 졸업을 앞두고 자퇴를 고민하는 학생
과 함께 하루를 버텨냈다. 한때는 학교폭력 가해자의 담임이기도, 다른 한
때는 피해자의 담임이기도 했다. 학생의 무리한 부탁에도, 피치 못할 사정
이 있겠거니 생각하며 개인 시간을 할애해서 어떻게든 도와줘도 당연한 일

인 듯 받아들여지곤 했다. 물론 그런 일들이야, 본래 교사란 평생 학생을 짝사랑하는 존재라는 것을 알고 있었기에 그러려니 버텨왔다.

그렇게 피로와 스트레스가 쌓이다가, 그중 가장 큰 화살을 맞았다. 학생이 어려운 상황을 겪고 있었기에 최선을 다해 내 시간과 노력을 갈아 넣어 마음을 준 아이에게 뒤통수를 맞은 일이었다. 모든 노력이 통째로 부정당했고, 믿었던 이로부터의 상처는 나를 안에서부터 무너트렸다. 그 모든 일을 겪고, 나는 급격한 복통에 병원을 방문했다. 위장계열 장애로 안정을 위해 입원을 권유받을 정도였으나, 학교 일정상 그럴 수 있는 상황이 아니었다.

'세컨드 윈드'라는 체육 용어가 있다. 운동하는 중에 고통이 줄어들고, 운동을 계속하고 싶은 의욕이 생기는 상태를 이르는 말인데, 공부하기 어려워하는 학생들에게 이 비슷한 비유를 들어가며 독려했던 스스로에게 부끄러웠다. 인정할 수밖에 없었다. 나는 꺾였다. 그런 지경에서야 스스로의 삶을 돌아보게 되었고, 그런 날들 중 만난 책이 『이토록 평범한 미래』였다.

■ 올바르게 기도하는 법

책을 보다, 충격에 마음이 뒤흔들렸다. 절망적인 상황 속에서 아들을 구하기 위해 바다로 몸을 던진 정난주의 기도를 보며 나는 눈을 질끈 감았다. "저를 죽여주십시오, 하느님. 저는 죽어야만 합니다. 제가 죽어야 제 아들이 살 수 있습니다." 그러자 하느님은 올바른 기도를 가르치셨다. "제가 살아야 제 아들이 살 수 있습니다"라고. 정난주가 머뭇거리며 그래도 되느냐고 묻자, 하느님은 그래야 된다고 말씀하셨다.

작품 속 주인공들은 모두 방황하고 괴로움을 겪는다. 동반자살을 생각하는 지민(「이토록 평범한 미래」), 섬에서 혼자 살게 된 은정(「난주의 바다 앞에서」), 아버지를 죽인 사이코패스 살인마로 몰린 진주(「진주의 결말」), 사랑하던 이와 사별한 그(「바야자그에서 그가 본 것」). 모두 "어쩔 수 없는 순간"에 놓인 이들이다. "모든 믿음이 시들해지는 순간", "인간에 대한 신뢰도 접어두고 싶고, 아무것도 나아지지 않을 것 같은 때"와 같은 순간이다.

이들이 다시 삶의 의지를 되찾고, 결국 삶을 살아내는 이야기가 새삼 마음을 움직인 이유가 무엇일까. 그건 소설 속 정미의 말처럼 "언젠가 그 이야기는 우리의 삶이 되기 때문"이다. 「다만 한 사람을 기억하네」에서는, 절망 끝에 극단적 선택을 생각하지만, 자신을 붙잡아줄 단 한 사람을 찾아 고향에 내려온 후쿠다가 등장한다. 그는 끝까지 그 한 사람을 찾지 못하지만, "대신에 노래가 있"었다. 그 한 사람을 찾지 못하는 이를 위해, 이야기는 존재하는 것이리라.

문득, 학생을 지도하다 욕설을 들은 동료 선생님이 떠올랐다. 당연하게도, 그 사건이 '원만하게' 해결되어가는 과정은 그분에게 더 큰 상처만 남겼을 뿐이었다. 핑, 눈물이 돌았다. "아무리 설명해봤자 (…) 당황스런 눈물의 논리를 세워줄 뿐, 이해와는 거리가 먼" 이야기가 있는가 하면, '아무런 이유도 없이 오직 이해만'(「진주의 결말」) 존재하는 순간도 있는 법이다. 그야말로, 작중 호세의 말처럼 "사랑은 빠진 상태"인 것이다. 나는 오직 이해만 존재하는 상태로 빠져들었다. 그리고 "상실이란 잃어버림을 얻는 일"이라는 것을 이해했다.(「엄마 없는 아이들」)

■ 모든 것이 끝나고 불어오는 바람

'카타 무 호갸'는 인도말로 '다 끝났어'라는 뜻인데, 인도에서는 모래폭풍이 지나가고 나면 그 말을 한다고 한다(「비안자그에서 그가 본 것」). 책을 읽던 시기에, 나는 "잃어버림을 얻은" 채로 모래폭풍 속에서 엎드려있었다. 모든 것이 그저 끝나기만을 바라면서.

「난주의 바다 앞에서」에선 은정이 복싱을 배웠던 시절의 정현 이야기를 한다. 정현은 복싱을 배운 지 얼마 되지 않아 시합에 나가는데, 1라운드가 시작되자마자 일방적으로 두들겨 맞고 KO패를 당한다. 은정이 일방적으로 두들겨 맞을 거면서 대체 왜 나갔냐고 타박하자, 정현은 말한다. "상대 선수보다 기량도 경험도 다 부족한데 어쩌겠니? 얻어맞고 쓰러져봐야 내가 어떤 인간인지 알지. (⋯) 은정아, 인생 별거 아니다. 버틸 때까지 버텨보다가 넘어지면 그만이야. 지금은 그거 연습하는 중이야."

어차피 넘어질 거라면 굳이 버틸 때까지 버틸 이유가 있을까. 차라리 힘쓰지 말고 먼저 넘어져 있거나, 링 위에 오르지 않았다면 모든 게 해결되지 않을까. 무슨 대단한 교육적 사명을 실현하겠다고 아등바등 살았을까. 지금까지 해왔던 노력들이 무용한 것이었다는 나의 후회에 답하듯 정현은 말한다.

'버티고 버티다가 넘어지긴 다 마찬가지야. 근데 넘어진다고 끝이 아니야. 그다음이 있어. 너도 KO를 당해 링 바닥에 누워있어 보면 알게 될 거야. 그렇게 넘어져 있으면 조금 전이랑 공기가 달라졌다는 사실이 온몸으로 느껴져. 세상이 뒤로 쑥 물러나면서 나를 응원하던 사람들의 실망감이 고스란히 전해지고, 이 세상에 나 혼자만 있는 것 같은 기분이 들지. 바로 그때 바람이 불어와. 나한테로.'

'무슨 바람?'

'세컨드 윈드'

홀로 누워 폭풍이 지나가기를 기다리던 때, 고마운 이들이 손을 건네왔다. 학교생활을 힘겨워했던 졸업생이 덕분에 대학 잘 다니고 있다고, 친구들과 즐겁게 조별과제를 하는 영상을 보내왔다. 다른 친구들과 어울리기 어려워했던 친구였고, 멘토 프로그램으로 함께하면서 마음이 많이 쓰였던 아이였는데, 어엿하게 자란 모습이 대견했다. 수업과 입시 관련된 연수를 다니고 있을 때, 새롭고 고마운 인연을 만나게 되었다. 그 선생님께서는 열심히 하는데 표정이 너무 힘들어 보여서 문득 말을 걸게 되었다고 말씀해주셨는데, 덕분에 지금도 함께 성장하는 동료교사로서 그 인연을 이어가고 있다. 어느 날은 졸업생들이 찾아와 밥을 함께 먹었다. 그때는 힘들었는데, 지나고 보니 너무 고마웠다는 말들, 인사치례일지언정 헛살진 않았다는 위안이 마음을 감쌌다.

■ 그러니까 세상을 안을 수 있느냐, 없느냐의 문제

붓다는 두 번째 화살을 맞지 않기 위해서는 만족스럽지 않고 때로는 고통스러울지라도 지금 이 순간의 세상을 품에 안아야 한다고 했다. 그것이 첫 번째 화살을 뽑는 일이다. 봄을 맞이하며, 나는 화살을 뽑았다. 한 해를, 다시 보낼 수 있을 것 같다고 느꼈다. 「진주의 결말」에서 진주는 작가에게 묻는다. "아까 타인을 이해하려고 애쓸 때 우리 인생은 살아볼 만한 가치를 가진다고 말씀하셨는데, 누군가를 이해하는 게 정말 가능하기는 할까요?" 지금의 나, '잃어버림을 얻은 나'는 그게 불가능하다는 것을 안다.

그 일이 있은 이후 마음 한구석에서는, 내가 아무리 노력하더라도 학생의 삶이 드라마틱하게 바뀌진 않으며, 나의 노력을 누구도 알아주지 않을 것이라는 확신이 자리하고 있다. 그럼에도 아이들을 이해하기를 포기하지는 않았다. 작품에서 진주는 말한다. "우리가 달까지 갈 수는 없지만 갈 수 있다는 듯이 걸어갈 수는 있다고, 마찬가지로 그렇게 살아갈 수 있다고 하셨잖아요. 달을 향해 걷는 것처럼 희망의 방향만 찾을 수 있다면." 나는 도달할 수 없음을 아는 상태로 걸어가려 한다.

나아가, 작가는 "세상은 경이로워"라고 말하는 것과 "세상은 품에 안을 때 경이로워"라고 말하는 것의 차이를 이야기한다. 품에 안을 때 경이롭다는 건 경이로움이 나에게 달린 문제, 그러니까 내가 세상을 안을 수 있느냐, 없느냐의 문제라는 것이다. 나에게 확신은 없다. 그러나, 지금은 험준한 길을 지나 평안한 길에 도달했음을 느낀다. 그리고 지금껏 간과해왔던 경이를 조금씩 마주하고 있다.

올해는 아이들과 마음을 나누는 일에 조금 더 정성을 쏟고 있다. 이따금 햇살이 좋으면 같이 산책을 가기도 하고, 한 명 한 명의 어려움과 슬픔을 차근차근 이야기하고 있다. 덕분일까, 마음 잡기 어려워하던 아이들이 내 덕분에 학교에 마음을 붙이게 되었다거나, 공부를 할 마음이 생겼다는 이야기를 종종 해준다. 물론, 마음을 먹는 일과 실천하는 것은 별개이지만, 그래도 주변 선생님들이 우리 반 아이들의 달라진 모습을 이야기해주실 때면 가슴 벅찬 환희를 느낀다.

올해 책을 다시 읽었을 때 유독 마음을 움직였던 이야기로 글을 마치고 싶다. 주인공은 중학생들에게 강연하던 중 시간이 남아 「목련」을 기억하는 대로 들려준다. 료안은 험준한 길을 걷는다. 안개가 자욱하고, 힘들게 올라가도 기댈 데 없이 쓸쓸한 곳이었다. 누군가 외치는 소리가 들려온다. '이것이 너의 세계야, 너에게 딱 어울리는 세계야. 그보다 더 진실은, 이것이 네 안의 풍경이야.' 그는 그 소리에 동의하며 가파른 절벽을 기어오른다. 그가 정상에 섰을 때, 골짜기의 안개가 모두 걷혔다. 그 모습을 지켜보던 료안은 깜짝 놀라고 말았다. 자신은 분명 험난하고 지독한 곳을 건너왔다고 생각했는데, 돌아보니 거기에는 새하얀 목련이 가득했기 때문이다. 그리고 자신을 료안이라 말하는 이와 이야기한다.

"이곳은 정말로 평평하군요."

"네. 평평합니다. 하지만 이 평평함은 험준함에 대한 평평함입니다. 진정한 평평함은 아닙니다."

"그렇습니다. 내가 험준한 산골짜기를 건너왔기 때문에 평평한 것입니다."

그 평평함을 안 뒤에 료안은 자신이 지나온 골짜기에 목련이 가득한 것을 다시 보았다.

지금, 골짜기를 건너는 모든 이들이 목련의 평안함에 도달하길 바라며 이 글을 마친다.

성곤과 성공은 한 끗 차이 | 한미경

—손원평 『튜브』를 읽고

이상한 이야기를 읽었다. 파란 바다에 한 사람이 다이빙을 하는 그림이 그려져 있는 책이다. 이 책은 손원평 작가의 신작 '튜브'이다. 작가의 다른 책인 '아몬드'와 '프리즘'을 감명깊게 읽었기에 새로운 작품도 기대가 되었다.

첫 장을 넘기니 중년의 남자가 자살을 결심한 장면이 나왔다. 마치 한 편의 영화를 보는 것처럼 생생하게 전개되는 이야기에 빨려 들어갔다. 돌쟁이 막내를 돌보면서 책을 손에서 놓지 못했다. 다음이 궁금해서 육아하는 틈틈이 책장을 넘겼다. 그리고 이틀간 책 속에 매혹되어 다 읽고 말았다.

이야기를 이끌어가는 주인공 김성곤은 내 주위에서 흔히 볼 수 있는 아저씨이다. 나이를 먹을 동안 실패만 하던 삶이라 스스로 생을 마감하려고 하고 있지만, 자살조차 자기 마음대로 하지 못하는 것을 깨닫는다. 그리고 불현듯 자기계발서의 한 꼭지를 몸소 실천하더니 모든 것이 바뀌기 시작했다.

김성곤은 먼저 허리를 꼿꼿하게 펴고 자세를 바르게 했다. 작은 습관을 바꾸기 시작하자 그의 인생이 변화했다. 수 많은 성공가들이 그랬던 것처럼 소설 속 주인공은 앞으로 앞으로 나아갔다.

김성곤이 '지푸라기 프로젝트'를 시작했을 때 실제처럼 생생하게 느껴졌다. 누군가에게 지푸라기가 되어주자, 지푸라기가 모이면 튜브가 되어 사람을 구할 수 있다, 는 뜻이 내게도 깊게 와닿았다. 나도 한 때는 지푸라기가 필요했던 삶이었기 때문이다. 이렇게 김성곤은 유명한 기업가와 조우까지 하면서 유유히 성공하는 듯 하다.

그러나 녹록치않았다. 자신을 바꿔가며 열심히 살았지만 자신 외의 수 많은 변수들이 작용해 생각지 않은 방향으로 일이 흘러갔다. 결국은 자기자신 때문에 모든 일은 마치 없었던 신기루처럼 제자리로 돌아오고 말았다. 그는 또 다시 자살을 하려고 하지만 또 다시 실패했다. 그리고 또 다시 재기를 꿈꾸고 있다.

나는 이 책의 첫 장에 등장한 주인공의 이름을 보자마자 이마를 탁 쳤다. 안드레아 김성곤. 그의 이름에서 '곤'을 '공'으로 바꾸면 '성공'이 되기 때문이다. 성곤은 결국 성공하겠군? 내심 기대를 했다. 소설 속 주인공의 법칙대로 산전수전을 다 겪고 성공할 것만 같았다.

그러나 성곤은 한 끗 차이로 '성공'이 되지 못 했다. 이름 그대로 결국 성공이 아닌 성곤으로 남았다. 그게 반전이자, 진짜 삶이라는 생각이 든다. 아름다운 성공 스토리로 끝나지 않아 더 현실감 있게 느껴졌다.

처음에 썼듯이 이 책은 이상하다. 성공신화에 어울리지 않아 보이는 주인공을 응원하다가 같이 좌절하고 다시 재기를 꿈꾸게 만든다. 내 얘기 같기도 하고 내 친구 얘기 같기도 하고, 사실은 가족의 이야기 같았다.

누구에게나 김성곤과 같은 사람이 있을 것이다. 성공하려고 발버둥치지만 운이 따라 주지 않거나, 노력이 부족하거나, 다른 변수들에 의하여, 결국 평범하게 자기 자신을 포기하고 사는 사람이 말이다.

나 역시 읽는 내내 내 옆의 흔한 사람의 이야기인 것 같아 더 몰입했다.아니 솔직히 말하자면 나의 아빠가 겹쳐보여서 안타깝고 짠했다.

나의 아빠는 이제 일흔을 목전에 두고 계시다. 아빠는 김성곤처럼 실패를 거듭했다. 잠시 잠깐의 작은 성취는 하였지만 1998년 IMF 이후로 단 한 번도 '경제적'인 성공은 이뤄내지 못 했고, 이로 말미암아 우리 가족은 많은 부분이 해체되었다.

아빠는 칠남매 중 장남으로 태어나 할아버지의 지원을 받았다. 유명하지 않은 대학교를 졸업하였지만, 서울 소재의 유명 대학원에 들어가 석사 학위를 수료하였다. 그 후 안양의 한 회사에 취직하여 '과장' 직함을 달며 열심히 다녔다.

어린 시절 나의 기억 속 아빠는 텐트를 잘 치고 개헤엄을 좋아하는, 밖에서는 호탕하지만, 가족들에겐 무뚝뚝한 보통의 경상도 가장이었다.

IMF는 많은 것을 바꿔놓았다. 명예퇴직을 신청한 후 아빠는 몇 개월 간 집에서 놀았다. 생계를 꾸리기 위해 반대로 전업이던 엄마가 취직을 하였다. 삼남매를 키우며 엄마는 성실했다. 엄마가 벌어온 돈으로 우리를 키우는 와중에 아빠는 점점 새로운 사업을 시작했다. 김성곤처럼 말이다.

생수 사업을 실패하고, 고깃집을 운영하다 실패하고 가공육을 판매했다. 그 후 자동차와 관련된 윤활류를 개발하다가 건강 증진 물품을 만드는 일로,아빠의 일은 계속 바뀌었다.

매일 나가 바깥 생활을 하고, 늘 바쁘게 전화를 하지만 실속이 없었다. 그 사이 우리는 돈을 걱정하며 아르바이트를 했고, 학자금을 대출하여 대학을 졸업했다. 아빠가 김성곤처럼 계속 실패를 하면서 서서히 가정이 붕괴되었다. 여기서 우리를 지켜준 사람은 엄마다. 엄마는 자신을 희생하며 우리를 키웠다. 돈 한 푼 가져오지 못하는 남자와 가정을 지키려 꾸역꾸역 살았다. 경제적으로 쪼들리는 집에서는 웃을 일이 많지 않았다.

결국 아파트를 팔아 아빠의 빚을 일부 변제하고 우리는 반지하에 가까운 집으로 쫓겨나듯 나가야했다. 그 후로 지금까지도 아빠는 김성곤처럼 잔잔한 성공을 했지만 크게 실패를 거듭했다.

아빠는 분명히 잘하지 못했다. 박실장처럼 바닥에 가지도 않고 그렇다고 성공하지도 못한 채 헛된 꿈을 쫓고 있기에. 그러나 이제는 은퇴할 나이인데도 바쁘게 살고 계시는 모습이 조금은 달라보인다. 끊이지 않고 무언가에 도전하고 계시기 때문이다. 그러다 작년에는 과학 분야에서 큰 상을 받아오셨다. 명예로운 상과 비례하여 경제적인 여건이 나아지지는 않지만 아빠도 나름대로 최선을 다해 살고 계시다.

나도 이제 아이 셋의 엄마가 되어 예전의 아빠 나이만큼 먹어가고 있다. 어쩌면 아빠의 선택이 본인만을 위한 것이 아니라 가족을 위한 것임을 조금은 느낄 수 있었다. 버겁고 부끄러운 인생도, 잘하지 못한 삶도, 이 책에서는 따스한 시선으로 보고 있어 아빠의 삶을 반추해보고 싶게 만들었다.

결국 희망을 주는 이야기였다. 내 인생에서도 지푸라기나 튜브가 필요한 순간이 있었다. 지금은 괜찮지만 언젠가 그런 시간이 올 수도 있고, 내 주변의 누군가 그럴 수도 있다. 그렇다면 기꺼이 내가 지푸라기가 되어줄 용기와 위로를 안고 책장을 덮었다.

상실의 고독 너머로
구원의 희망이 다가오는 삶에 대하여 | 김소연

– 김금희 『크리스마스 타일』을 읽고

'사람이 어떻게 사람을 버릴까, 네가 날 어떻게 버릴까'의 생각을 놓지 못하고 사로잡혀 있었을 때, 『크리스마스 타일』을 읽었다. 내가 했던 생각은 작중 속 등장인물인 지민 PD가 했던 말이기도 했다. 『크리스마스 타일』을 읽었을 때는 12월도 아니었는데, 크리스마스 선물을 받은 것 같은 기분이었다. 소설은 내게 이제 스스로를 좀먹는 번뇌를 멈추고 인생의 그다음 스텝으로 넘어가길 바란다, 고 독려해 준 것 같았다. 그리고 시간이 지나 『크리스마스 타일』을 다시 한번 읽게 되었을 때, 내 인생에서 일어난 일들과 그 이후에 홀로 소화하고 인내해야 했던 감정들이, 작중 속 등장인물들의 상황과 많이 닮아있음을 깨달았다. 나 역시 「눈 파티」의 진희처럼 *'우연과 기적도 평소에 그런 걸 느껴온 사람들이나 겪는 것 아닐까'* 하고 회의적으로 여겼던 적도 있었고, 「월계동 옥주」의 옥주처럼 잃어버린 사람들은 다른 사람으로 채울 수 없다는 사실을 온몸으로 받아들여야 했다. 나와 『크리스마스 타일』의 등장인물들에게 벌어진 사건과 그로 인한 감정의 소용돌이 속에서 우리가 체득한 것이 무엇인지, 『크리스마스 타일』의 김금희 작가가 말하고

자 하는 것이 무엇인지에 대해 **'등장인물들의 감정선을 세 가지 단계'**로 나누어 이야기하려고 한다.

　　첫 번째 단계는 '상실의 좌절을 지나 고독을 단념하는 단계'이다. 마흔여섯에 유방암에 걸렸던 은하는 항암 시절 결심한 고독의 견지를 유지하려 애썼고, 경은 선배를 삼 년이나 짝사랑했던 한가을은 종국에는 수치심과 열패감과 같은 상상조차 할 수 없었던 마음의 국면을 얻는다. 옥주는 주변 사람과 예기치 못한 이별들로 도망치듯 중국으로 갔지만, 잃어버린 사람들을 다른 사람으로 채울 수 없다는 사실을 시간에 걸쳐 받아들이게 된다. 인생을 밀고 나가기 위해 발버둥 치는 매 순간 배경처럼 존재하던 반려견 설기를 잃은 세미는 추억과 고독을 번갈아 곱씹고, 맛집 알파고였던 옛 연인 현우를 방송 프로그램에 섭외하기 위해 만난 지민 역시 상실의 추억을 실감한다. 소설 속 인물들은 내 마음의 경중이나 의도와는 상관없이 제멋대로 흘러가거나 관계가 종결되어 버린 상실의 고통을 소화하려고 부단히 애쓴다. 하지만 상실의 애도에는 생각보다 많은 에너지가 들기 때문에 그 인내의 과정이 쉽지는 않다. 상실의 과정을 겪으며 고독을 단념하는 과정의 감정노동이 무가치하다고 느낄 수도 있고, 구원의 수레가 날 태워가기는커녕 그 수레바퀴에 되레 깔릴지도 모른다는 조바심과 두려움이 느낄 수도 있다. 하지만 그렇다고 해서, 등장인물들이 그러한 상실과 고독에만 몰두하는 것은 아니다.

　　인물들은 그 복잡한 감정의 분화구 속에서 자신도 모르게 **두 번째 단계로 발을 내딛게 된다. 바로 '인생을 원복시킬 때 일어나는 결의와 해원의 과정'이다.** 「월계동 옥주」에서 *'어느 날은 자신의 상처를 들여다보며 복수의*

힘으로 더 나은 미래로 나아가자고 다짐했지만 얼마 지나지 않아 그런 마음의 부력은 미약해지고 상심의 파도가 밀려오곤 했다'라는 문장처럼, 고독을 단념하는 것은 쉬운 일은 아니다. 하지만 홀로 아무도 모르는 세상에 굴러떨어진 것 같은 아득한 공포를 온전히 온몸으로 다 겪어내면, 어느새 내 인생은 다른 길목에 발을 딛고 서 있게 된다. 상실의 파국 속에서 항변하고 저항하는 홀로의 사투 끝에 어느새 나도 모르게 인생이 원복되어 있는 희망을 경험하기도 하는 것이다. 옥주는 믿었던 관계가 이렇게 쉽게 어그러지는 것에 마음이 무너져내렸지만. *'세상 어디에서든 호숫물로 등잔을 밝힐 수도 있다는 얘기를 기꺼이 믿었다는 사실을 떠올리면'* 상심이 아물면서 원래의 자신으로 되돌아갈 수 있었다. 반려견 설기를 잃은 세미 역시 추억과 고독을 곱씹으며 자괴감에 휩싸이는 것에 그치는 것이 아닌, 상실을 계기로 타인을 이해하는 시선을 얻는다. 타인이 과거에 나와 같이 소중하고 유일무이한 존재를 잃었다는 아픔에 뒤늦게 공감하며 소회를 털어놓는 순간들도 상실을 통한 해원의 과정이다.

「첫눈으로」에서 소봄이 *'누군가를 잃어본 사람이 잃은 사람에게 전해주던 그 기적 같은 입김들이 세상을 덮던 밤의 첫눈 속으로 혼자만의 힘으로 걸어 들어갔던 것'*처럼, 우리에게는 원복 이상의 결의와 해원의 체득을 겪게 된다. 물론 상실의 감정을 이겨내는 것이 마치 기적과도 같은 일로 느껴지기도 하고, 우리 안에 파생된 감정들은 우리를 그 고난을 겪은 이전의 상태로 되돌려 주지 못할 것이다. 하지만 그 여정을 감내할 동안 우리는 내 영혼에 대해 더 긴밀하게 탐구하기도 하고 동시에 타인을 향한 이제껏 가지지 못했던 관용의 시선을 배우기도 한다. 「크리스마스에는」에서 지민이 옛 연인 현우를 부산에서 만나 마지막 인사를 건네고 난 뒤, *'그러니까 눈 내리는*

희귀한 부산의 크리스마스에 우리가 했던 일들은 겨우 그런 사실에 대해 알게 되는 것 아닌가. 모두가 모두의 행복을 비는 박애주의의 날이 있다는 것'이라고 생각했던 것처럼 말이다. 작중의 등장인물들은 상실의 고통 이전으로 되돌아갈 수는 없으나 고독을 단념하고 인생을 원복시키는 결의를 가지는 여정은, 그들을 더 나은 사람으로 성장시키는 가장 큰 동인이고 전인미답前人未踏의 경지를 만들어 낸다.

전인미답前人未踏의 경지에 왔어도 그 이후에 내 안에 잔류하게 될 감정들에 대해서 스스로 어떻게 보살피고 대응해야 할지 또다시 고심하는 순간, 동시에 뜻밖의 순간을 경험한다. 『크리스마스 타일』 속 등장인물들이 그러했듯, **세 번째 단계 '상실의 고독 너머, 구원의 희망이 도래하는 걸 깨닫는 순간'**이 오게 되는 것이다. 고독의 견지를 유지하려고 애썼던 은하가 쿠바에서 물을 달라고 재촉하는 앙상한 떠돌이 개를 통해 뜻밖의 구원을 만난 것처럼, 우리가 원하는 구원은 그다지 거창하지 않을 수도 있고 바라던 모습이 아닐 수도 있다. 어쩌면 구원은 더 깊은 늪에 빠지지 않으려고 전심전력으로 안간힘을 쓰는 사이로 불현듯 깨닫는, 나를 빠지게 하려던 늪은 더이상 나를 빠트릴 수 없구나, 하는 인지의 순간일 수도 있다. 작중에서 '방송은 그런 소모적인 일들로 에너지가 바닥난 뒤에야 완성되었다, 마치 그렇게 하는 소진 자체가 중요한 사명인 것처럼'의 말처럼, 우리 인생 역시 소모적인 일들로 에너지를 다 써버린 이후에야 희망이 다가오고 있는 것일 수도 있다. 혹은 〈눈 파티〉의 진희가 '나는 눈송이들을 통과해 오는 그 얼굴을 더 정확히 보고 싶은 마음에 발을 들었고 그가 가까이 왔을 때 오래전처럼 또 손을 들이 인사'한 것처럼, 시간을 오랜 시간 통과하고 기다림의 마음을 내 안에서 한껏 소진시켜야 희망의 해후를 경험하기도 한다.

등장인물들이 느꼈을 마음을 더 긴밀하게 이해하기 위하여 굳이 세 가지의 단계로 구분하긴 했으나, 이러한 감정의 단계는 앞으로 뻗어나가는 발전의 과정이 아닌, 어쩌면 서로 끊임없이 순환하는 원형 구조가 아닐까 하는 생각이 들었다. 무한하게 서로를 향해 달려가는 감정들 속에서 사람은 인내와 수용의 태도를 배우게 되는 것이 아닐까, 하고 말이다. 작가는 『크리스마스 타일』의 작중 인물들을 통해, 인생에서의 매일매일은 생각지도 못한 순간에 저점에 떨어지고 다시 기어오르기를 반복하는 인고의 투쟁일 수 있겠으나, 인생의 이런 순간마저 기꺼이 받아들이면 우리의 마음에는 되레 평안의 에너지가 생길 것이라는 희망을 말하고자 했던 것 같다. 타일을 가까이서 보아야 타일 간에 구분되어있는 줄금이 선명하게 보이는 것처럼, 인생에서 찾아오는 다양한 사건과 그로 인한 좌절의 투쟁은 결국 시간이 지나면 마치 타일처럼 내 인생 전체를 균등하게 아우르는 하나의 배경으로 보일 수도 있다고 말이다. 우리 인생을 거칠게 훑고 지나가는 고통으로 점철될 시간의 역사 또한 그저 우리의 인생일 뿐이었다는 의연함의 결기에 다다르기를, 작가는 『크리스마스 타일』을 통해 말하고 소망했던 것이 아닐까.

마법소녀 준비합니다 | 김리

─박서련 『마법소녀 은퇴합니다』를 읽고

마법소녀라는 단어를 마지막으로 들은 게 언제였을까? 아니, 마법이라는 단어 자체를.

너무나도 까마득해 기억도 잘 나지 않는다.

『마법소녀 은퇴합니다』는 300만 원의 카드빚이 막막해 자살시도를 하려는 주인공이 어떠한 인물에게 당신은 지금 죽을 운명이 아닌, 인류를 구할 사상 최고의 마법소녀가 될 운명이라는 이야기를 듣고 마법소녀로 각성하기 위해 노력하면서 벌어지는 이야기다.

책을 읽기 시작하면서 가장 먼저 들었던 생각은 내가 저 상황에 저 이야기를 들었으면 그대로 믿었을까, 라는 생각이었다. 만약 정체모를 누군가가 나에게 다가와 '당신은 인류를 구할 사람이니 지금 죽지 마세요'라고 했을 때 나는 과연 이를 온전히 믿고 삶에 대한 의지를 바로 찾을 수 있을 까? 책을 읽으면서 들었던 이 의문에 대한 답은 책을 다 읽고 나니 할 수 있게 되었다.

답은 "찾을 수 있다."

나에게는 이 책이 마치 '당신은 인류를 구할 사람이니 지금 죽지 마세요' 라고 말하는 낯선 이 같았다. 이 이야기를 읽고 내가 마법소녀다운 비범한 능력을 가졌고 이를 통해 인류를, 지구를 구할 것 같단 생각이 들었다는 건 아니다. 단지 그냥 어쩌면 그럴지도 모른다는 생각이랄까. 나도 모르는 능력이 있을지도 모른다는 생각, 그래서 나도 쓸모 있는 사람일 수 있다는 생각. 지금은 그저 주인공이 그랬던 것처럼 나도 아직 각성 전일뿐이라는 생각. 각성을 하게 되면 달라질 거고 나아질 거라는 생각. 그렇기 때문에 나는 지금 잘못하고 있는 게 아니라는 생각… 그런 생각들 말이다.

마법 소녀가 생겨나는 이유는 그 사람에게 그 힘이 가장 필요했기 때문이라고 그래서 각성 전의 마법소녀란 세계에서 가장 취약한 존재라고 낯선 이이자 마법소녀인 '아로아'가 주인공에게 말한다.

나도 주인공과 비슷한 점이 많다. 단 한 번도 쉬지 않고 일을 해왔는데 남들이 보기에 무언가 이렇다 할 성과나 말할 만한 것들이 없어서 결론적으로 난 아무것도 안 한 사람이 되어버렸다. 처음엔 나도 남들의 기준에 맞출 필요 없고, 내가 내 자신을 어떻게 생각하는지가 가장 중요하다, 여유롭지는 않더라도 누군가에게 폐 끼치면서 손 벌려가면서 살지 않으니 괜찮다, 진짜 아무것도 안 하는 것이 아니니 괜찮다, 그렇게 생각했었다.

그렇지만 열 번 찍어 안 넘어가는 나무 없다고 했던가. 이 말을 이럴 때 쓰는 게 맞는지는 모르겠으나 난 넘어간 게 맞았다. 쓰러져 넘어갔다. 난 아무것도 안 하는 사람이었다. 패배자였다. 내 이야기를 활발하게 올리던 SNS

에는 점차 말이 없어졌고 올릴 것이 없어졌다. 올릴 만한 것이 없었고 올릴 수가 없었다. 너의 길을 가면 된다며 괜찮다고 위로해주던 지인들의 SNS에는 본인들만의 길 보다는 남들이 다 가는 길을 나도 가고 있다며 저마다 인증하는 느낌이 들었고 나는 그 길에 초대받지 못한 손님이 된 느낌이었다. 애초에 자격미달이라 초대받지 못한 그런 느낌. 어쩌다 용기를 내 게시물을 업로드하면 나만 생뚱맞은 것을 올리는 그런 철없는 사람이 되어버렸다. 철없고 순수한 사람. 참 한결같아서 좋아, 라는 말이 칭찬으로 들리지 않게 된 게 그때부터였던 것 같다.

요즘 뭐하고 지내냐는 물음에 괜스레 찔렸고 그 물음이 너무나도 싫었다. 내가 한결같은 사람이라는 걸 내 스스로 인증해야 했으므로. 그러다 보니 숨게 되었고 그렇게 사람들과도 세상과도 조금씩 멀어지게 되었다.

한결 같은 사람인 걸 들킬까봐 무서워 내가 선택한 건 정체였다.

그렇다고 일을 쉬었던 건 아니었다. 먹고 살아야 하므로 일을 꾸준히 했다. 그러나 일을 하는데도 불구하고 일을 할수록 오히려 더 정체되어있고 고여 있는 느낌이었다. 어디서부터 잘못된 걸까? 더 부지런하게 열심히 하지 그랬냐, 라는 말에 난 쉬어본 적이 없는데 여기서 어떻게 뭘 더 해야 했을까, 라는 억울함이 들다가도 여기서 어떻게 뭐라도 더 해야 했을까, 라는 후회감과 자책감에 위축되고 말았다. 이렇게 오르락내리락 롤러코스터를 타다가 얼마 전부터는 아주 낮은 곳에서 편편하게 천천히 달리고 있다. 멈춘 건지 달리는 건지 모를 정도로 아주 천천히. 정확히 언제부터였는지는 모르겠다. 사람이 정말 무섭고 하찮은 존재라는 걸 느낀 게 한번 스며든 찌질하고 우울한 생각은 나를 좀먹어가기 시작하고 마침내 나를 뒤덮었다. 예전엔 이런 사람들 보고 다 핑계일 뿐이고 변화할 생각이 없는 것이라고 손가락질을 하기도 하였다. 그런데 변화란 생각보다 어려운 일이었고 정체는 너무도 쉬웠다. 내가 나약해서 이렇게 될 수밖에 없었고 내가 나약한 건 선천적으로 타고나 고칠 수 없는 그런 불치병 같은 게 아니었을까 하고 순응하기 시작했고 그렇게 다람쥐 쳇바퀴 같은 하루하루를 그냥 버티듯 살아간 지도 꽤 오래되어 간다.

그러던 중 이 책을 읽게 되었다. 마법소녀라는 단어를 아주 오랜만에 들었다. 칙칙한 나에 비해 너무 동화 같고 빛나는 단어라 처음엔 낯간지러웠다. 근데 모순적이게도 그 낯간지러움이 이 책에 끌리도록 만들었다. 상상 속 인물을 자기 자신과 동일시하고 과몰입하는 건 조금 과하다고 생각했었다. 어린애 같고 어리석은 거로 생각했는데 나와 너무도 닮은 인물이 나와 너무도 다른 현실적이지 않는 일을 겪는 게 좋아 자꾸만 주인공을 나로 보게 되었다. 현실에서 나의 나약함은 상황들이 그렇게 만든, 아니 어쩌면 선천적인 불치병이자 이 모든 상황의 원흉이라 생각했다. 그런데 소설 속에서 나약한 건 각성 전 마법소녀들이 갖고 있는 공통점이었다. 너무나도 당연한 그런 공통점.

나약함, 단어에도 대놓고 나와 있듯이 말 그대로 약함이 마법소녀가 될지도 모르는 기회가 될 수 있다는 게 그게 너무나 좋았다. 그 어떤 위로보다도 와 닿았다. 지극히도 평범한 내가 평범하지 않은 존재일 수 있고 평범하지 않게 나약한 내가 그저 평범한 거라고 그렇게 모순적인 말을 건네는 것 같았다. 그 모순적인 말이 터무니없게 들리지 않았다.

나 또한 마법소녀 일지도 모른다는, 마법소녀가 되고 싶다는 터무니없어 보일지 모르는 생각이 현실적으로 들게 한 것이 이 책이 나에게 부린 마법이다. 생각해보면 이 마법이 절절하게 필요했던 시기가 아니었나 싶다. 내가 알아차리지 못했을 뿐. 아니, 어쩌면 나도 이미 알고 있어서 이 책을 읽기로 마음먹었는지도 모르겠다. 내 안에 변화하고 싶다는 작은 불씨 같은 생각이 꺼지지 않았었나 보다. 그 불씨에 바람을 불어넣어 주길. 이 책이 그래 주길 간절히 바랐던 것 같다.

자신을 마법소녀로 여기는 데 불편을 느끼지만 않는다면 누구나 마법소녀가 될 수 있다고 이 책에서 말한다. 나는 이 말에 또 한 번 용기를 얻어 마법소녀가 되기로 정말로 마음먹었다. 내가 어떤 마법소녀로 각성하게 될지는 잘 모르겠다. 오랫동안 가지고 있던 우울감과 권태감에서 조금은 벗어나 희망적인 생각이 든 것 그 자체가 나에게는 이미 마법과도 같은 일이다.

하나 욕심을 내본다면 나와 같은 사람들에게 이 마법을 주고 싶다. 내가 이 책을 읽고 느낀 것처럼 누군가 나를 보고 느꼈으면 좋겠다. 자기랑 비슷한 사람도 잘살아가고 있다고 그러니 지금 내가 잘못하고 있는 게 아니라고, 언젠가는 잘될 거라고. 내가 이 책을 읽고 느꼈던 것들을 나로 하여금 느꼈으면 좋겠다. 그게 내가 원하는 마법소녀다.

내가 어떤 능력을 가지고 있는지 어떻게 변화될지 아직은 잘 모르겠다. 이 책을 읽기 전과 읽고 나서 달라진 건 내 마음가짐 빼고는 아무것도 없으므로 남들이 보기엔 아직도 난 한결같은 사람일지 모른다.

정말 간절히 바랄 때 마법소녀의 능력이 생긴다고 했던 말이 생각난다. 적어도 난 이제는 정말 간절히 바란다. 나는 마법소녀가 될 것이다. 마법소녀로 각성할 것이다. 변화할 것이다.

아주 오랜만에 들은 마법이라는 단어는 진짜로 나에게 마법을 부린 것 같다. 이미 각성이 시작되고 있는 걸까.

주인공은 마법소녀를 은퇴했지만, 나는 마법소녀를 준비해 볼 생각이다.
지금부터.

삶의 지향점과 속력 | 김태균

- 김훈 『하얼빈』을 읽고

전전반측하며 저려오는 가슴을 어쩌지 못한 채 새벽을 맞는다. 벌써 은퇴한지 한 해가 지났다. 지난 30년간 달려왔던 길, 내가 몸담은 공동체와 가족에 대한 의무는 작년에 끝났다. 이제부터는 내게 주어진 덤 같은 시간들이다. 공짜로 추가시간이 주어졌는데 왜 이렇게 허전한가? 어쩌면 지금까지 살아온 관성대로 일자리를 찾고 소득활동을 하면서 노동 속에 삶의 의미가 있다고 위로하며 살다가 눈감는 것을 당연하게 받아들여야 할지도 모르겠다. 그런데 정말로 이게 다인가? 다른 길은 없나? 그리하여 늦게나마 책을 들었다. 인문, 철학, 종교, 문학 그리고 과학까지 최고 지성들을 접하다보면 답이 보일 것이라 생각해서다. 그렇게 책의 숲에서 이 소설 하얼빈을 만났다.

이 소설은 신영복 선생의 글을 떠올린다. "생활에 지향과 속력이 없으면 생활의 모든 측면이 일관되게 정돈될 수 없음은 물론 자신의 역량마저 무력해진 법이다." 그랬다. 어쩌면 나는 남은 삶에서의 지향점과 속력 그리고 생활의 일관된 정돈에 대한 갈망이 있었던듯하다.

안중근 의사를 소재로 한 문학 장르는 매우 다양하다. 소설, 다큐멘터리, 영화 그리고 뮤지컬까지 있다. 그렇기 때문에 김훈의 소설 하얼빈은 나를 포함한 독자들이 이미 상당히 많은 사전 지식을 갖추고 있으므로 해서 진부할 수밖에 없다. 그럼에도 지금의 나에게는 어떤 울림을 주었다. 지향점과 속력 그리고 생활의 일관된 정돈에서 그렇고, 삶의 지향점은 시대적 흐름을 바탕으로 해야 한다는 점에서도 그렇다.

이 소설은 두 개의 지향점이 대비된다. 한편에는 이토가 상징하는 일본 제국주의 지향점이다. 그 지향점은 소설 첫 장면부터 서슬 시퍼렇게 그려진다. 일본 천황 메이지가 대한제국 황태자 이은을 접견할 때 입은 군복과 옆에 찬 군도로 상징되는 무력이었고, 그러면서도 일본이 조선을 문명적으로 대하고 있음을 과시하려는 분장이었으며, 제2차 한일협약 이후 조선에서의 소요사태를 맷돌처럼 갈아버리려는 잔인함이었다.

소설 속의 이토는 메이지로부터 받은 명령을 준엄하게 실행하는 인물이다. 그의 생각에서는 주체적 사유와 자유의지를 읽기 어렵다. 이는 그의 연설문에서 극명하게 나타난다. "스스로 독립할 힘이 없는 자는 홀로설 수 없다. 조선의 평화와 독립을 동시에 누릴 수 있는 길은 제국의 틀 안으로 순입하는 것이다. 이것이 동양의 평화다." 이것은 단지 메이지가 준 메시지의 또 다른 버전에 불과하다.

한편, 안중근이 바라 본 그 시대는 불의의 시대였고, 생명이 속절없이 희생되는 시대였다. 일본 제국주의에 맞서 조선의 의병돌격대는 기관총좌에 달려들다 쓰러졌고, 작은 부대들은 산속에서 굶어죽었고, 싸움에서 진 군장들은 이마로 바위를 들이받아 자살했고, 배신과 변절이 난무했다. 대한제국의 군대는 해산당해 대장은 자결하고 병사들은 저항하다 죽어갔다. 안중근은 서울에서 그 죽음들을 목격했다. 안중근이 보기에 더 이상 백성들이 몸으로 부딪쳐서 될 일이 아니었고, 다급해져가는데도 그 끝은 허허로웠다.

이 시점에 이르러 안중근의 지향점이 확고해진다. 이토를 꺾고, 그들의 허상을 깨부수고, 진정한 평화를 세계에 알리고자 했다. 그러기 위해서는 이토를 살殺 하는 수밖에 달리 방법이 없었다. 안중근이 지향하는 바는 모든 생명은 소중하다는 것이다. 그는 법정 진술에서 말했다. "나의 목적은 동양 평화이다. 무릇 세상에는 작은 벌레라도 자신의 생명과 재산의 안전을 도모하지 않는 것이 없다. 인간된 자는 이것을 위해 전력하지 않으면 안된다."

안중근, 이토 그리고 우리 모든 인간에게 있어 삶은 기적같이 찾아온 단 한 번의 짧은 순간이다. 그 삶을 대부분의 사람들은 시대와 호흡하지 못하고 그저 살아가거나, 내 몸 편하기만을 원하거나, 부질없는 부와 명예와 권력을 좇으며 흘려보내기 십상이다. 돌이켜보면 나는 지금까지 한 번도 삶의 지향점을 가져본 적이 없었다. 살아온 것이 아니라 관성대로 남들처럼 살아진 것이다. 내 의지대로 한 번이라도 살아보겠다며 백두대간 종주를 해보기도 했었다. 하루에 이십여 킬로미터를 열 시간 남짓 숨이 턱까지 차오르도록 걷고 또 걸었었다. 하지만 그 끝 역시 허허로웠을 뿐이었다. 삶의 지향점은 그렇게 찾아지는 것이 아니었다. 나는 시대와 대화하지 못했던 것이다.

이토와 안중근의 두 지향점이 하얼빈으로 상징되는 충돌점을 향해 달려간다. 도쿄에서 시모노세끼까지 연결된 철길, 시모노세끼에서 부산까지는 기선으로 연결되고, 부산에서 다시 철길이 서울로, 서울에서 신의주로, 신의주에서 하얼빈으로 이어져있다. 하얼빈은 러시아와 유럽으로 진출하려는 이토 지향점의 교두보이며, 그곳에서 러시아를 굴복시키려 했다. 그들은 하얼빈까지 거침없이 전진하면서 동양평화라는 이름 아래 학살을 벌이지만 이토는 마치 한나 아렌트의 '예루살렘의 아이히만'처럼 그 죄악을 깨닫지 못한다.

아이히만은 유대인 학살을, 나치스가 제도적이고 체계적으로 추구한 최종 해결책을, 명령이었다는 이유로 양심의 가책 없이 열정적으로 수행한 인물이다. 이토는 아이히만과 다를 바 없는 인물로 보인다. 일본 해군은 청국에 승리한 뒤 북양함대 모항인 여순 전역에서 늙은이, 어린아이, 임산부, 불구자, 개, 말, 당나귀 모두를 죽였다. 그리고 그 시체로 방벽을 쌓아 그 위에 기관총좌를 얹었고, 시체가 쌓인 시가지에서 술에 취해 만세를 외쳤다. 이토는 이런 행위를 잔적소탕이라 불렀고, 이를 기념하면서 하얼빈을 향해 나아갔다.

이토가 강대한 무력을 앞세우고 전진하는데 반해 안중근은 단지 이백 루블 그리고 권총 한 자루만을 가지고 이토를 저지하기 위해 하얼빈으로 향했다. 한때 안중근은 작은 학교를 열고 학생들에게 영어, 지리, 국사를 가르치기도 했고, 빌렘 신부로부터는 좀 더 무난하게 조선에서 교육 사업에 힘쓰라는 권유도 받았지만 그는 이 길을 선택하지 않았다.

안중근은 청년시절 노루사냥의 경험에서 총의 선명함을 깨달았다. 그러한 안중근의 마음속에 자리 잡고 있는 혈기가 감당하기에 교육운동이 가진 속력은 너무나 태평스럽게 느껴졌을 것이다. 폭력과 죽음이 난무하던 시대에 그는 총처럼 빠르고 선명한 해결을 원했다.

안중근에게서 삶의 지향점과 속력은 상보적임을 본다. 우리가 살아가는데 있어 속력 없는 지향점은 계획만 세우고 실천은 하지 않는 것처럼 무기력할 뿐이고, 지향점 없는 속력은 손 대는 일은 많으나 마무리 짓지 못하는 것처럼 어지럽고 수고스럽기만 할 뿐 작은 성과조차 기대하기 어렵다.

리처드 도킨스라는 유명한 진화론자가 그의 명저 '이기적 유전자'에서 각 생명체들은 유전자 전달자로써 본질적으로 이기적이며 이타적일 때조차도 위장된 이기주의라고 하였다. 그럼에도 불구하고 인간만은 유전자의 이기적인 지배로부터 벗어날 수 있다고 주장하였다. 안중근이 살던 그 시대에 대부분의 사람은 자기 목숨 하나 보존하고자 전전긍긍하였고, 나아가 자신의 치부를 위해 극단의 이기심을 보였던 삐뚤어진 무리들도 많았다. 안중근이 선택한 길은 이기심이 만연했던 시대를 거스르는 길이었기에 더욱 고귀하다.

안중근이 거사의 동지로 우덕순과 만나는 장면은 마치 색칠된 치장을 벗어던진 흑백영화 같이 담백했다. 우덕순은 이토가 하얼빈에 온다는 말에 안중근이 왜 자신을 찾아왔는지 이미 알았다. 안중근은 우덕순에게 동행하자고 묻지 않았고, 우덕순도 같이 가겠다고 답하지 않았으며, 거사 뒤에는 달아날 생각이 없었으므로 별다른 계획이란 것도 없었다.

안중근은 가족에도 연연하지 않았다. 다만 거사 후에 치를 곤욕을 피하기 위해 하얼빈으로 부른 것이 전부였다. 그리고 거사 전날 안중근과 우덕순은 새 옷을 사 입고, 이발을 하고, 사진을 남긴다. 이 마지막 행위들이 마치 우리네 어머님들이 목욕재계하고 정한수 떠놓고 신령님께 비는 듯 경건함이 베어 나온다.

소설 하얼빈이 보여준 안중근의 삶에서 애국심이나 민족주의 같은 오랜 이데올로기를 읽기보다는 그가 보여준 삶의 지향점과 속력 그리고 정돈된 삶으로부터 사람은 무엇으로 살아야 하는지를 다시 생각하게 만든다.

나에게 남은 삶은 아마도 삼십 년 전후 정도일 것이다. 게다가 나답게 사고하고 판단할 수 있는 지적 수준을 유지할 수 있는 기간은 기껏해야 이십 년 정도라 할 터이다. 이 시기를 어떤 지향점을 가지고, 어떤 속력으로, 어떻게 정돈된 삶을 살아가야 할까?

만일 안중근이 오늘날을 산다면 그의 지향점은 무엇일까? 안중근의 시대가 폭력의 시대였다면 지금의 시대는 어떤 시대인가? 아마 안중근의 눈에도 지금은 인류 위기의 시대로 보일 것이다. 효율을 최고의 신으로 떠받들며 지상의 모든 것은 인간을 위해 준비된 것이라는 망상으로 인해 인류가 스스로의 생존을 위협하고, 나아가 우리 아이들이 살아갈 세상을 우울하게 만들고 있다.

과학자들이 판단하는 지구 종말시계가 종말 90초 전을 가르킨다고 경고하고 있고, 일각에서는 이미 임계선을 넘어 회복하기 어렵다고 말하는 학자들도 있다. 인간이 지구의 주인이라는 오만함으로 환경을 파괴하고, 다른 종을 멸종시키고 있으며, 기후 재앙을 불러오고 있고, 지구를 몇 차례고 쓸어버릴 만큼의 핵무기를 만지작거리고 있다. 핵위협, 온난화, 환경파괴 등의 재앙으로 인해 어느 때보다도 인류는 멸종 위기에 다가선 것이다.

인간은 그저 어쩌다 이 지구에 주인공이 되었을 뿐이다. 좀 더 겸손해야 하고, 늦지 않게 행동해야 하고, 연대해야 한다. 머지않아 나의 책읽기 탐구가 끝나게 되면 짐작컨대 그 길 어디즈음에선가 내 남은 삶의 지향점과 속력을 찾을 수 있을 것 같다. 그러면 자연스레 내 생활들도 정돈될 것이고, 나의 인생 2막도 자리를 잡을 것이다.

우주를 가로지르는 근사한 이별의 순간 | 백해인

– 천선란 『노랜드』를 읽고

일기를 쓰기로 결심한 이십 대 후반, 나는 성인이 된 후 처음으로 일기장을 구입했다. 튼튼한 까만 가죽으로 양장 제본된, 무모하고 은밀한 나의 내면을 봉인해둘 일기장으로 손색없는 다이어리였다. 독서는 좋아하지만 놀랍게도 아무 삶의 기록을 하지 않았던 나였다. 한 마디로 나는 흘러가는 대로 살고 경험이라는 형태로 버티면서, 엉뚱한 상상을 자주 하는 게 전부인 사람이었다. 돌연 죽음이 덮친다면 그마저도 흘려보낼 것처럼.

일기를 쓰지 않았던 정확한 이유는 알 수 없다. 어두운 흔적을 남겨놓고 싶지 않은 나의 무의식이었을까? 언젠가 이 지구에서 내가 사라지게 될 때를 대비해서 말이다. 그게 아니라면 울퉁불퉁한 내 속마음에 쓸려 헤져버릴 일기장이 애잔했던 것일지도 모른다. 분명한 건, 지난 내 마음은 튼튼하지 않았고 온갖 부정적인 것들로 가득 차 있었다. 겉으로는 멀쩡한데 내구성이 약한 부실 공사처럼 매번 위태로웠다. 삼십 대가 된 나는 매일 글을 쓰고 그림도 그리지만, 이십 대의 나는 여전히 아버지의 죽음과 그의 부재에서 배신감을 느끼는 아이와 같았다.

소설집 『노랜드』의 첫 번째 작품 「흰 밤과 푸른 달」을 읽기 전, 그 당시에 써둔 일기장을 뒤적여보았다. 소설의 줄거리를 파악하자 전체를 관통하는 '이별'이라는 한 단어가 보였고 그 시절의 내가 떠올랐기 때문이었다. 일기장에는 내가 정말 이랬었나? 싶을 만큼 무시무시하고 낯선 글이 많았다. 누군가의 에세이를 읽는 기분으로 몇 페이지를 넘기던 중, 나는 이런 문장을 발견했다. '이별을 감내하기.' 불과 몇 년 전인데도 불구하고 한 세대를 지나온 것처럼 깊고 아득한 말이었다. 그대로 일기장을 덮고 내가 소설의 내용처럼 지구를 떠난다면 누구를 마지막으로 보아야 할지 고민해 보았다. 엄마와 오빠, 내 인생에 남아준 수많은 인연들. 그때 그들은 어떤 감정을 느낄까? 나는 나와의 이별을 감내해 줄 고마운 사람들을 상상하니 어딘가 가혹하다는 생각이 들었다. 사실 나는 지구를 떠나더라도 얼마 못 가 귀환하고 싶어질 게 분명했다. 지구 밖은커녕 침대 밖도 나가기 싫어하는 사람이니까. 그렇게 나는 소설 속 인물들이 어떤 감정을 보여줄지 기대하는 마음으로 책을 펼쳤다.

「흰 밤과 푸른 달」은 '명월'이 입소해있는 기지를 '강설'이 방문하는 장면으로 시작한다. 소설의 배경은 4년 2개월간의 지구와 외계 생명체의 전쟁이 막을 내리면서 인간과 새로운 유전자를 가진 진화 인류가 공존하는 시대로 국면 한 상태다. 이야기의 구성은 우주로 떠나는 진화한 인간 '명월'과, 지구에 남게 될 진화하지 않은 인간 '강설'의 만남부터 이별까지 담고 있다. 표면적으로는 인류가 새로운 행성을 개척하기 위해 지구를 떠나는 이별 서사지만, 의미적으로는 비슷한 외로움으로 뭉친 인물들이 직면한 위기 속 고유한 개인으로 분리되며 서로를 응원하는 성장 서사다.

'도망치는 크람푸스를 끈질기게 추격하며 막다른 골목으로, 건물 안으로 몰아 잡는다는 것을. 늑대의 사냥 습성이 그러하니까.(11p)'

유전자 변형을 통해 인간은 제 기능을 초월하는 영역으로 발을 디딘다. 늑대의 본능과 가깝지만 인간의 마음을 동시에 지닌 '새로운 존재'가 되고, 마침내 외계 생명체 크람푸스를 소탕하며 인류는 또 한 번 진보한다. 이러한 설정은 인공지능과 로봇 등 빠른 속도로 과학 기술이 발전하고 갑작스러운 전염병이 지구를 덮쳐 혼란에 빠졌던 현 사회와 비교해 보면 그리 SF적 상상력에 국한되지 않는다. 소설 속에서는 작가의 설정을 더한 것이지만, 실제로 현재 과학 기술은 유전자 치료와 분석은 물론 유전자 편집의 영역까지 도달했다. 인간의 신체 한계를 뛰어넘어 본능의 영역인 승리의 쾌감을 과학 기술로 충족시키는 점에서도 뚜렷하게 나타난다. 또한 '강설'과 '명월'의 이별이라는 설정은 현실의 우리 삶과 보다 밀접하게 결합된다.

누구에게나 이별의 순간은 찾아온다. 인간에게 주어진 모든 것은 유한하므로 부모와 자식, 연인과 친구 사이에서도 이별은 불가항력으로 찾아오기 마련이다. 그때를 상상해보자면, 각자의 방식은 차이가 있겠지만 대부분 정성을 기울여 마지막 인사를 건네고 울거나 웃을 것이다. 너무 소중해서 보내주고 싶지 않은 마음, 그럼에도 사랑하니까 기꺼이 보내주는 마음 하나는 통일된 채로. 소설의 마지막 장면에도 그 마음이 담겨 있다.

'크람푸스가 지구를 침략했을 때 정말로 무서웠던 건 그 존재 자체가 아니라 그들로 인해 명월이 자신의 곁을 영원히 떠날까 봐 두려웠던 것이다.(53p)'

크람푸스로부터 자신을 살렸으나 진화한 '명월'이 낯설어 이별을 피했던 '강설'은 동생과의 마지막 기억을 후회하는 '채은'을 통해 자신의 속마음을 깨닫는다. 서로를 아낌없이 구원했던 '명월'과의 기억이 두려움이라는 가면을 쓰고 '강설'을 붙들고 있었나는 걸. 비로소 마지막을 각시힌 '강설'은 결정적인 순간에 진화한 인간 '명월'이 아닌 자신이 기억하는 '명월'에게 달려간다. 이제 저 먼 우주로, 알 수 없는 미지의 행성으로 떠나게 될 '명월'에게 마지막 인사를 건넨다. 둘은 웃으며 70년 후의 어색한 만남을 기약한다. 우주선이 흰 밤하늘을 가로지르는 순간, '강설'은 이별을 배운다.

때때로 사람은 이별이 가져다주는 존재의 결핍으로 자기 자신까지 잃어버리는 듯한 감각을 느낀다. 앞서 말했듯 우리는 언제나 누군가를 떠나왔고 떠나보냈다. 이는 삶을 이어감에 있어 불가결한 조건이며 여기에는 개인의 경험과 형태에 차이가 있을 뿐이다. 보다 중요한 건 그 과정에서 변화하는 자기 자신일 것이다. 사회심리학자 에리히 프롬이 '사랑에도 기술이 필요하다'고 말하듯, 자기 자신을 잃지 않기 위한 이별 또한 기술이 필요한 법이라고 나는 생각한다. 모순되게도 그 기술은 이별을 겪지 않고는 절대로 배울 수 없다. 우리는 후회 없는 이별을 통해 타인의 빈자리를 대신 채우며 머무르는 것이 아닌, 삶을 나아가는 용기를 얻어야만 한다. 변화를 두려워하지 않고 새로운 환경에서 자신을 지켜내야만 한다. '강설'이 '명월'과 분리되는 순간 배운 것은 자기 자신을 지켜내는 방법이었다.

소설을 읽고 난 후, 만약 이십 대의 내가 '강설'처럼 후회 없는 이별의 순간을 아버지와 가졌다면 나의 무시무시한 일기장은 어떻게 달라졌을지 생각해보았다. 물론 '명월'과 다르게 아버지는 내게 이별을 알리지조차 않고 지구를 떠났지만. 자신을 지키기 위한 생존 방법으로 진화를 선택했던 '명월'처럼, 책장 깊숙한 곳에 박혀 먼지만 쌓여가는 그 일기장은 지금 와서야 내가 선택한 생존 방법이었다고, 사실 내 속에도 크람푸스가 침략했었다고, 삼십 대의 나는 이십 대의 나를 변호해 본다. 그때 나의 두려웠던 감정은 주인공 '강설'보다는 동생의 죽음을 아무것도 하지 못한 채 흘려보낸 '채은'에 가까웠을 것이다. 사라지지 않을 상실감과 무력감, 누군가를 향한 배신감 또한 온전히 나의 몫이라는 걸 알면서도 자꾸만 뒤를 돌아보는 질긴 어떤 것이 내 안에도 있었다. 게다가 '강설'과 '명월'은 70년이 흘러 정말로 어색한 만남을 가질지도 모를 일이니.

여전히 나는 가끔 무력하고 때때로 지치기도 한다. 하지만 그보다 조금 더 행복하다. '강설'에 비한다면 천천히 지나왔지만 나는 나 자신을 지켜낸 것이다. 그리고 이별을 통과해 보니 삶을 다양한 감각으로 보고 느끼는 내가 됐다는 걸 소설을 통해 알아차렸다. 참 고마운 작품이다. 그러니 나는 앞으로의 삶에서 '채은' 같은 사람이 되고 싶다. 제자리를 빙빙 돌며 다른 곳에 시선을 둔 채 이별을 주저하는 사람이 있다면, 그의 앞에 앉아 눈을 마주치고 싶다. 현실을 직시하고 버티라는 말이나 후회할 거라며 우려하지 않을 것이다. 단지 한마디 툭, 던져보는 것이다. 정말로 괜찮겠어? 아무런 인사조차 하지 않고 이별을 감내할 수 있겠어? 라고. 어쩌면 그 사람이 가장 원하는 말일지도 모른다. 나는 모든 이별을 응원한다.

「흰 밤과 푸른 달」은 소설집의 시작을 여는데 손색없는 작품이었다. 천선란 작가만이 쓸 수 있는 장르 고유의 이야기와 미학적인 문체, 새롭게 빚어낸 세계는 독자인 내게 남다른 여운과 고요함을 안겨줬다. 나와 비슷한 얼굴을 가진 인물들에게 이십 대의 나를 투영해보며 어떤 그리움마저 느꼈다. 마치 내가 쓸쓸한 이야기 하나 해줄게, 라며 작가가 손을 잡고 조곤조곤 말해주는 것처럼. 다시 말해, 공감의 영역에서 작가는 인물의 감정을 능숙하게 풀어냈다. 과학 기술을 결합한 세계를 창조하는 것을 넘어 우주만큼 광활한 인간의 내면을 한 편의 소설 속에 녹여내는 작가의 능력이 뛰어나다. '행복과 사랑을 이야기하고 싶었는데 그게 되지 않은 것 같아서, 그래서 읽고 나면 지치는 책이 될까 봐 두렵다'고 작가는 말했다. 창작자가 작품을 발표할 때 공통으로 갖는 고민일 테다. 나는 인간의 내부분 감정이 사랑에서 비롯된다고 믿는다. 기쁨도, 환희도, 질투도, 외로움도, 슬픔도. '강설'이

'명월'을 사랑해서 이별의 순간을 망설였던 것처럼. 그러니 본질적으로 이 소설에서 작가는 내게 사랑을 이야기한 것이라고 말하고 싶다.

대한민국 책방 | 강태욱

— 박래풍 『조선책방』을 읽고

"한국인들은 책은 안 읽으면서 노벨 문학상을 원한다."

이는 수년 전 미국 저명 시사 문예지 뉴요커지에 실렸던 기사 중 일부이다. 나 역시 최근 수삼 년 동안 읽었던 책이 과연 몇 권이나 되나 자문해 보게 된다. 2017년 OECD 국가 성인 1인당 월간 독서량을 보면 미국 6.6권 일본 6.1권 프랑스 5.9권 이어 독일, 영국 등이 상위 국가이다. 한국은 0.8권으로 166위로 세계 최하위권이며 이웃 중국도 우리의 세배인 월 2.6권이다. 최근인 2021년도 통계청 조사에 의하면 한국 연평균 독서량은 7권으로 월로 환산하면 0.6권이 채 못 된다.

프랑스 해군 소위 후보생 장 앙리 쥐베르는 극동으로 원정, 즉 병인양요에 참전하였다. 그는 이 경험을 통해 쓴 『한국으로의 원정』(1873)이란 책에서 "조선인들은 그들만의 고유한 문자를 가지고 있고, 완벽하게 자모를 갖추고 있는 이 기호체계의 언어는 극동의 다른 어느 나라에서도 찾아볼 수 없는 독특한 언어"라고 극찬하면서 "극동의 이 국가에서 우리가 경란하지 않을 수 없고 동시에 우리의 자존심을 상하게 하는 한 가지 사실을 발견할 수 있는데, 그것은 바로 아무리 가난한 집이라도 집 안에 책이 있다는 사실이다"라고 서술했다. 이처럼 문을 숭상한 조선의 후예들인 우리가 지금 책을 멀리하고 있으니 안타깝다.

소설 『조선책방』은 춘천에서 서점 업무에 관해서는 두말하면 잔소리인 주인공 선우와 김 대리(연희)가 강원도 전방부대 몇 곳에 서적을 납품하려고 스타렉스를 타고 움직이다가 차량이 언덕으로 굴러떨어진 후 차 밖으로 나오니 시대가 조선의 중종임금 때로 바뀌었다는 설정을 바탕으로 한다.

사고를 당한 선우가 근처 길에서 대사간 아들 어기남을 만나 함께 한양으로 올라가 당시에는 생각지도 못할 현대적 기법의 책방을 종로에 열면서 이야기가 본격적으로 진행된다. 선우와 연희를 돌보아 주는 기남과 기남의 형 기선을 죽음에 이르게 만든 심준 대감과 홍성주 대감, 그의 아들 명한을 등장시킨 소설은 마지막 부분까지 갈등과 긴장감으로 손에 땀을 쥐게 하였다. 좌의정 심준이나 홍성주 판서는 가공인물인 데 반하여 기남의 아버지 어득강 대사간은 당시 실제 했었던 인물로 설정한 것이 독특하게 읽혔다.

소설은 어득강 대사간의 장남, 즉 기남의 형 기선이 남산에서 목매어 자결한 채로 발견되면서 갈등과 긴장의 긴박한 서사가 고조된다. 조작된 주초왕위 사건─나무 잎사귀에 꿀을 발라 파먹게 하니 조走씨 성을 가진 자가 왕이 된다─의 뒤엔 희빈 홍 씨와 이조판서 홍성주가 있었는데, 그들은 이런 계략을 꾸민 걸 알게 된 정6품 어기선을 자살로 가장하여 살해하였던 것이다. 벼슬에 별다른 뜻도 없이 고향에서 한량으로 지내던 동생 기남은 진주로 낙향한 아버지 어득강으로부터 형 죽음에 대해 자초지종을 듣게 된다. 그 일을 계기로 기남은 그간 뻔질나게 드나들던 기생집을 멀리하고 공부하여 진력하여 마침내 과거에 급제한다. 승정원의 주사를 제수받은 기남은 형의 억울한 죽음으로 상심에 젖은 아버지가 어떤 사건이나 상황을 시간의 연쇄에 따라 있는 그대로 적은 '서사' 책의 필요성을 꾸준히 역설하던 모습을 떠올리며 중종을 설득하여 서사 책의 확대를 관철한다. 하지만 중종을 있게 한 반정의 공신이자 훈구파 수장 좌의정 심준과 이조판서 홍성주 그 아들 명한 등의 집권세력 반대로 좌절을 겪는다.

선우로부터 '미래는 일반 백성 누구든지 책을 마음대로 볼 수 있어 특정한 정치 세력에게 정보가 독점되지 않는다. 어디든 책을 파는 서점이 있어 누구든 자유롭게 살 수 있다'는 말을 들은 기남은 한성부 판윤 아들 유신, 당대 거상의 아들인 중인 출신 재민과 손잡고 책방을 열 계획을 하지만 그마저도 훈구세력의 반대에 부딪힌다. 선우는 대성산에서 사고가 난 차 안에서 꺼내온 수십 권 책 중에 마키아 밸리의 『군주론』을 기남을 통해 중종에게 전하여 읽도록 한다. 반정의 공신들에 업히어 임금 자리에 올랐으니 왕권이 제한된 상태이고, 이를 답답해했을 중종에게 힘이 되어줄 책이었다. 선우는 중종이 그것을 읽고 군주의 힘을 느끼기를 바랐고, 종로책방 해결에 은근한 기대를 걸었다. 기남과 그의 친구 유신은 고심 끝에 국가가 운영하는 곳과 민간이 운영하는 서점을 각 1곳씩 시범 삼아 설치하는 계책을 훈구파들 앞에 내놓는다. 그 결과 훈구파 홍성주의 아들 홍명한이 〈백록동〉이란 서점을, 선우와 어기남은 〈조선책방〉을 종로 한복판에 개점하고 경쟁을 벌이게 된다.

훈구파가 주관하는 양반 상대 위주의 〈백록동 책방〉, 이에 반해 일반 양민과 여성들 위주의 〈조선책방〉, 이 두 곳의 경쟁은 치열했다. 처음에는 〈조선책방〉이 열세였지만 선우가 현대 서점의 책 진열 방법과 판매마케팅 방식을 도입하면서 경쟁은 더욱 불을 뿜는다. 〈조선책방〉 첫 손님인 중종에게 연희가 권한 책은 『무례한 사람에게 웃으며 대처하는 법』이라는 현대 서적이다. 조선 제일의 기생 황진이마저도 조선책방에 등장하는데 연희는 한술 더 떠 그녀에게 현대 서적 『나는 나로 살기로 했다』를 추천한다. 책방을 찾은 한 의녀가 현대 서적 『숨결이 바람이 될 때』를 선택하는데, 그 의녀는 다름이 아닌 대장금이다. 시조 시인 정철도 조선책방에 찾아온다. 조선의 유명인들 죄다 조선책방으로 몰려들게 만드는 작가의 상상력에 거듭 경탄하면서 소설을 읽었다.

기남의 형 기선을 사모하였던 훈구파 수장 심준의 딸 민주는 기남으로부터 형이 죽은 원인과 이를 사주한 자들을 알게 된 후에는 아버지의 만류에도 불구하고 기남이 조선책방을 개업하는데 열심으로 협조한다. 자신을 홍성주 아들 명한에게 시집 보내려 한다는 말에 연인이었던 어기선을 죽게 한집안과는 절대 혼인할 수 없다고 아버지에게 저항하는 민주. 이에 그녀의 아버지는 후환을 없애려 기선의 죽음 원인을 아는 자들을 역모자로 만들어 그 이름을 적은 명부를 〈조선책방〉에 몰래 두게 하고 이를 의금부 수하를 시켜 찾아내어 역모죄로 몰아 처치한다는 음모를 꾸민다. 이를 엿들은 민주는 그 명부를 〈백록동〉 책방에 몰래 가져다 놓는데, 그 과정을 박진감 넘치면서도 정의롭게 그리고 있다.

소설에서 500년 전 조선으로 가게 된 선우와 연희가 어떠한 방법으로 현대로 다시 돌아오는가 관심이 안 갈 수가 없었다. 한편 어떠한 기법을 쓰는가도 궁금했다. 그러나 그런 부분을 기교적으로 다룬 판타지 소설이 아니니 장면을 적절히 바꾸어 6개월 머문 한양을 뒤로하고 춘천 주점에서 한솥밥을 먹는 동료들과 선우, 연희가 재회하여 술을 한 순배 돌리는 장면으로 대체하였는데 자연스럽고 좋았다. .

중국에서는 송나라 시절 이미 민간 출판사가 운영되었고, 일본은 에도 시대부터 출판과 서점 사업을 장려하였다고 하는데 조선에는 이런 출판사나 책방이 없어 명나라에서 서적을 수입하였다고 한다. 그러다 보니 책값이 너무 비싸 숭명 사대사상에 젖은 소수 양반만 독점해 읽는 실정이었다고 한다. 작가가 조선의 이런 현실에 착안하여 소설로 꾸며본 게 아닌가 싶었다.

우리나라 최초의 근대 출판사이자 서점은 회동서관으로 1897년 서울 광교 인근에 세웠다고 한다, 이 지역이 60년대 이후 청계천 따라 들어섰던 헌책방 동네가 된다.

얼마 전 전직 대통령이 양산에 〈평산책방〉이라는 간판으로 서점을 열었다. 역대 한국 대통령 중에서 처음 있는 일이고, 지금껏 전 세계 전직 국가 원수 중 낙향하여 책방을 열었다는 말을 들은 적이 없는 것 같다. 국민들이 책을 접하는 문화를 여는데 일조하는 마음으로 책방을 열었으니, 간혹 부산에 가는 일이 있으면 〈평산책방〉을 들려보고 책도 구입해 상경하는 고속열차에서 읽어 보고 싶다.

젊어서 유럽을 여행하면서 미국, 캐나다, 호주 등지에서 온 유럽 배낭여행객들을 많이 만났다. 그들은 유스호스텔에서 머물며 서로 간 친교도 나누다 각자 행로를 갈 때면 배낭에 넣어 두고 읽었던 책을 서로 교환하여 열차 안에서 읽는다고 하였다.

빌 게이츠는 "오늘의 나를 만든 것은 마을의 작은 도서관이다. 나에게 소중한 것은 하버드대학의 졸업장보다 책 읽는 습관이었다"라고 하였다.

오늘 우리 모두 곱씹어 보아야 할 말이고, 산책 삼아 동네 책방에 한 번씩 나가보는 봄날이었으면 좋겠다.

대학부
|

수상작

그럼에도 불구하고 | 홍서연

– 임선우 『유령의 마음으로』를 읽고

1. 말 건네기의 미학

어느 날 나와 똑같이 생긴, 나와 같은 감정을 느낀다는 유령이 말을 건네면 어떨 것 같은가? (「유령의 마음으로」), 해파리로 변한 인간이 말을 건네고(「빛이 나지 않아요」), 나무가 된 남자가 현관에서 매일 말을 건넨다면?(「여름은 물빛처럼」) 여기, 친구였다가 몇 년만에 나타나 말을 건네는 사이비 교도가 있고(「낯선 밤에 우리는」), 단 한 번 건넨 말로 거짓말을 일삼게 된 남자가 있으며(「집에 가서 자야지」), 말을 걸면 죽을지도 모른다며 땅에 묻어달라는 남자도 있다(「동면하는 남자」). 그럼에도 불구하고 그 한 번의 말로 복수 대신 미래를 꿈꾸게 되는 남자가 있고(「알래스카는 아니지만」), 아무도 모르게 받은 인생의 연장전 속 '꿈'을 이루도록 말을 건넨 사람들이 있다(「커튼콜,연장전,라스트 팡」).

전부 주인공이 대상에게 '말'을 걸지 않으면 시작하지 않는 단편들이 모였다. 관계라는 건 언제나 일방적일 수 없는 것이라, 관계와 이야기가 시작하려면 둘 이상의 사람들이 모여 대화를 해야 한다. 건네지 않으면 출발선

조차 끊을 수 없는 이야기들. 우리는 시작의 순간을 탄생시키는 '말 건네기'의 미학을 어쩌면 이미 알고 있을지도 모른다.

유령, 나무가 된 남자, 도마뱀, 동면해야 사는 남자, 사후세계 등 터무니없어 보이는 이 소재들이 그렇게 일상의 '말'과 맞닿으며 환상과 일상의 경계에서 살아 숨 쉰다. 『유령의 마음으로』는 그렇게 계속 말을 건넨다.

「여름은 물빛처럼」 속 '산'은 사라진 전 여자친구를 찾아 집을 찾아오지만, 그곳에는 이미 '나'가 살고 있다. 그러다 그의 발이 현관 바닥에 박혀 나무가 되어버린다. 그렇게 나무가 되어버린 '산'이라는 남자와, 열아홉의 기억에 멈춰 사는 '나'는 동거를 시작한다. 이 이야기는 어쩌면 '듣고 들어주는' 것에 대한 말들일지 모른다. 아무에게도 제대로 말을 하지 못했던 '사연'의 이야기. '나'에게는 열아홉 사랑했던 사람에 대한 사연이 있고, '산'에게는 전 여자친구를 기다리다 못해 나무가 되어버린 사연이 있다. 그래서 그런지, 소설의 전반적인 오브제로 '라디오'가 등장한다. 보내고도 읽히지 않는 사연, 읽혀도 잘린 사연으로 존재하는 '일반인'의 이야기가 둘에게는 누구보다 특별한 사연으로 주고받아진다. 우리는 때로 익명의 힘으로, 전선의 힘으로 모르는 사람에게 사연을 보내 위로받고는 한다. 그러나 그 위로는 때로, 바로 내 앞에 물리적인 시선으로 바라봐주는 위로와 비교도 안 되게 멀게 느껴질 때가 있다. 그래서 오직 수로의 흐르는 물을 보며 마음을 다잡던 '나'에게 '산'의 푸른 빛이 스며들면서, 어느 순간 그 여름은 물빛처럼 흘러가게 된다. 그러니 오늘의 라디오 사연은 산과 내가 서로에게 보내는, 잘리지 않은 뿌리, 잘리지 않은 사연으로 이루어지게 된다.

이야기 속 주인공들은 상상도 못했던 인물과 관계를 맺으면서 나아간다. 「낯선 밤에 우리는」처럼 우리는 평생 다시 볼 일 없는 사람에게 털어놓는 것만으로 위로를 느낄 때가 있다. 때로는 지나치게 가까운 사람이 불편해질 때가 있으니까. 그렇게 한밤중에 설명하지 않고 달려가고 싶은 곳이 있기를 바랄 때가 있다. 바로 그날 밤이 금옥이 '나'에게 묻지 않았던, '내'가 금옥에게 묻지 않았던 것들을 이야기하기 시작하는 밤이다. 처음으로, '너'와 '내'가 아니라 '우리'가 그리는 목적지로 달린다. 말을 건네면서, 그걸 주고 받으면서.

온갖 대화가 단절된 이 세계 속에서 임선우 작가는 자꾸 그렇게 우리를 위로한다. 살아내는 마음과 살려내는 마음이 계속해서 맞닿는다. 그리하여 기적 하나가 탄생한다. 그렇게 살아난 기적 하나가 글을 쓴다.

2. 인간을 넘어서, 포스트휴머니즘

『유령의 마음으로』에는 유독 인간을 벗어나는 존재에 관한 이야기가 많이 등장한다. 「빛이 나지 않아요」 속 변종 해파리 바이러스는, 우리가 흔히 알고 있는 '좀비 바이러스'의 변형으로도 보인다. 유일하게 다른 점이라면, 해파리는 '되고 싶은 존재'이고, 좀비는 '되고 싶지 않은 존재'인 것 정도이다. 해파리로 만들어주는 업체에서 일하는 '나'의 마지막 손님인 '지선'씨는 빛이 나고 싶어 해파리가 되고 싶은 사람이다. 황홀한 빛이 되고 싶은 마음. 빛나고 싶다는 소망 때문이다. 설령 그게 인간이 아니라 해파리일지라도. 그때 여기서 사고가 일어난다. 완전한 해파리가 되지 못한 지선 씨의 이야기다.

완전한 해파리가 되지 못했다는 건, 빛이 나지 않는다는 것을 의미하기도 한다. 정신은 인간인데 몸은 해파리라면 어떤 기분이 들까? 너무나도 고통스러운 통증을 없앨 수 있다면 해파리가 되기를 선택할 수 있는가? 인간이란 무엇인가?

이런 근본적인 의문들을 던지는 이 이야기들은, '존재'에 대한 의문, 그러니까 포스트 휴머니즘적 담론을 던지는 것처럼 보인다. 카프카의 변신을 데려와 본다. 벌레로 변했지만 정신은 인간이었던 그레고리는 인간일까, 벌레일까? 흉측한 몰골의 벌레와 좀비는 치워야 한다는 생각을 하게 만든다. 그렇다면, 황홀한 빛이 나는, 사람을 홀리는 해파리는 다른 결과를 맞게 될까? 세상이 멸망으로 변화하면 놀랍게도 이득을 챙기는 사람이 생기기도 한다. 그런데 그 이득은 존재의 희생으로, 소멸로 얻게 된다는 점을 계속 생각한다. 우리는 왜 목적 없는 빛에 홀리게 되는가. 우리는 이미 너무도 탁한, 빛을 잃은 존재이기 때문일까? 지선 씨와 같이 질문한다.

"저에게 빛이 나나요?(55쪽)"

「알래스카는 아니지만」속 수영은, 스스로가 고양이라고 생각하는 인간이다. 수영은 자신과 친했던 고양이를 죽인 들개에게 복수하고 알래스카에 가서 얼음이 되겠다고 다짐한다. 「동면하는 남자」속 동면해야 사는 남자는 자꾸만 '나'에게 자신을 암매장해달라고 부탁한다.

그렇게 이 인간을 넘어서는 존재들이 계속해서 포스트 휴머니즘적 담론을 묻는다. 인간이란 무엇인가? 정말 인간이라는 게 필요한 존재일까?

3. 그럼에도 불구하고

그럼에도 불구하고, 결국 이 모든 이야기들의 주인공들은 '인간'이기를 선택해서. 때로는 '인간'으로서의 당위를 선택해서 우리가 인간임을 안심하게 만든다.

세상에서 인간만 멸종하면 다 괜찮아질 것이라고 생각하는 이 분노에 가득 찬 지구 속에서, 복잡한 이 지구 속에서 결국 인간으로 사는 우리기에, '그럼에도 불구하고' 인간으로 사는 걸 택하는 결말들을 보여준다. 결국 탈脫하지 못한 휴머니즘들. 어쩌면 그래서 위로가 되는지도 모른다. 결국 인간인 우리의 마음을, 인간일 수밖에 없는 존재성을 계속해서 건드리기 때문에.

죽었지만, 그럼에도 불구하고 꿈을 이루기 위해 시간을 사용하는 '이랑'(「커튼콜,연장전,라스트팡」)을 보면서 우리는 우리가 인간인 것에, 꿈을 꿀 수 있는 존재임에 다시 살아갈 힘을 얻는다. 사람이 고파서, 계속해서 거짓말로 만남을 이어가는 '정우'(「집에 가서 자야지」)의 행동을 보면서 우리는 인간의 고독함이 낳은 이기심에 대해 생각한다. 외로움이 지배하는, 그 따뜻함이 만든 작은 균열. 어쩌면 내가 정말 방을 치울 힘조차 남지 않아 쓰레기장을 만들어버리는 무기력한 존재가 되어 버리고, 어느 날 그걸 전부 치워주고 매일 밤 야식을 함께 해주는 사람이 나타난다면, 그리하여 드디어 생을 사는 것 같다는 느낌을 받을 때, 그걸 버릴 수 있을까? 그럼에도 불구하고 잠은 집에 가서 자야 하기에, '인간'으로서 지켜야 할 당위에 관해 고민하게 만들기에 이 이야기는 그렇게 마음을 건드린다. 불편한 진실들. 그럼에도 불구하고 지켜야 하는 마음들.

세상에는 어쩌면 100퍼센트 '나'를 이해하는 사람이 없을지도 모른다. '내'가 될 수 없기 때문에. 이 소설은 그런 점에서 우리의 포인트를 자극한다. 그러니까, 나는 아닌데, '그럼에도 불구하고' 나를 100퍼센트 이해해줄 수 있는, '나'와 '같은' 사람. 그래서 어느 지점에서는 환상일 이 이야기가 읽는 이에게는 간절한 소망으로 작용하기도 한다. 희한한 감정이 공존하는 위로 받고 싶은 날과 같다. 아무 말도 안 걸어줬으면 좋겠는데, 알아서 내 마음을 알아차리기를 원하는 날. 유령은 그걸 해낼 수 있는 존재이다. 말하지 않아도 나의 감정을 알아차린다. 그러니까, 나조차도 몰랐던 감정을 알아챈다는 건 그런 위로를 선사한다. 그래서 우리는 '유령의 마음으로' 우리를 봐 주는 사람을 오늘도 기다릴 것이다.

왜인지 환상적이고 이상한 나라의 이야기가 위로가 될 때가 있다. 이 어이없게 위로가 필요한 일상들에서 무너지지 않고, 묵묵히 나아가는 주인공들이. 이상한 이 이야기들과, 귀에 흘러나오는 흐물거리는 음악과, 눈앞에 펼쳐진 자연과, 때로는 귀갓길의 노을이 위로가 될 때가 있다. 그러니까 그날 하루를 완벽하게 만들기 위한 우연들의 연속. 샐리의 법칙 같은 것들. 고작 그런 사소한 것들이 간절하게 필요해질 때가 있다.

그리하여 이런 이상하고도 환상적인, 그래도 지독히 일상적이어서 되려 위로가 되는 이야기를 좋아하는 사람들이라면, 마치 운명처럼 좋아하게 될 판타지와 SF의 모호한 경계가 오늘도 독자들을 울린다.

나아지는 마음과 나아가는 마음들. 살아내는 마음과 살려내는 마음의 그 사이에서, 비로소 완성되는 마음으로.

사라지지 않을 우리의 공백 마주하기 | 강한조앤

– 정선임 『고양이는 사라지지 않는다』를 읽고

고양이는 사라지지 않는다, 그 제목이 눈에 띈 것은 친구네 집에 다녀온 후 얼마 되지 않았을 즈음이었다. 당시 내 머릿속은 사라짐과 존재에 대한 것들이 그 무엇보다 큰 비중으로 채워져 있었다. 이것은 순전히 하늘이 때문이었다. 친구가 오랫동안 키운 강아지 하늘이는 얼마 전에 세상을 떠났다. 나는 하늘이가 죽어갈 때도, 죽은 뒤에도. 울면서 걸려왔던 친구의 전화로 그 모든 순간을 함께했다. 아직 가까운 사람의 죽음을 경험해 본 적이 없는 나에게 하늘이는 가장 가까이 경험한 첫 죽음이었다. 밥 먹듯이 친구네 집을 갈 때마다 발소리를 내며 달려오던 하늘이. 최근에 텅 빈 친구의 집에 들어가며 무심코 '하늘아'하고 외칠 뻔한 입을 틀어막던 기억이 떠올랐다. 사뭇 낯설었다. 있던 존재가 이제 세상 어디에도 없다는 사실이 피부결로 느껴지자 모두가 이 기이한 사실을 묵묵 감내하며 살아간다는 것이 너무나도 새롭게 느껴졌다. 하늘이는 정말 사라진 걸까. 하늘이가 남긴 빈자리는 하늘이라고 할 수 있을까.

이 책의 고양이는 '왜' 사라지지 않을까. 사라진 무언가가 남긴 공백을 먼

발치에서 지켜보았던 바로 직후, 그 '왜'라는 질문은 결과적으로 이 책을 펼치게 만들었다.

책은 여덟 개의 단편으로 이루어져 있었다. 그리고 이야기들은 공통적으로 크고 작은 공백들을 다뤘다. 그 속에서 나는 매 순간 하늘이를 잃은 친구를 만났다. 친구는 소설마다 다른 모습을 하고 있었다. 언니의 호적을 가진 채 백 세가 넘은 할머니(「요카타」)나 이주노동자 썸낭(「귓속말」), 보이지 않는 양이를 키우는 지연 언니(「고양이는 사라지지 않는다」), 무연고자 묘지에 나타난 한 남자(「얼음이 떨어지던 밤」), 죽은 친구 애리를 닮은 누군가의 줄을 대신 서 주는 여자(「구부린 마음」), 수몰사태 속에 있는 작가 수경(「몰려오는 것들」).

그 모습의 공통점은 각자의 삶에서 무언가를 잃은 채 계속해서 하루하루를 이어 나간다는 것이었다. 그 무언가에는 소중한 사람, 소중히 여기던 무엇, 때로는 자기 자신의 아스라한 정체성이기도 한 여러 가지가 특정되지 않고 뒤섞여 있었다. 이들은 분명 내가 보지 않는 곳에서는 숨이 멎어가는 무언가를 붙들고 길게 목 놓아 울었겠지만, 내 앞에서는 안쓰러우리만큼 덤덤한 얼굴을 하고 있었다. 보이지 않는 곳에서 마음을 잘 처리하고 내 앞에 서서, 걱정하지 마. 괜찮아. 하고 되려 나를 위로해 주는 느낌에 조금은 따뜻해지기도 했다.

그러나 이야기 속 공백만이 주는 쓰린 서늘함은 존재했다. 이것은 여덟 편의 소설 중 책의 제목인 「고양이는 사라지지 않는다」라는 단편에 잘 드러난다. 화자 '나'는 지인인 '지연 언니'가 여행 가 있는 동안 '고'와 '양이'라는 고양이 둘을 맡아주기로 한다. 맡아주는 동안 '고'는 자주 나오지만 '양이'는 모습을 전혀 드러내지 않고 지연 언니는 '그래도 자꾸 이름을 불러 줘'라고 한다. 그럼 뭐하러 불러? 라는 '나'의 물음에 언니는 찾고 있다는 걸 알려주려고. 하고 답한다. '나'는 좀체 보이지 않는 양이를 보며 '이럴 거면 한 마리나 두 마리나 똑같잖아'하고 불평한다. '별이 여덟 개 있어도 국자 모양이면 북두칠성이라고 하는 것처럼.'

'나'의 말에 언니는 아니야, 그렇지 않아. 하고 눈가를 붉히며 고개를 가로젓는다. 나중에 '나'는 언니의 침대 밑에서 고양이 털 뭉치와 빈 상자를 발견한다. 양이는 어디로 갔을까.

그리고 정전이 된 어느 날, '나'는 어둠 속 빛나는 북두칠성 조형물 옆에서 녹색으로 빛나는 두 개의 점을 본다. 손을 내밀고 잡으려고 하며 양이야, 하고 계속 불러 본다. 손엔 아무것도 닿지 않지만 계속 헛손질한다. 몇 번이고 부를 수 있다, 분명 두 마리라고 했으니까, 라는 화자의 말로 글은 끝난다.

양이는 어디로 갔을까. 사라진 걸까 아니면 남아 있는 걸까 혹은 둘 다일까. 읽는 동안에도 내내 '존재'에 대해서 무척 많이 생각했다. 존재는 잃어버려도 존재로 남을까. 존재를 잃고 생긴 공백을 우리는 상실이라고 이름붙인다. 존재는 무엇으로도 대체할 수 없다. 어떤 다른 무언가가 친구의 하늘이와 지연 언니의 양이를 대체할 수 없듯이. 〈고양이는 사라지지 않는다〉는 제목을 오랫동안 곱씹었다. 모습을 나타내지 않는, 이미 사라진 고양이를 '사라지지 않는다'고 표현한 이유에 대해서. 아마 작가는 대체할 수 없는 존재의 고유성을 그렇게 표현한 것이 아니었을까 싶다. 찾고 있다는 걸 알려주려고 양이를 거듭 부르는 언니의 마음과 아니야, 그렇지 않아. 라고 할 때 붉어져 있던 언니의 눈가처럼 말이다. 이 책에 나오는 이들은 이렇듯 필연적으로 고유한 무언가를 잃는 일에 수없이 맞닥뜨려졌다. 그리고 각자의 자리에서 크고 작은 상실을 처리해냈다. 상실의 자리엔 그 무엇도 대체할 수 없는, '사라지지 않는' 공백만이 남았다. 이제 상실을 겪은 이들에게 남은 것은 그 쓰린 마음을 잘 다독이고 공백을 정면으로 마주하는 일일 터였다.

존재가 남긴 상실의 아픔을 마주하는 방법. 그것은 단연 '관계'라는 키워드로 내게 다가왔다. 마치 하늘이를 잃은 친구와 나의 관계처럼 말이다. 그 아픔이 서슬 퍼렇게 다가오기보단 스미듯 따뜻하게 다가올 수 있는 것은, 세상을 사는 우리 모두가 얼마쯤 비슷한 아픔들을 공유하고 있기 때문이었다. 이야기 속 정말 특이했던 점은 인물들 간의 관계성이었다. 「요카타」의 연화 할머니와 진은 인터뷰 대상자와 인터뷰어로 만났다. 「무슨 말인지 알죠」의 두 할머니 안나와 미영은 각각 율리아의 외할머니, 친할머니다. 「고양이는 사라지지 않는다」의 나와 지연은 뜨개질 모임에서 비대면으로 만난 사이, 「귓속말」의 이주노동자 썸낭은 세입자이고 대수는 아들이 무턱대고 데려온 썸낭에게 방을 내어주는 사이다. 「우리가 우리였던」의 은재, 고모, 고양이 치자는 소유정 문학평론가의 해설을 빌리자면 '법률이나 타인과의 관계를 규정하는 어떤 단어에도 귀속되지 않은 채 '우리'라는 공동체로서 유효'한 관계였다. 이들은 서로의 삶 가운데 공백을 보고, 서로에게 비친 자신을 돌아보며 일상을 영위해갔다.

그것이 가족이나 연인 등 어떤 관계성이냐는 중요하지 않았다. 중요한 건 소설 속 상실의 자리에 있는 누군가의 옆엔 꼭 누군가가 있었다는 것이었다. 상실을 겪는 사람과 위로해 주는 사람의 역할은 분리된 것이 아니라 떼어놓을 수 없게 뒤섞인 채로 있었다. 이들에게 서로는 세상이 주는 상실을 나누어 겪었던, 겪고 있는, 혹은 잠재적으로 겪을 '친구'들이었다. 나는 책을 읽는 내내 친구의 마음을 걱정하듯 이 덤덤한 사람들의 마음을 아주 많이, 자주 걱정했다. 그것은 보이지 않는 하나의 관계성이 그들과 나 사이에 어느새 생겨났음을 의미했다. 모든 이야기들은 읽는 이로 하여금 결국 이런 마음을 갖게 만들었다. 각 인물들이 가지고 있는 상실을 넘어서 그걸 겪는 사람과 사람들이 유기적으로 연결되는 관계에 초점을 두고 있는 것 같았다. 서로를 보듬고 이해해 보려고 노력하는 장면들이 글 속에선 꽤 많이 등장했다. 때때로 그 결말이 꼭 상대방을 이해하고 끝나는 건 아니었다. 그저 옆에 있다 정도만이 충분한 의의를 가진 채 그대로 끝나버리는 글들도 많았다. 그러나 이들이 그냥 같이 숨 쉬며 살아가고 있다는 그 사실만으로 묘한 안도가 찾아들어왔다. 우리는 서로에게 어떤 시선을 두어야 할까, 어떤 사람이 되어 주어야 할까. 이야기를 읽으며 몽글몽글 생겨난 이 질문은 마지막 페이지를 넘길 때까지도 지속되었다.

이 책을 통해 처음 알게 된 정선임 작가의 시선은 하늘이를 잃은 친구를 보는 내 시선과 잇닿아 있었다. 상실 자체에 초점을 두기보단 그걸 경험한 사람들끼리 긴밀하게 맺는 관계를 그려내는 촘촘함이 아주 섬세하고 따뜻했다. 외로움이 묻어나는 동시에 위로가 되었다. 사라지지 않는다는 말. 그 말의 의의는 존재가 남긴 공백을 묻어두려 하지 말고 고유하게 남겨두었을 때. 우리가 서로의 마음을 잘 추슬러주고 헛손질을 하더라도 계속 '양이야~'하고 이름 불러줄 때 비로소 완성되는 것이리라. 아직도 이야기 속 여러 모습의 친구를 생각한다. 많이 아프지 않았으면 좋다는 걱정도 아직 한다. 그러나 앞으로 세상을 살아가며 또 다른 모습의 친구를 만났을 때 이제는 내가 어떤 사람이 되어 줄지 안다. 하늘이가 남긴 공백을 기억해 주고, 나도 같은 공백들을 가진 사람으로서 그 옆에 같이 있어 주는 그걸로 충분하다. 그렇게 한다면 친구의 하늘이도 이야기 속 양이도 결코 '사라지지 않을' 것이다. 나는 진심으로 그 사실을 믿는다.

레이디 맥도날드와 함께 살아가기 | 김민경

– 한은형 『레이디 맥도날드』를 읽고

한은형 작가의 소설 『레이디 맥도날드』는 맥도날드 할머니라고 불렸던 어떤 실존 인물의 이야기를 모티브로 작성된 소설이다. 우리가 보통 생각하는 '할머니'는 어떤 모습인가. 파마한 짧은 머리에 허름한 옷차림, 주름진 얼굴에 가득한 미소, 처음 보는 이에게도 직접 차린 시골밥상을 대접하는 넉넉한 인심. 이런 모습이 우리가 일반적으로 생각하는 '할머니'에 걸맞는 모습이다. 그러나 『레이디 맥도날드』에 등장하는 주인공은 그렇지 않다. 트렌치 코트를 입고, 종아리까지 오는 긴 생머리에, 영자 신문을 읽는 고령의 여성은 낯선 존재다. 게다가 그 여성이 거리에 살면서도 '프렌치'를 먹고 싶어하고, 고급 호텔의 사우나에서 목욕을 하고 싶어하는 사람이라면 더욱 그러하다. 독자인 우리들은 대체 이 인물을 어떻게 받아들여야 할까.

주인공인 '레이디 맥도날드'는 굉장히 균열적인 존재다. 그녀는 평생 어떤 집단에도 온전히 소속되지 못했다. 1940년생인 그녀는 초등교육도 제대로 받기 힘들었던 또래와는 다르게 대학까지 졸업한 엘리트였다. 그녀의 대학 졸업은 어머니의 전폭적인 지원과 여동생의 희생 아래에 이루어졌다. 그뿐만 아니라 그녀는 외국어에 능통하고, 교양과 고급 취향을 겸비한 사람이었다. 그러나 그녀는 결코 부잣집 아가씨가 아니었기에 스스로의 고급 취향을 만족시키기 위해서는 수십 년의 노동과 다소 무리한 소비를 감내하는 수밖에 없었다. 레이디 맥도날드가 젊었던 시절에는 이른 결혼을 하고 여러 명의 자녀를 낳는 것이 순리로 여겨졌다. 그러나 그런 시대에 그녀는 미혼으로 평생을 살았다. 그녀는 자존심이 강했고, 특권의식이 있었다. 청결하지 못하고 사적 공간이 보장되지 않는다는 이유로 공중목욕탕을 거부했고, 고졸 사원들과 같은 업무를 해야 한다는 것에 수치심을 느꼈다. 그녀는 전문적인 일을 하고 싶어했지만 미스김이라는 호칭으로 불리며 남성 사원들의 허드렛일을 해야만 했다. 결국 그녀는 시대가 만들어낸 전형적인 집단 중 어떤 곳에도 속할 수 없던 사람이었다. 여유롭게 소비하는 부자 집단에도, 승승장구하는 엘리트 남성 사이에도, 잡무를 담당하거나 집에서 아이를 양육하는 서민 여성들에게도 속하지 못했다. 결국 그녀의 인생은 욕망과 현실 사이의 괴리를 감내해내는 줄타기와 같았다. 그녀를 둘러싼 시대와 태생적 조건이 그녀의 '개성'을 온전히 수용할 수 없었기 때문이다.

레이디 맥도날드는 현실에 좌절하기도 했지만, 괴리와 모순이 만연한 상황에서도 스스로를 지키기 위해 끊임없이 노력한 사람이다. 그녀의 이런 면모는 거리 생활을 하면서 더욱 잘 드러난다. 그녀는 평생을 함께 산 어머니의 죽음 이후 오빠가 집을 매매한 탓에 거리에서 살게 되었다. 거리에서 살게 되며 '레이디 맥도날드'라 불리게 되었는데, 대부분의 일과를 맥도날드에서 보냈기 때문이다. 맥도날드라는 24시간 운영되는 세계적인 프랜차이즈는 손님을 가리지 않으며 누구에게나 열려 있다. 따라서 맥도날드는 악천후나 위험한 밤거리의 치안으로부터 레이디 맥도날드를 보호한다. 그리고 맥도날드 다음으로 많은 시간을 스타벅스에서 보내는데, 후원금의 일부를 사용하여 이즈니 버터를 넣은 커피를 마신다. 스타벅스 커피를 마시는 것은 거리 생활과 그녀의 고급 취향 사이의 일종의 타협점이다. 완전히 만족스럽지는 않지만, 생활이 빈곤해졌다고 해서 자신의 취향을 완전히 포기하지는 않겠다는 일종의 선언인 셈이다. 그리고 그녀는 일본문화원에서 자신이 좋아하는 배우인 하라 세스코가 출연하는 무료 영화를 관람하고, 새벽에는 교회에서 쪽잠을 자며 시간을 보낸다. 일본 문화원은 거리의 레이디 맥도날드에게도 문화 생활을 영위할 수 있게 해준다. 그런가 하면 누구에게나 열려 있으면서 동시에 안전한 공간인 교회는 레이디 맥도날드에게 잠깐이나마 안온함을 가져다주는 공간이다. 그녀가 거리에 놓이게 된 상황은 타의에 의해서였다. 타의에 의한 거리생활에서 레이디 맥도날드는 모멸감과 수치, 열등감 등을 반복해서 경험한다. 그러나 쉽지 않은 현실 속에서도 그녀는 자신의 '품위'를 유지하려고 노력한다. 그녀는 거리에 '놓이게' 되었지만, 거리에서 자신이 있을 곳을 스스로 찾아 나선다. 레이디 맥도날드의 행동은 거리에서의 생활이 곧 품위의 상실이라고 믿는 우리의 선입견을 재고하게 만든다.

나는 『레이디 맥도날드』를 읽으면서 굉장히 혼란스러운 감정을 느꼈다. 과거의 영광에 사로잡혀 있는 모습에 빈정이 상하기도 했다. 그러다가도 그녀가 목욕하지 못한 자신의 몸이나 세탁하지 못한 옷에서 냄새가 날까 안절부절 못하는 모습에서 함께 부끄러움을 느끼기도 했다. 그리고 그녀가 후원자에게 밥 한끼를 대접하고 싶어하지만 자신의 형편에 그것이 불가능하다는 것을 자각하고 혼자 걸어가는 긴긴 밤길에서 누구의 것인지 모를 외로움과 좌절을 느꼈다. 작중에서 레이디 맥도날드를 소재로 한 다큐멘터리를 촬영한 신중호 PD는 레이디와의 마지막 만남에서 "환상에서 벗어나 현실을 직시하라"고 충고한다. 신중호 PD는 후에 자신의 이 말이 레이디 맥도날드의 평생을 부정하는 말이었음을 깨닫는다. 그리고 자신이 레이디 맥도날드에게 복잡한 감정을 느꼈던 이유를 '열등감'과 '불안감'이라고 진단한다. 내가 『레이디 맥도날드』를 읽으며 느꼈던 복잡한 감정도 신중호 PD가 느꼈던 감정과 유사하다. 객관적으로 최악의 상황에서도 자신의 품위를 지키려고 하던 레이디 맥도날드의 모습에서 나와 신중호 PD는 열등감을 느꼈고, 돈과 힘과 가족이 없는 레이디 맥도날드의 모습에서 나의 노후가 저리 될지도 모른다는 불안함을 동시에 느꼈다. 결국 독서를 하며 느낀 혼란은 레이디 맥도날드에서 비롯된 것이 아니라, 레이디 맥도날드에 투영된 나 자신이 만들어낸 것이다.

모든 정보를 인터넷에서 빠르고 정확하게 얻을 수 있다는 시대에 여전히 '소설'이 유효한 이유를 『레이디 맥도날드』는 알려준다. 인터넷에서 우리는 너무나 쉽게 판단을 내린다. 나 역시 인터넷에서 레이디 맥도날드의 모습을 만났다면 노년에 인생의 내리막길을 만난 사람이라고 '동정'하거나, 과거의 영광에 사로잡힌 '허영심' 가득한 노인이라고 비난했을지도 모른다. 그러나 인터넷의 정보는 너무나 매끈하다. 그 정보들에는 인생의 굴곡이 없다. 성공과 좌절, 기쁨과 슬픔, 수치와 안도감의 순간들이 없다. 그러나 소설은 타인에 대한 쉬운 판단을 유보하게 만든다. 소설에는 각자가 가지고 있는 '사정'이 있기 때문이다. 누군가의 욕망은 매우 복잡하다. 그리고 그 욕망을 단죄할 권리가 우리에게는 없다. 우리 모두는 타인과 함께 세상을 살아가야 한다. 타인과 함께 세상을 살아가야 하지만 우리는 결코 타인을 이해하지 못한다. 우리 모두 각자가 타고난 조건들과 살아온 삶의 경험들이 다르기 때문이다. 젊은이와 노인, 여성과 남성, 도시 거주자와 시골 거주자는 서로를 이해하지 못한다. 그러나 우리는 그럼에도 불구하고 서로를 이해하기를 시도해야 한다. 그것은 끝내 불가능한 영역이지만, 결코 포기해서는 안되는 영역이다. 그리고 서로를 이해하는 데 '문학'은 도움을 준다.

『레이디 맥도날드』를 읽으면서 나는 작중의 레이디 맥도날드와 나의 감정이 구분되지 않는 순간들을 경험했다. 레이디 맥도날드에 내가 투영되었고, 나에게 레이디 맥도날드가 투영되었다. 소설에 온전히 몰입하는 찰나의 순간 타인과 나는 '일시적'으로 동기화된다. 그리고 이런 경험은 정보가 아니라 문학만이 줄 수 있는 것이다. 정보를 통해 타인을 판단하는 것이 아니라, 타인의 감정과 삶에 일시적으로나마 깊이 공감하는 경험을 할 수 있게 해주기 때문이다. 그리고 이런 경험들만이 타인을 진정으로 이해하게 만들 수 있다.

오지랖도 용기가 필요하다 | 이정민

－윤이안 『세 번째 장례』를 읽고

　게임을 자주 플레이하진 않지만, 인생 시뮬레이션 게임을 좋아하는 편이다. 캐릭터의 성격과 여러 상황을 미리 구상하고 이에 맞게 조작하는 것에서 재미를 느낀다. 그리고 그런 게임을 하다 보면 플레이하는 캐릭터가 내 마음대로 되지 않을 때가 있다. 정해진 스토리가 없는데도 말이다. 단순히 내가 무언가를 까먹거나 조작을 실수해서부터, 게임 내의 무작위 변수까지 내가 원하는 완벽한 시나리오는 자주 방해받는다. 나는 그것도 게임의 일부라고 느껴서 웬만하면 그냥 놔두는 편이다. 반면에 내 동생은 원하는 대로 플레이하기 위해 종종 특정 구간을 리셋한다. 저장을 일부러 하지 않은 채로 게임을 종료한 뒤 다시 접속해 이전의 상황부터 다시 한다. 심지어 예상치 못한 변수를 조정하는 것뿐만 아니라 랜덤하게 등장하는 아이템이나 상황을 보기 위해서도 무한정 다시 하곤 한다. 게임에 따라 다르지만, 예를 들면 내 캐릭터가 이번 시험을 잘 봐야 했는데 컨디션 난조로 망쳤다거나, 내가 조작하는 여러 캐릭터 중 특히 좋아하는 캐릭터가 병에 걸리거나 공격받아 죽어서, 혹은 드물게 등장하는 야생동물을 길들여 팀의 자원으로 삼고 싶어서 등의 이유로 특정 부분을 계속 반복하는 것이다. 윤이안의 『세 번째 장례』 중 「드림 레플리카」를 보면서 이것이 생각났다.

「드림 레플리카」의 주인공 새벽은 예지몽을 꾼다. 꿈속 세계는 현실 세계와 거의 같지만 '버그'가 생긴 것처럼 현실과 괴리가 드러나는 약간의 하자가 있어 꿈이라는 것을 알 수 있다. 어느 날 새벽은 누군가 고양이를 학대하는 상황을 목격하는 꿈을 꾼다. 새벽이 당황하는 동안에 학교 양궁부 선수인 서은재가 나타나 학대범을 향해 활을 쏜다. 이 꿈은 계속해서 반복되며, 시공간이 서서히 확장된다. 그러는 동안 새벽은 현실의 시간도 반복되고 있다는 것을 깨닫는다. 새벽은 은재가 시간을 되돌리는 줄 알고 은재에게 따지지만, 사실 은재도 이 루프에 빠져 있었다. 은재는 고양이를 구하지 않으면 몇 번이고 같은 상황이 '리셋'되며, 고양이 학대범인 윤보라까지 포함한 셋이 고양이를 둘러싸고 특정 행동을 하게끔 설계된 존재라고 말한다. 셋은 고양이를 구하고 '엔딩'을 보기 위해 각자 행동한다. 고양이 학대를 막기 위해 붙잡아 둔 보라가 새벽에게서 벗어나 고양이를 해치려 하자 새벽이 보라를 끌어안고 화살을 대신 맞는다. 세계가 무너지며 소설은 끝난다.

새벽과 은재와 보라는 몇 번을 다시 깨어나도 처음 보는 고양이를 해치거나 구하거나 돕도록 만들어진 인물들이다. 은재가 추측한 대로라면 새벽이 은재에게 알려준 대로 은재가 보라에게 활을 쏘고 고양이를 살아남게 하는 것이 이 세계가 의도한 상황의 결말이다. 이것에 실패하면 같은 날이 반복된다. 고양이를 구한다는 목적이 확실하고, 정해진 운명을 바꾸지 못하고, 새벽이 갈 수 있는 길이 한정된다는 걸 보면, 이걸 게임이라고 쳤을 때 시뮬레이션보다는 스토리 게임에서의 진행 실패라고 보는 것이 더 적절할 수도 있다. 하지만 나는 왠지 모르게 외부에서 게임을 플레이하는 사람이 세 캐릭터를 모아 특정 상황을 시뮬레이션해 보고 싶어 하는 것 같다는 인상이 들었다. 하지만 새벽은 고양이를 똑같이 구하면서도 그 과정을 완전히 바꾸었다. 앞일을 안다고 해서, 미래를 바꿀 수 있다고 생각해서 함부로 끼어들고 참견하다가는 남에게 불필요한 상처를 줄 수 있다고 경고한 할아버지의 말을 듣고도 기어이 친구의 일에 개입했던 과거의 새벽이 있었다. 새벽은 당시 친구에게 원망을 들었고 학교에서는 자신에 관한 나쁜 소문도 돌았다. 그리고 그 경험 후에도 불안정한 세계가 어떻게 될지 알면서, 혹은 모르면서도 모든 걸 끝마칠 각오를 하고 개입한 현재의 새벽이 있다. 은재의 조력자 역할을 하기 위해 의도적으로 설계됐을 새벽의 성격은 의도된 상황을 무시하고 새벽을 뺀 모두가 다치지 않은 채의, 셋 중 누구도 예상치 못한 엔딩을 만들었다.

결국 새벽은 고양이뿐만 아니라 의지와 관계없이 고양이를 해치고 손에 화살을 맞을 운명인 보라와 보라에게 활을 쏘고 선수 인생이 위태로워졌을 은재까지 구해냈다. 은재가 활을 쏠 수 있도록 자기가 도와주고선, 어떤 부작용이 따랐는지 봤기 때문에 막으려고 했던 새벽은 이번에도 일관되게 행동한 셈이다. 모든 게 특정 목적을 위해 움직이는 허상의 세계인 걸 아는 상태에서도 말이다. 이렇게 남을 돕고 싶어 하고 실제로 도울 줄 아는 새벽은 다정한 사람이다. 하지만 한편으로는 이것이 오직 다정함에서 나온 행동은 아니라고 생각한다. 새벽은 자신이 개입할 기회를 인생 내내 기다려 왔다. 오지랖을 부리고도 남에게 불필요한 상처를 주지 않으며, 자신이 개입함으로써 상황을 직접 바꿀 기회를 내심 꿈꿔왔을 테다. 새벽은 예지몽을 통해 예측할 수 있지만 실제로 바꿀 수 있는 일 하나 없는 현실에 최선을 다할 필요성을 느끼지 못했다. 이렇게 회의적이고 무기력한 새벽에게 자기 말을 믿어주는 걸 넘어서 같은 경험을 하는 상대가 나타난다. 그리고 자신이 행동할 기회가 생긴다. 새벽이 화살을 맞아가면서까지 직접적으로 개입하고 싶어 하는 것은 당연한 일이다. 은재가 주인공인 듯했던 세계에서, 자신이 주인공이 될 수 있는 한순간을 바란 것이다.

그래서 새벽은 거대한 운명은 따를 수밖에 없다고 체념하면서도, 내심 바꿀 수 있으리라는 희망을 품고 포기하지 않는다. 나를 포함한 모든 게 목적을 갖고 짜인 세계에서 그 운명에 맞지 않게 행동하는 것, 혹은 모든 행동을 마쳐서 '엔딩'이 나는 것은 누구에게라도 두려운 일이다. 그러나 변화가 필요했고 그렇기에 행동했다. 허상인 걸 알면서, 허상이기 때문에 끝까지 할 일을 해낸다. 자신의 어깨를 희생하고, 세계가 무너지는 것을 기꺼이 받아들이고. 실패하더라도 기회가 더 있을 수도 있는데 마치 이번이 마지막 기회인 것처럼 필사적으로 막아낸다. 그것이 실제로 은재와 보라를 위한 행동이 맞는지 따질 겨를도 없이 결국은 본인이 응당 그래야 한다고 믿는 방향으로 움직인다. 새벽은 만족하고, 남은 둘은 당혹스러워하는 채로 세계는 무너진다. 오랜 체념에서 비롯되었을지 모를, 자기 몸을 던져 가며 상황을 바꾸는 행동이란 어쩌면 주인공, 살아있는 사람이 되고 싶다는 욕심과 이기심, 그리고 모험심이 없다면 불가능한 일이다.

이 세계를 게임으로 본다면, 그리고 세계가 무너진 이후를 상상해 본다면 아무 일 없다는 듯이 재건되어 등장인물들의 기억이 지워진 채 다시 시작할 수도 있고, 다음 챕터로 넘어갈 수도 있고, 이게 하나의 엔딩일 수도 있다. 어쩌면 도전 과제를 수행했다는 알림까지 올지도 모른다. 보라를 대신해 화살을 맞기까지 어떤 구덩이도 새벽을 방해하지 않은 걸 보면 말이다. 새벽은 은재의 존재가 버그 같았다고 하지만 은재에게도 새벽이 거대한 버그로 보였을지 모른다. 어찌 됐든 멋진 일이다. 너를 도와줄게, 같은 거창하고 간지러운 말도 없었다. 싸우디기 세계의 잔인한 진실을 알았고 무의미한 반복을 끝내기 위해 곧바로 행동에 옮길 수밖에 없었다. 각자의 방식으로 해결하려고 노력했고 뜻대로 되지 않는 일이 있었어도 탓할 새도 없이, 그리고 그럴 필요도 없이 선택과 행동이 이루어졌다.

나는 남들 다 하는 일도 지레 겁을 먹고 포기하곤 했다. 인간관계에서도 마찬가지였다. 오지랖 부리고 싶지 않았다. 남의 일에 지나치게 신경 쓰는 게 민폐인 것 같았고, 선을 넘기 싫었다. 오지랖은 결과가 좋으면 친절이나 다정으로 불리고, 결과가 나쁘면 끼어들기, 참견 등으로 불리는 것 같다. 기본적으로 오지랖을 부린다는 것은 내가 일방적으로 타인의 삶과 행동에 개입하는 행위이다. 남의 일이기 때문에 의도가 어떻든 대단히 좋은 결과를 기대하긴 힘들다. 결과가 좋아도 상대방에게 좋은 일이고 나에게 오는 이득이란 그 사람과 더 돈독한 사이가 된다, 정도일 것이다. 반대로 타인이 내 일에 오지랖을 부릴 수도 있다. 걱정해 주는 것 같아 기분이 좋을 수도 있고, 실제로 도움을 받을 수도 있고, 아니면 선을 침범당한 것 같아 기분이 나쁠 수도 있다. 하지만 그렇다고 해서 남의 일에 절대로 참견하지 않고 다른 사람도 나의 일에 절대 개입하지 못하도록 막을 수는 없다. 누군가에게 개입 당하고 누군가의 삶에 개입하는 시행착오의 연속에서 필요한 도움만 받고 필요한 도움만 줄 수는 없는 법이다.

남을 돕는 일에도 큰 용기가 필요하다. 무섭고 자신이 없어서 무시해 온 일들은 때로는 후회나 미련을 안기고 때로는 안도의 한숨이 되지만 기본적으로는 아무것도 남기지 않는다. 아무 일도 하지 않으면 아무 일도 일어나지 않는다. 과거에 실패한 경험이 있었기에 더 단단한 마음으로 오지랖을 부릴 수 있었던 새벽처럼, 나도 망설이지 않고 남을 돕고 싶다. 필요하다면 있는 힘껏 용기를 내고 각오를 다지고 할 수 있는 일을 즉시 실행하는 사람이 되고 싶다.

은결 ─ 미결로 남은 포구 | 김시현

─ 구효서 『웅어의 맛』을 읽고

　　누구는 은결이라 부르고 누구는 은파라고 일컫는 그것을 미가는 요에게 해수면이 반짝이는 것이 아니라 해수면에 반짝이는 것이라 알려준다. '해수면이… 해수면에… 요는 고개를 끄덕였지만 미가의 말뜻을 알아차린 것 같지는 않았다.'[1] 빛이 사물에 닿는 순간 사물은 완전히 빛을 흡수하여 사물을 바라보는 우리에게 모습을 드러낸다. 그렇다면 빛이 닿기 전에 사물은 어떤 모습을 가지고 있는 것일까. 만약 그 빛이 사물과 만났을 때 사물의 모습을 이리저리 바꾸어 버려서 본래의 모습을 잃는다면 우리는 아무리 애를 써도 사물 그대로를 보지 못하는 걸까? 작가는 이에 대한 질문을 탐색하기 위하여 일컬어질 수는 없으나 은결로서 나타나는 화자를 등장시킨다. '은결은 내가 아니라 내가 있다는 사실을 매개하는 물 위의 반짝임이다.'[2] '모든 빛나는 것들을 빛나게 하되 정작 누구에게도 무엇에게도 띄지 않는 것'[3] 즉 우

---

1 웅어의 맛, p. 10.

2 같은 책, p. 33.

3 같은 책, p. 32.

리가 사물의 모습을 볼 때 우리가 보는 것은 본연의 모습이 아닌 은결에 의하여 우리에게 **보여지게** 된다는 것이다. 은결은 그 빛의 역할을 하고 있다. 결코 포착할 수는 없으나, 존재함으로서 다른 모든 것들을 드러나게 해주는 빛 말이다.

감각으로 행하는 인식의 한계에 대한 질문은 작가의 다른 작품인 '풍경소리'에서도 보여진다. '들을 수 없는 소리가 되어 버리고 말았겠지만 그건 우리가 들을 수 없게 됐을 뿐 어딘가에는 있다는 개지요.'⁴ 이렇듯 보이는 것, 듣는 것들이 왜곡될 수 있다는 가능성을 묻는 주제에서 자연스레 작가가 한 차례 인용한 노자의 '도덕경'이 생각났다. 도덕경의 1장은 道可道非常道(도가도비상도)라는 구절로 시작한다. 도라고 말할 수 있는 도는 진정한 도가 아니라는 것인데 화자인 은결이 극도로 자신을 일컫는 단어를 선택함에 있어 마지 못한다는 태도를 취하며 고민하는 것이 노자가 '도'를 '도'라고 부를 때 조심스러워 한 것과 연결 지어졌다. 즉 은결이나 도나 어쩔 수 없이 명명한 것뿐이지 그것이 원래의 뜻을 완전히 전달한다는 것은 불가능하다는 것이다. 이러한 일컫는 말과 대상의 불일치에 대한 의심은 가장 중요한 두 인물 간 소통의 한계로서 표현된다. 존재했던, 존재하는 그리고 존재할 사람들을 대표하는 듯한 미가와 요의 소통 방식은 독특하다. 말을 하지 못해 휴대전화로 의사를 전달하는 요이지만 미가는 길편지를 통해 요에 대해 속속들이 알고 있다. 정작 소리 내어 말을 할 수 있는 미가에 대하여 요는 제한적으로 아는데 말이다.

요와 미가를 비롯한 등장인물들의 정보를 주기 시작하는 작품의 초반부터 화자는 의문스러운 얘기를 한다. '사내가 어디서 갑자기 튀어나왔는지

---

4 같은 책, p. 118.

나는 빤히 알았지만, 요는 알지 못했다.[5] 독자들은 그저 소설 밖에서 얘기하는 줄 알고 있었던 화자에 대해 궁금증을 가지기 시작한다. 요가 처음 숙소에 도착한 그 상황에서 또 다른 등장인물이 나올 가능성은 없기 때문이다.

감각의 한계를 의심하게 되면 내가 진정으로 알 수 있는 것은 아무것도 없다는 비관적인 생각에 빠지기 마련인데 작중 인물들은 그런 태도를 취하지 않을뿐더러 화자인 은결 또한 키미와 미가를 비롯한 모든 포구 사람들, 그리고 요의 삶에까지 관여했지만, 자신을 절대자처럼 여기지 않는다. 깊은 관여—어쩌면 가장 중요한—를 했음에도 그들의 자유의지가 박탈당했거나 노력으로 되지 않는 부조리한 것들을 겪고 있다고 느껴지지는 않는다. 그러나 느낌과는 다르게 단순히 인물들의 상황과 전개 과정만을 본다면 작품은 상당히 비극적으로 보인다.

요는 결국 은결에 의해 사랑하던 자의 행방도 알지 못하고 미가는 죽을 위기에서 한 번 벗어났건만 두 번은 피할 수 없을 운명을 다시금 맞닥뜨렸다. 마음속에 미결로 남은 영원한 포구가 있다는 것이 과연 좋은 것일까? 어쩌면 미결로 남은 포구에는 파도가 많을지도 모르는 일이다. 실제로 요가 남겨 둔 포구에는 말하는 법을 잃어 버릴 만큼 모든 것을 바쳐 사랑했던 여인의 죽음이라는 사실만이 남겨져 있을 뿐이다. 그럼에도 이 작품이 다시금 생을 살아갈 사람과(요), 죽음을 목전에 둔 사람(미가), 죽음을 생각하고 있는 사람(새로 들어온 투숙객) 모두 행복할 것이라 짐작하는 이유는 이타심일 것이다. 이타심 때문에 소설은 자칫하면 비관적으로 빠질 수 있는 소재를 가지고서도 비 한번 내리지 않고 구름 한 점 끼지 않는 4월의 아지랑이를 재현해내고 있다.

---

5 같은 책, p. 17.

포구에 머무는 사람들은 저마다의 상실을 안고 있는 사람들이다. 키미 또한 직접적으로 언급되지는 않지만, 늘 바다를 바라보는 사람이다. 모든 것을 수용하는 바다에 저마다의 아픔을, 잊고 싶은 과거를 모아 둔듯하다. 미가가 바다에 뛰어들지 못하게 했던 것은 은결이지만 키미 이기도 하다. 은결이 없었다면 키미가 은결을 보라 할 수도 없었을 것이고 키미가 없었더라면 미가 혼자서 은결을 보려 하지 않았을 것이다. 또한 미가가 은결을 보려 들지 않았더라면 포구에는 또 다른 비극이 생겨났을 것이다. 이렇듯 은결이 하는 일 또한 사람들보다 조금 더 중요한 순간에 가장 효과적인 영향을 끼칠 뿐이다. 마치 둘 중 하나라도 존재하지 않으면 존재할 수 없는 은결과 사물들처럼 인물들과 은결 역시 그러한 관계를 맺고 있다. 요를 위해 미가는 늘 도다리쑥국을 끓여주고, 날카로운 과도를 뭉툭한 식사용 나이프로 바꾸어 놓는다. 광석과 삼성은 팽총을 쏘면서 요를 관찰한다. 팽총의 용도가 사냥이 아닌 먹이를 주는 것처럼 그들의 시선 또한 다시 살아가게 만듦에 있다. 마을 사람들이 내놓은 평상과 부족함의 미美가 있는 도다리쑥국, 그리고 그 순간에 은결이 등장하여 속삭이듯 얘기하는 것이다.

이년 전 사랑하던 여인이 와서 죽었던 곳에 요가 우연히 오래 머무르는 것, 그녀가 가장 좋아하던 도다리쑥국을 먹는 것, 요가 떠나기 전 새로운 객실이 들어오는 것 또한 윤회처럼 같은 일들이 반복되는 것만 같다. 그럼에도 이 윤회는 옅은 미소를 띠게 한다. 미가가 요를 지켜봤듯이, 요 또한 객실을 지켜보기 때문이다. '안쪽'이라 불리던 새로운 투숙객이 요가 그러했던 것처럼 '객실'이라 불리게 되는 것은 거대한 순환의 고리를 암시하는 것만 같다. 파도는 치지 않지만 꽃잎이 휘날릴 만큼만 바람이 부는, 맑기만 한 포구는 마치 꿈속의 이미지처럼 시간이 멈춘 것만 같다. 반복될 운명이 끔찍해 보이지 않는 까닭은 마치 목적 없이 돌을 평생 산에 올려야 하는 시지

프스가 그 속에서 의미를 찾는 것처럼 포구의 사람들은 이타심이라는 비극을 극복할 요소를 지닌 채 살아가고 있기 때문이다. 그러한 점에서 아이러니하게도 작가는 도덕경의 저자인 노자처럼 인식에 한계가 있다는 생각에는 동의하지만 그를 극복함과 살아감에 있어서는 노자와 정반대의 생각을 가지고 있는 유가 철학적 입장을 가지고 있는 것만 같다. 바로 타인을 위하는 것과 개인이 있는 힘껏 노력한 후 운명을 기꺼이 맞이하는 것이 그러하다. 인물들은 저항한다. 자신의 몸을 훼손하기도 하고 작은 크로스 백 하나를 맨 채 살던 곳을 떠나오기도 한다. 결국 이들은 자신의 운명을 개척하기 위하여 포구로 온 것이다. 포구는 도피처의 역할과 새로운 출발점의 역할을 모두 하고 있다.

그럼에도 시지프스가 돌을 내려놓게 되는 것은 아닌 것처럼 은결의 존재가 없어지지는 않는다. 그것은 거부할 수 없는 절대적 진리 같은 것이니까 말이다. 다만 모두 그 비극을 극복하기 위해서 저마다의 방법을 찾는다. 미가에게 새로운 생명을 내어 준 얼굴도 알 수 없는 대만 여성은 자신과 미가에게 찾아온 죽음을 알게 되고 이렇게 말한다. '있는 힘을 다해 누군가를 도우십시오.' 이러한 삶의 방식은 포구에 오는 사람들에게 대물림 되듯이 순환될 것만 같다.

결국 이 작품은 비극적이기도 하고 희극적이기도 하다. 요의 가슴속에 미결로 남은 포구에 늘 파도가 칠 것이라 단정 지을 수 없게 된 것이다. 비록 은결이 요가 손을 들어 뒷머리를 만지고 힘껏 바다를 향해 가슴을 펴게끔 속삭였지만, 머리를 만진 것도 요의 손이고 가슴을 편 것도 요이기 때문이다. 즉 미결로 포구를 남겨 놓은 것은 은결 이면서 요인 것이다. '그러니까, 요. 이제 너는 세상에 없는 너만의 비다 하나를 간직하게 된 거야. 네가 남겨 놓은 바다.[6] 그리 길지 않은 인생 동안 나는 사람들은 본래 이기적인 것이라 생각하였다. 그것은 경험으로 축적된 데이터로서 하나의 믿음이었다. 그러나 정작 나는 이타심을 가진 사람들의 영향 또한 받았음에도 인정하지 않은 것이다. 이기심은 늘 이타심을 이긴다고 생각했기 때문에. 작품은 그랬던 나에게 하나의 깨달음을 주었다. 비극적이기도 하고 희극적이기도 한 이 소설처럼 무언가를 단정 짓는다는 것은 참으로 오만할 수도 있다는 것을 말이다. 해수면이 반짝이는 것인지, 해수면에 반짝이고 있는 것인지 알 수 없는 것처럼 우리의 삶 또한 결코 알 수 없을 것이다. 온전히 나로서 살아가고 있는 것인지 아니면 이미 깊숙이 관여한 은결과 함께 살아가고 있는 것인지 말이다. 미결로 남은 포구가 나의 인생에는 몇 개나 존재하고 있을지 나는 알 수가 없다. 죽음은 이미 일어났거나 확실히 예정된 상태이다. 그럼에도 미가는 새로운 객실에게 도다리쑥국을 내어준다. 여느 날과 똑같은 날이다.

---

6 같은 책, p. 54.

흙내음 그리운 날엔 엄마의 안녕을 묻습니다 | 김혜원

－김하인 『안녕, 엄마』를 읽고

'안녕, 엄마'

이 책을 고르게 된 이유는 '엄마'라는 단어이다.

20살 이후 서울로 올라오며 가족과의 함께 있는 시간이 손에 꼽을 정도로 힘들지만 엄마는 생각만으로도 울컥하고 위안을 얻는 존재인 것 같다. 그렇게 단순히 엄마에 이끌려 책장을 넘긴 나는 더 큰 그리움과 반가움을 얻게 되었다.

작가는 중년의 남성, 나의 아빠보다 더 나이가 많은 것 같은 세대였지만 그의 어머니에 관한 이야기가 전혀 낯설지 않았다. 또 다른 나의 엄마의 삶과 너무 비슷하였기 때문이다. 나에겐 엄마가 두 명 계신다. 재혼가정이나 출생에 사연이 있는 것은 아니다. 나를 마음으로 길러주신 엄마 바로 우리 할머니 김영순을 의미한다. 2019년 가을 바람이 불던 날 조용히 눈을 감으신 아직도 너무 그립고 생각하면 마음 한켠이 아려오는 나의 융통성없고 고지식했던 엄마, 작가의 기억과 나의 기억이 겹쳐질 때마다 눈물을 흘리며 책을 통해 떠오르는 기억들이 감사했다. 지금부터 그 추억에 관한 이야기를 나눠볼까 한다.

할머니는 작가의 어머니와 같이 어린 나이에 순창에서 차로 1시간 정도 걸리는 건넛마을 곡성에 시집을 오셨는데 막내인 우리 아빠가 돌 때 할아버지가 사고로 돌아가시며 홀로 다섯 자식을 키우셨다.

어린 과부는 걷지도 못하는 돌잡이 아이를 포함한 자식이 다섯이라 남편 잡아먹은 년이라며 온갖 시집살이를 겪으면서도 홀로 밭과 논을 일궈가며 살아야만 했다. 남자들이 주로 농사를 하던 그 시절, 여자라 무시당하며 둑에 물길도 주지 않으려는 마을 남자들을 향해 온몸으로 부딪치며 물길을 내고 새벽같이 나가서 어둔 밤이 돼서야 들어오는 일과를 당연하게 여기며 곱던 어린 소녀는 벼가 익어가는 모습과 같이 점점 허리가 굽어갔다. 그렇게 조용하던 소녀는 드세고 감을 바락지르는 시골 할머니가 되었다.

처음부터 할머니와 각별한 사이는 아니었다. 시골에서 까맣게 그을린 얼굴에 인상을 쓰고 욕을 서슴없이 하던 할머니의 모습은 '콩쥐팥쥐'의 계모처럼 무서운 존재였고 명절에 시골에 가면 할머니가 불러도 대꾸도 안 하고 도망가기 일쑤였다. 내가 초등학교 2학년이던 여름, 매미 울음소리가 세상을 시끄럽게 하던 날, 여느 날과 다름없이 집안은 엄마 아빠의 다툼이 울렸고 난 집안 구석에 쪼그려 앉아 울고 있었다. 엄마가 집을 나가는 소리가 들렸고 아빠는 아무 말도 없이 나와 동생의 손을 잡고 시골 할머니 집으로 들어갔다. 그렇게 예고도 없이 시작된 할머니와의 동거. 나는 할머니와 2년 동안의 잊을 수 없는 시간을 보냈다.

'꾸린 냄새가 온 집에 퍼지자나! 으…'

작가가 어렸을 때 온갖 재료를 넣고 푹 쑤는 엄마표 갱시기를 매우 싫어하는 것을 보면서 난 집안에서 곰팡이 피우며 구린내를 자랑하던 메주들이 생각이 났다. 아빠의 손에 이끌려 온 시골이 몹시 마음에 들지 않고, 할머니가 마치 내 엄마를 빼앗아 간 것 같은 생각에 입을 닫고 지낸 적이었다. 나는 거실에 할머니와 있기 싫어서 안방 옆에 작은 방에 혼자 들어가 있을 때가 많았는데 그곳은 메주가 곰팡이 피워지고 있었다. 혼자 구석을 찾아 앉아 있다가 구린내가 코에 진동하니까 순간 울컥해서 으앙 울음을 터트려버렸다. 그 소리에 방문을 열고 들어온 할머니는 나에게 왜 우냐고 물어봤는데 난 그런 할머니에게 '이것들이 꾸린 냄새가 나서 온 집에 퍼지자나!'하며 더 크게 울었다. 그런 나의 모습에 얼이 탄 표정을 잠시 보던 할머니는 나를 방안에서 꺼내 등을 토닥이며 '냄시는 곧 사라질꺼여 그러니까 좀만 참아봐라 저게 저리 보여도 구수하게 맛있어지니까 너무 싫어하지마러'라며 달래주셨다. 한참을 울던 나를 보채지 않고 달래주신 할머니 덕분에 난 그 후로 그 방을 들어가지 않게 되었다.

'할머니 이렇게 쓰는거야.'

할머니는 어린 나이에 시집와 일만 하셨기 때문에 글을 읽을 줄 알지만 다 쓰지는 못하셨다. 본인의 이름 '김영순' 세글자는 쓰실 줄 아셨는데 당시 초등학생이었던 나는 그런 할머니를 데리고 내가 선생님이 된 듯 할머니가 글씨를 써야 할 때마다 내가 쓰겠다며 글자를 쓰며 하나하나 알려줬던 기억이 있다. 참 지금에 와서 생각하면 할머니가 어린 나를 보며 우습기도 하고 조금은 마음이 상하셨을 수도 있을 것 같았다. 작가가 엄마가 듣떠서 자신의 밭의 농작물을 1등으로 만든다고 할 때, 배추나무가 공부를 하는 것도 아닌데 어떻게 1등을 하냐고 웃음을 터뜨리고 엄마의 말을 정정하려고 했을 때, 한 자 한 자 한글을 쓰며 할머니를 가르치려고 했던 어린 내가 생각이 났다. 조금 부끄럽기도 했고 할머니의 마음에 씁쓸함을 줬을지도 모른다는 점이 마음이 아려왔다.

'밤이 깜깜허게 늦었는디도 안들어와서 큰일 난 줄 알았다 이눔아.'

나는 어렸을 때 버스를 타는 걸 두려워했다. 버스에 적혀있는 행선지를 제대로 보지 못하고 탄 적이 한두 번이 아니라 매번 버스를 탈 때마다 긴장하게 됐던 것 같다. 그 날도 행선지를 잘못보고 탔던 날이었다. 집에서 1시간 정도 떨어진 학원을 다녔던 나는 어둑어둑해 질쯤 학원을 나와 버스를 탔다. 그런데 내가 평소 가던 길이 아닌 곳으로 버스가 갔고 나는 속으로 발을 동동 구르기만 하고 가만히 앉아 있었다. 내가 내린 곳은 깜깜한 어둠에 불빛이 거의 없는 도로였다. 당시 휴대폰도 없던터라 어두워진 주변에 겁에 질린 채로 터벅터벅 마을까지 걸어갔다. 한 20분쯤 걸었을 때 마을 당산나무가 보였고 나를 찾고 있던 할머니도 보였다. 나를 보자마자 '이 가시나야 밤이 깜깜하도록 안 오니까 일난줄 알았어야!'하며 호통을 쳤다. 서러움이 차올랐던 터라 할머니의 호통에 울음이 터져버렸다. 그런 나를 조용히 안아 주시던 할머니. 울음이 진정될 즘 당산나무 옆 구멍가게에 들러 아이스크림을 들고 집까지 걸어갔다. 걷다가 할머니의 신발을 보았는데 고무신과 슬리퍼가 같이 있었다. 짝짝이 신발에 웃음을 터뜨렸는데 그 모습에 할머니는 머쓱한 듯 같이 웃으며 '이 가시나가 할매 정신을 다 빼 놓네'라며 이야기하셨다. 작가가 쌀 뒤주에 갇히면서 어머니가 집안 쌀 뒤주에 갇힌 작가를 찾으러 온 동네를 돌아다니셨다는 이야기를 보며 새삼 생각이 나서 반가웠던 기억이었다.

'뭉둥이 자식아 술처먹었으면 애들 건들이지 말고 잠이나 퍼자!'

작가의 아버지처럼 그 당시 우리 아빠도 술만 먹으면 나를 잡고 한탄을 하며 술주정을 하셨다. 나는 그런 아빠를 싫어하고 무서워했다. 폭력적이진 않았지만 빨갛게 오른 얼굴과 풍기는 술 냄새, 같은 말을 반복하며 대답을 요구하는 아빠의 모습은 어린 내 눈에 도깨비와 같이 두려움에 몸을 떨게 하기 충분했다. 한동안 술을 마시고 들어오던 아빠에게 욕을 하던 할머니. 나를 데리고 방에 들어가려는 아빠의 등짝을 두드리고 '술 쳐먹었으면 곱게 잠이나 자지 왜 아를 잡고 지랄이냐!'하며 호통을 치고 나를 할머니 이부자리에 집어넣었다. 그렇게 아빠를 잡고 돌아오신 할머니는 아직 두려움에 떨고 있는 나를 안고 토닥거리며 얼른 자라고 하셨다. 그때 느껴졌던 할머니의 냄새와 감촉이 있다. 까슬거리는 손, 흙냄새가 나는 할머니의 품 그리고 할머니가 꼭 안고 자서 숨쉬기가 불편해서 혼자 아등바등하며 벗어나려고 했던 나. 그땐 그 냄새와 감촉이 낯설어서 이상하다는 생각에 피하고 싶었나 보다. 지금은 시골 쾌쾌한 이부자리 속 흙내음이 나는 할머니의 품이 가장 그립고 생각이 난다.

그렇게 시골 흙내음을 맡으며 자랐던 소중했던 2년간의 생활은 엄마 아빠의 재혼과 막내동생이 태어남과 끝이났다.

내가 떠나고 난 후 홀로 집을 지키실 할머니에 대해 난 마음이 쓰였고 내가 할머니를 두고 가는 것 같은 마음에 미안함에 나오는 날 울었던 것 같다.

그치만 나는 원래 살던 집으로 돌아갔고 대단할 것 같던 할머니에 대한 마음도 일상에 저음하며 평범한 손녀손자들과 같이 무색하고 무심해졌다.

해가 지나고 할머니는 더 이상 시골집이 아닌 요양병원에서의 시간이 더 길어지셨다.

누워있는 시간이 길어질수록 다리는 점점 더 얇아지고 할머니는 휠체어가 아니면 이동할 수 없는 몸이 되셨다. 조금 서러웠었다. 어버이날마다 할머니께 새 신을 선물하던 나였기에 더 이상 할머니에게 신발이 의미가 없다는 게 이별의 순간이 다가오고 있음을 느끼게 하는 듯했다.

작가의 엄마와의 이별 과정을 보며 나는 부러움을 느꼈다. 작가님의 어머니는 자신의 마음을 알아주는 자식이 있어 그렇게 원하시던 집으로 돌아가셨는데 우리 할머니는 마지막을 요양병원에서 보내셨다. 할머니도 집을 가고 싶어하셨다. 할머니가 어렵게 일궈놓은 살림살이들, 싸우고 지지며 정이 든 동네 할머니들, 밤이고 낮이고 시간 가는 줄 모르게 일하던 논과 밭, 할머니의 전부가 있는 곳에 얼마나 다시 가고 싶으셨을지 어렴풋 느끼고 있었지만 책을 읽으며 그 마음이 더 와닿았다. 화장을 하고 난 후 동네를 돌 때 당산나무로 마을 할머니들이 나와 서럽게 우시는데 저 할머니들 속 조용히 웃고 계시던 할머니의 모습이 떠올라 눈앞이 뿌여졌었다. 그리고 분했었다. 내가 할머니 손녀가 아닌 자식이었다면 할머니에 대한 일에 목소리를 높이겠는데 그건 어른들의 이야기로 여기며 조용히 지켜보고만 있고 속으로만 담아뒀었기 때문이다.

그렇게 난 할머니를 보내드리며 마음속으로 빌었다.

'할머니 꼭 다음 생은 내 자식으로 태어나줘요. 내가 받은 사랑 다시 할머니한테 줄 수 있게. 내가 더 잘 살 수 있게 나한테 와줘요. 다른 사람한테 말고 나한테 꼭 와줘요'라고…

책을 읽으며 나도 작가처럼 나의 엄마, 김영순 할머니와 인사를 하는 시간이었던 것 같다. 나에 귀중한 양분이 되어준 전남 곡성 아주 작은 마을에서 자식 다섯을 홀로 키워내고 그 자식인 나까지 키운 나의 엄마 김영순

　안녕, 엄마
　다음에 또 봐요!

귀를 기울여 보자, 사랑을 지키기 위해 | 정혜원

- 최은영 『애쓰지 않아도』를 읽고

나와 같은 감정을 느끼는 이가 있다는 사실만으로도 위로받는 때가 있다. 우리는 많은 이야기를 하며 살지만, 모든 감정을 털어놓지는 못한다. 설명하기엔 너무나도 미묘해서, 미숙한 내가 부끄러워서, 혹은 나조차도 내 마음을 정의할 수 없기 때문일 것이다. 책 『애쓰지 않아도』를 읽으며 나는 관계를 대하는 나의 태도에 대해 더 잘 알게 되었다. 조용히 덮어 두었던 생각을 이 책이 알아주고 토닥여 주는 기분이 들 만큼, 이 책은 관계가 가져다 주는 미묘한 감정들을 낱낱이 풀어내 눈앞에 펼쳐 보인다.

최은영 작가의 책은 『내게 무해한 사람』으로 처음 접했었는데, 당시 책에 대한 내 감상은 '잔잔하다'가 전부였다. 박진감 넘치는 넷플릭스 시리즈나 죽고 죽이는 스릴러 소설을 좋아하던 나에게는 거대한 스토리라인 없이 일상에서 일어날 수 있는 상황 여러 개로 구성된 소설이 결론적으로 무얼 말하려고 하는 것인지 와닿지 않았다. 『쇼코의 미소』와 『애쓰지 않아도』를 차례로 읽고 난 뒤에야 나는 최은영 작가를 좋아하게 되었는데, 그건 이 작가의 소설을 읽는 방법을 깨달았기 때문인 것 같다. 최은영 작가의 책은 느린 호흡으로 읽었을 때 진가를 발휘했다. 책을 읽다가 이해가 되지 않는 행동을 하는 등장인물을 만난다면 멈춰 서서 생각해 볼 것을 권한다. 납득이 가지 않는 행동에 대해 '왜 그럴까'라는 물음을 던지고, 이야기를 찬찬히 훑어보며 그 이유를 찾다 보면 마침내 그 인물을 이해하게 될 수 있을 것이다. 허구의 인물이지만, 나는 이 책을 읽으며 사람을 이해하기 위해 시간과 노력을 들이는 경험을 할 수 있었다. 인물의 행동과 말을 하나하나 되짚다 보면 관계에 대한 최은영 작가의 통찰력을 엿볼 수 있다. 나는 이 글에서 내가 등장인물에게 가졌던 의문과 이에 대한 답을 찾으며 인물을 이해해가는 과정, 그리고 그 과정에서 얻은 깨달음을 서술하고자 한다.

『애쓰지 않아도』는 여러 개의 단편으로 구성되어 있다. 표면적으로 가장 이해하기 어려웠던 인물은 첫 번째 단편 '애쓰지 않아도'의 '유나'였다. 소설 속 '나'는 고등학교 1학년 자신이 선망하던 유나를 떠올린다. 유나는 학교에서 인기가 많은 아이였고, '나'에게 먼저 다가와 자신의 무리에 '나'를 끼워주었다. 유나는 또래들과 달리 그늘을 가진 '나'의 모습을 특별하게 여겼다. 유나와 더 가까운 사이가 되고 싶다는 욕심에 '나'는 자신의 엄마가 사이비 종교에 빠져 아빠와 이혼했다는 이야기를 유나에게 털어놓는다. 유나는 '나'를 위로해 줬지만 이후 그 이야기를 다른 친구들에게 말하고 다닌다.

'나'의 시선에서는 남 부러운 것 없어 보이던 유나가 왜 그런 짓을 했을까? 나는 그 이유를 '나'의 심리를 바탕으로 생각해 볼 수 있었다. '나'는 어른이 된 이후 자신이 유나에 대해 자격지심을 가지고 있었다는 걸 인지한다. 자신에게 없는 모습을 좋아하면서도 열등감에 사로잡히고는 하는 것이다. 그 때문에 '나'는 유나가 계속 자신에게 다가오는데도 자연스럽게 대화를 나눌 수 없었다. 상대에게 비칠 자신의 모습을 지나치게 신경 쓰느라 어색하게 행동했다. 이런 '나'의 심리를 유나에게도 적용해 본다면, 유나도 '나'에 대한 선망과 열등감을 동시에 가지고 있었을 것으로 생각해보게 된다. 유나와 '나'의 친구 '선아'는 유나에 대해 다음과 같이 평가한다. "걔는 진짜 우정을 나눌 능력이 없었지. 그 어린애가 가면을 쓰고 자기에 관한 모든 건 다 숨기면서." 선아의 말로 미루어 봤을 때, 유나는 자신의 이야기를 공유하지 못하고, 남들 앞에서는 행복해 보이는 가면을 써야 살아갈 수 있는 사람이었는지도 모른다. 그래서 '나'의 가라앉은 모습에 선망을 느끼지 않았을까? 유나는 자신의 가족사까지 이야기하면서도 정작 평소에 먼저 다가오진 않는 '나' 때문에 혼란스러워하고, 자신의 마음이 거절당했다는 생각에 분노했을지 모른다. 책에서는 사랑과 증오, 선망과 열등감이 맞닿아 있다는 말이 나온다. 사람은 사랑하는 사람에게 더 취약하다. 사랑하면 사랑할수록 그에게 상처받기 쉽고, 나를 방어하기 위해 상대에게 상처를 주곤 한다. 그게 선망과 열등감, 사랑과 증오가 맞닿아 있는 이유가 아닐까. 완벽한 사람은 없다. 모두가 저마다의 상처가 있고, 자격지심이 있고, 방어기제가 있을 것이다. 이 명제는 나의 시선에서 완벽해 보이는 사람이더라도 예외 없이 적용된다. 단편 '애쓰지 않아도'의 유나를 이해하려는 과정에서 이 사실을 다시금 떠올릴 수 있었다.

단편 「애쓰지 않아도」에서 알 수 있듯이, 최은영 작가는 '자격지심', 혹은 '방어기제'를 관계의 중요한 측면으로 다루고 있다. 작가의 이러한 통찰은 단편 「데비 챙」에서도 드러난다. 이탈리아 여행을 하던 중 우연히 만난 '데비'는 '나'에게 자신이 사랑하는 사람과 행복한 가정을 꾸리고 싶다는 소망을 말한다. 여행을 마치고 맞지 않는 회사에서 억지로 일을 하던 '나'가 데비의 결혼 소식을 들었을 때, '나'는 데비와 나의 차이점을 떠올린다. 그리고 그러한 차이점이 있기 때문에 데비는 행복해질 수 있다고 생각하기 시작한다. 이는 자신을 방어하기 위함이다. 소설 속의 '나'처럼, 우리는 여유가 없을수록 선망하는 상대를 타자화하기 쉽다. '나와는 출발점이 다른 사람이니까, 내가 결여한 부분을 가지고 있는 자니까 저렇게 행복한 거야'라는 말은 즉 '나는 그렇지 않으니까 불행한 거야'라는 슬픈 합리화이기도 하다. 이제 와서 달라지려고 하기엔 마음은 이미 상처투성이이고, 여유는 방전되어 손가락 하나 까딱할 힘조차 없다고 느껴질 때 우리는 우리의 마음을 방어하기 위해 그런 자기암시를 걸고 있을지도 모른다.

데비의 꿈을 순진하다고 비웃었던 '나'는 데비가 아내를 사별했다는 소식을 들었을 때 눈물을 흘린다. 처음에는 '내심 고소해해야 하는 것 아닌가?'라는 의문이 들었다. 하지만 "데비는 행복해야 할 사람이었다"라는 대목에서 알 수 있듯이, '나'의 무의식은 데비의 행복을 진심으로 바라고 있었을 것이다. 다만 그 이유에 '나는 데비와 다르기 때문에 행복하지 못할 수밖에 없다'는 슬픈 자기암시를 더 확고히 하고, 자신을 방어하기 위함도 있었을 것으로 추측해볼 수 있다. 그러지 않으면 '나'의 삶을 견디기 힘들었을 것이기 때문이다. 데비의 사별 소식은 그런 '나'의 방어기제를 모조리 깨부수는 일이 되었다. 데비는 '나'를 달래며 그녀와 만나고 사랑할 수 있었다는 것에 감사하고 후회하지 않는다고 말한다. 모든 자격지심과 방어기제가 허물어지고 나서야 '나'는 데비의 말을 온전히 받아들이며, "데비는 단순히 순진한 낭만주의자가 아니었다"라고 생각한다. 마음속에 자격지심이라는 벽이 쌓인 결과를 보여주는 단편 「애쓰지 않아도」와, 그 벽이 허물어진 이후의 반

웅까지 보여주는 단편 「데비 챙」을 비교해 읽으면서 나는 방어기제가 관계에 얼마나 큰 영향을 끼치는지 체감할 수 있었다.

　최은영 작가는 소설 시작의 전 부분에 이런 말을 써두었다. "우리에게 필요한 건 이런 것들뿐인데. 서로에게 커다란 귀가 되어줄 수 있는 시간 말야." 나는 일련의 이야기를 통해 작가가 전하고 싶었던 것이 이 말이 아닐까 생각해 본다. 상대의 마음에, 나의 마음에 귀를 기울여 줘야 한다는 것. 내 마음의 목소리는 그리 아름답지 않을 수도 있다. 열등감으로 똘똘 뭉쳐 있을 수도 있고, 무기력할 수도 있으며, 미성숙하고 쪼잔해 보일 수 있다. 그런 마음의 목소리는 멋지고 '쿨'해 보이고 싶은 나에게 무시당하기 일쑤이다. 하지만 그럴수록 증오와 열등감은 커져만 가고, 나도 모르는 새 자기방어라는 명목으로 상대에게 날카로운 말을 휘두르고 있을 수도 있다. 그렇게 망가진 관계는 나 자신에게도 상처로 돌아온다. 우리는 커다란 귀를 쫑긋 세우고 우리의 작은 목소리를 들어야 한다. 반짝거리는 사랑과 선망이 증오와 열등감으로 변색하지 않도록.

삶과 죽음, 마지막 순간의 임서기 | 김민서

― 김경 『푸른바다거북』을 읽고

　삶과 죽음은 동전의 양면과도 같다. 우리는 하루하루를 살아가지만, 결국은 죽음을 향해 다가가고 있는 것이다. 이 말의 의미를 다시금 떠올리게 한 것은 김경 작가의 소설 『푸른바다거북』에 실린 「할아버지의 임서기」를 읽고난 후였다.

　「할아버지의 임서기」는 죽음에 가까워진 할아버지의 출가를 받아들이는 '나'의 독백과 삶과 죽음에 대한 고찰을 담은 단편소설이다. 이 책의 주요 인물인 할아버지는 협심증을 앓고있음에도 이에 대한 치료적 방안인 시술을 거부한다. 거절의 의사를 전하는 할아버지의 눈빛은 삶을 포기하려는 무력감이나 절망감이 아닌 마치 밤하늘의 별빛처럼 빛이 스며있었다. 이러한 모습에서 할아버지가 갖고있던 단호한 신념과 가치관이 묻어나온다. 그러다 문득 할아버지는 돌연 '나는 임서기를 맞아 떠난다'라고 적힌 쪽지만을 남겨놓은 채 흔적도 없이 사라지게 된다. 쪽지에 적힌 '임서기'라는 것은 대체 무엇일까.

　이 소설을 읽다보면 '임서기'라는 것이 진정 무엇인지 곰곰이 생각해보게 된다. 찾아보니 이는 불교적 의미가 담긴 것이었다. 그 기원을 쫓아가보면 이렇다. 고대 인도에서 브라만들이 보내는 4단계 인생 설계도의 단계에는 학습기, 가주기, 임서기, 유행기가 있다. 1단계인 학습기는 태어나서 공부를 하는 시기를 뜻하며, 2단계인 가주기는 결혼해서 가정을 이루고 자식을 키우며 사회적 의무를 행하는 시기이다. 학습기, 가주기에서 사회적 의무를 다하며 인생을 절반을 보냈다면 3단계 임서기는 집을 떠나 자신의 영혼을 구제하기 위해 숲에서 사는 시기를 말한다. 그러다 결국은 빈털터리 거지처럼 여기저기 유랑하다 죽음을 맞이하게 되는 시기인 '유행기'에 다다르게 된다.

이러한 불교 속설에 따르면 할아버지도 이러한 단계를 거쳐갔음을 알 수 있다. 평소 뒷산을 좋아하던 할아버지는 자신의 임서기를 그곳에서 보내기로 결심한 것이다. 소설에서는 다른 표현으로 '노년 출가'라는 표현을 사용하기도 하였다. 이러한 할아버지의 행보는 일반적인 삶을 사는 우리들의 눈에는 다소 생소하게 느껴진다. 사람은 인생을 살아가다 노년기에 접어들면 자식들의 부양을 받으며 가족들이 바라보는 공간에서 임종을 하는 것이 하나의 법칙이라고 할 수 있다. 하지만 할아버지는 이러한 삶의 이치를 거부하고 출가를 선택함으로써 남들과 다른 방식으로 홀로 자신의 인생을 마감하는 방식을 따른다. 비록 혼자라는 쓸쓸함과 인생에 대한 허무를 겪을지도 모름에도 말이다. 그것을 실현하게 하는 할아버지만의 강력한 동기가 있었을 것이다. 주인공인 '나'는 그전에도 할머니의 죽음이라는 최초의 시련을 겪은 적이 있었다. 그때 죽음이라는 경험은 주인공에게 처음으로 절망감과 슬픔, 두려움을 알려주었다. 그렇기에 할아버지에게도 죽음이 다가오고 있다는 것을 깨달았을 때 더없는 불안감을 느낄 수밖에 없었을 것이다. 만약 할아버지가 치료를 받았다면 할아버지의 마지막은 더 나중의 일이 되었을

지도 모른다. 그럼에도 할아버지는 협심증을 치료함으로써 자신의 수명을 연장하지 않고 자신의 운명을 담담히 받아들인다.

이상하게 이러한 할아버지의 모습은 돌아가신 우리 엄마를 떠올리게 한다. 소설의 할아버지와 우리엄마의 공통점은 협심증이라는 질환을 겪었다는 사실과 자신의 죽음을 거부하지 않고 받아들였다는 점이다. 나 또한 엄마의 죽음을 겪었기에 주인공인 '나'에게 깊게 공감을 할 수 있었다. 한 가지 다른 점은 할아버지는 수명에 가까워지는 나이인 반면에 엄마의 비교적 젊은 나이라는 점뿐이다. 엄마는 언젠가 나에게 사람은 누구나 죽음을 맞이한다며 시간의 유한성에 대한 이야기를 꺼낸 적이 있었다. 그때가 엄마가 협심증이라는 질병을 얻고 2개월 정도 시간이 흐른 후였다. 가족들과 나는 엄마의 병이 빨리 낫기를 기원했지만 달라지는 것은 없었다. 약을 먹어도 부작용 때문에 고통스러워하는 엄마를 옆에서 지켜보는 것은 그 무엇보다 괴로운 일이었다. 중간에 잠시 나아질 기미가 보이기도 했지만 약을 안 먹으면 되풀이될 뿐이었다. 고통과의 투병이 지속될 무렵에 엄마는 삶에 대한 미련과 희망을 놓아버린 것 같다. 그다음부터 엄마는 죽음에 관심을 갖기 시작했다. 엄마의 사고방식은 이러했다. '삶이 아파 고통받는 것보다 편안하게 죽음을 받아들이는 것이 더 낫다'라고. 이렇게 삶을 연명하며 사는 것보다는 죽음이 더 편안할 것이라는 것이다. 그 말을 들은 아빠와 동생은 그게 무슨 말이냐며 반발했지만 나는 생각에 잠겼다. 나도 엄마가 없는 삶을 이때까지 한번도 상상해본 적이 없으며 우리 가족에 이런 시련이 닥칠 줄 몰랐었다. 죽음이라는 것은 아주 먼 존재였기에 그것에 마음을 쓸 여유조차 없었다. 과연 편안한 죽음이라는 것이 있기야 할까? 인간은 살고싶어하는 것이 본능인데 엄마는 어떻게 저렇게 대연할 수 있을까? 엄마가 얻은 불안증과 우울증을 완벽히 해결할 자신도 없으면서 엄마의 죽음을 막는 것은 이기적인 행동일까? 고민을 해도 해결되지 않는 의문점들이었다. 엄마는 신체적 질병을 겪으면서 정신적 병을 같이 얻게 되어 극한의 경지에 몰린 것 같았다. 보다 못한 아빠가 입원을 권했지만 엄마는 거부했다. 병실 안에서 답답하게 지내기 싫다는 것이다. 나는 어느 순간부터 마음을 놓아버린 것 같다. 나중에 엄마의 부고 소식을 들었을 때도 그런 선택을 한 엄마를 이해해주어야 한다고 생각했다.

이후로 나는 계속 흘러가는 시간과 함께 삶과 죽음에 대해 깊은 고민에 빠졌다. 인생이란 무엇인지, 인간은 왜 언제 죽을지도 모르는 덧없는 인생을 살아가고 있는지, 죽음이란 존재가 사라진 영원한 삶은 과연 행복할 것인지 등 내 머릿속의 물레방아는 쉴 틈 없이 움직이고 있다. 엄마는 마지막이 다가올수록 점점 말이 없어졌다. 그리고 숲을 방황하는 듯 공허하게 집 안을 여기저기 돌아다니고 있었다. 엄마의 상황을 이 소설 속 내용에 대입한다면 엄마는 주인공의 할아버지처럼 나름대로의 임서기를 맞이한 것이라고 믿고싶다. 엄마는 가족을 위해 헌신하는 '엄마'라는 가정적 역할에서, 사람들과 상호작용하는 사회구성원이라는 사회적 의무에서 벗어나 자신의 마지막 순간이 다가오고 있다는 것을 직감으로 느낀 후 엄마만의 담을 쌓고 삶에 대한 미련을 씻겨내는 과정을 거쳤다고 생각한다. 단지 엄마는 그 순간이 일찍 온 것이다.

첫 번째 죽음을 맞이한 나에게 남은 두 번째 단계는 반려동물이다. 반려동물은 주인이 보지 않는 곳을 찾으며 고립된 공간에서 죽는다고 한다, 이것 또한 반려동물이 겪는 임서기일지도 모른다. 사람들은 모두 저마다의 학습기, 가주기, 임서기, 유행기의 시기를 겪는 것일지도 모른다. 나와 동물들도 포함이다. 나는 지금 학습기의 시기를 겪고 있지만 언젠가 다가올 임서기를 어떻게 맞이해야 할 것인지 고민해보아야 할 것 같다. 소설 속 주인공은 자신에게 다가올 임서기가 무섭고 두렵다고 했지만 나라면 그 순간도 받아들일 준비를 할 것 같다. 인간에게 있어 임서기는 피할 수 없고 필연적으로 걸어야하는 유일한 길이기 때문이다.

　가장 기억에 남는 순간은 주인공이 산에 올라 할아버지를 목청껏 부르며 메아리를 치는 장면이다. 그 메아리가 할아버지에게 닿았을지는. 먼 산마루에 보였던 실루엣의 존재가 할아버지일지는 미지수이다. 한가지 알 수 있는 사실은 주인공은 계속해서 할아버지를 찾아다닐 것이며, 그러다보면 할아버지의 길을 따라 걷게 될 것이라는 사실이다. 그 길이 두려운 길이 될지, 반대로 편안한 길이 될지 모르겠지만 말이다. 책에서 임서기는 할아버지의 마지막 꿈을 펼치는 유일한 시간일지도 모른다는 표현이 나온다. 마지막 꿈이라면 과연 무엇일까? 소설에는 다양한 불교 용어들이 등장한다. 주인공은 할아버지를 보며 석가모니의 고행상을 떠올린다. 고행상은 뼈만 앙상하게 남은 몰골에 고행이란 마음의 평정을 찾아가는 길이며 마음의 평정은 곧 깨달음이라고한다. 이렇게본다면 할아버지가 펼치고 싶었던 꿈은 진정한 깨달음일지도 모른다. 주인공은 할아버지의 노년출가를 석가모니의 고행상의 시크교도로 자리바꿈해보며 할아버지의 임서기를 이해했다. 할아버지의 임서기는 유행기까지 포함되었으며 홀로 죽음을 맞는, 인생의 마지막 길이었다. 죽음에 대비한 할아버지의 결기였다. 어쩌면 현재의 삶을 떠나 먼 옛날로 회귀하려는 갈망이었다. 이러한 문장들이 머릿속에 맴돌았다.

　주인공은 할아버지와의 추억을 그리워하며 때로는 시간을 되돌리고 싶다는 생각도 들지 모른다. 하지만 계속해서 흘러가는 시간을 멈출 길은 없다. 이러한 사실은 받아들이기 힘들지만 이때 불교에서 강조하는 것이 '수용'이다. 현재의 순간과 자명한 사실을 그대로 받아들이는 것. 그것이 나와 주인공이 안온해질 수 있는 진실일 것이다. 우리는 모두 임서기에 다가가고 있다. 다시말해, 죽음에 서서히 가까워지고 있다. 우리가 임서기를 맞이하기 전에 어떤 인생을 살아야 할 것인지, 가장 중요한 삶의 가치는 무엇인지, 또한 어떤 길을 걸어야 하는지 끊임없이 찾아야 한다. 우리의 마지막 순간이 무의미하고 허무한 순간일지라도 살아있는 동안은 삶의 최대 의미를 만들어가야 한다. 나와 주인공은 언젠가 엄마와 할아버지의 길을 따라 걷게 될 것이다. 이제 우리가 무엇을 해야 하는지 안다. 그것이 우리의 임서기이다.

덩굴처럼 기대어 | 김민주

－유중원 『인간의 초상』을 읽고

인간은 그 성숙의 과정에서 필히 맞닥뜨려야만 하는 한 가지 질문에 언젠가는 직면한다. 나는 왜 살아가고 있는가에 대한 근원적인 물음이다. 그 인간이 타고난 기질에 따라, 하필 어떠한 상황에 처해있거나 하는 등의 개인적 사유에 따라 그 질문은 단순한 호기심, 흥미로운 이야깃거리가 될 수도 있고, 끔찍한 우울을 동반한 아주 긴 고뇌가 될 수도 있다. 그리고 각자의 방식으로 그 답을 내린다. 그 끝 또한 다양하다. 내가 『인간의 초상』을 읽기 시작했던 이유도 전쟁이라는 비극적이고 특수한 환경 내 인간들에 대한 소설이라면 분명히 삶과 죽음, 무수한 혼란과 고통과 각자의 치유하는 방식과 같은 것들이 풍부하게 담겨져 있을 것이라 확신했기 때문이었다.

그중에서도 소설 속 김재수 하사의 이야기에 인덱스 포스트잇을 붙여 다시금 뒤적거리며 곱씹었던 것은, 고향에서 도망치듯 나와 매일을 버티며 살아가는 모습이 나와 겹쳐보였기 때문일 것이다. 사랑하는 나의 부모님은 소록도의 환지도 이니고, 내가 성 정체성에 혼란을 가진 청년도 아니지만 말이다, 나는 적어도 그가 하던 고민을 스스로에게 던지고 있었기 때문에. 바로 그것 때문에 김재수 하사의 인생을 찬찬히 살피며 그에게 감정이입을 했던 것일지도 모른다. 김재수 하사는 자신의 운명에 단념하고 그의 조금 짧은 인생이 결국 어떤 식으로 막을 내릴지 나지막이 확신하고 있었다. 그리고 그 확신대로 끝을 맺었다.

반대로 '신'이라는 존재에 기대어 극복하는 삶을 살아가는 인물 역시 이책 속에 있다. 현실에서도 셀 수 없이 많다. 나는 신이라는 존재에 대한 생각에 잠시 빠졌다. 떠올려보면 나는 무조건적인 신뢰라는 것을 해 본 적이 없다. 어릴 적에, 약 13세에서 16세까지의 기간 동안 나는 교회에 다닐 일이 있었다. 스스로의 의지는 아니었고, 주변 어른의 권유로 어쩔 수 없이 다녔다. 나는 교회에서 나눠주는 간식이나 먹을 요량으로 그곳에 들락날락했지만, 나중에는 교회의 다른 친구들처럼 진심으로 그 종교를 믿어보려고 했다. 매주 일요일 아침마다 교회에 가서 멍하게 앉아 있다가 간식 하나를 받아 나와 먹으면서 집으로 걸어오는 것은 기독교인이 아니라는 것을 알고 있었다. 그래서 나는 성경 구절을 읽어보면서, 밤에 어색하게 앉아 기도를 해보면서 나름대로의 노력을 했더랬다. 결국은, 나는 실패했지만 말이다. 나는 늘 의심하고, 결국 믿지 못하고 동떨어져 있는 것 같았다. 그들의 개념을 빌리자면 아마도 사탄이나 악마와 같은 무언가가 나에게서 '신뢰'라는 어린 양의 미덕을 빼앗아간 것 같았다. 이 지점에서 짚고 넘어가야 할 부분은, 나는 기독교에 대한 부정적 인식 같은 것을 말하고자 하는 게 아니다. 지금 가장 친한 친구들 중에는 독실한 기독교인이 있다. 나는 그 친구를 진심으로 존중하고, 사랑한다. 나는 오히려, 그 품에 안겨보고 싶었는데 그게 잘 안됐을 뿐이다. 안되겠다, 라는 생각이 문득 들었던 날 이후로 나는 더 이상 그

교회에 나가지 않았다.

그 이후 몇 년이 지난 지금까지도 나는 신을 믿지 않는 인간이다. 정확히는, 신을 믿지 못하는 인간이다. 하지만 때로는 '신'이라는 존재를 빌려 나를 위로하곤 한다. 절망에 빠져 있을 때 나는 긍정하기 위한 합리화를 한다. 살아가다 보면 근거 없는 낙관을 펼쳐야 할 때가 있지 않은가. 내가 지금 겪고 있는 너무나도 고통스러운 절망에서 벗어나기 위해서 말이다. 그럴 때 나는, 내가 괴로운 것은 '신'의 뜻이며 그것은 나를 더 강하게 만들기 위한 신의 의도라 믿는다. 그렇게 믿지도 않는 신에게 기대고서 그 뒤에 나의 현실을 숨기는 것이다. 나는 신이 내 눈에 보이지 않아서 믿지 못했던 것이었으나, 때로는 눈으로 진위를 확인할 수 없음에서 비롯된 막연하고 강한 믿음이 되어 다가오기도 한다. 내 마음이 흐트러져서 나를 올곧게 바로 세울 힘이 없을 때, 그러한 막연하고 강한 존재, 상상컨대 굳게 서 있을 무언가에 기대어 겨우 무너지지 않는 것이다.

김재수 하사에게는 술이 신이었을 것이다. 나도 신을 감히 나의 합리화에 써먹어버리기 전까지는 술을 마시기도 했다. 아주 많이는 아니고, 가끔 정말 아무 생각도 하고 싶지 않을 때 말이다. 그 어떤 생각도 내 머릿속에 없기를 바랄 때 술을 마시고 좋아하는 노래를 틀어놓고 잠들고 나면 다음 날은 숙취도 없고 꽤 기분이 좋았다. 언젠가부터 숙취가 생겨 이제는 술을 마시지 않지만 말이다. 술이 아니면 돈이 신일 수도 있을까? 자본주의 사회에서는 어떻게 보면 당연한 것처럼 들린다. 소설의 마지막 즈음, 노년의 주인공이 내비친 돈에 대한 솔직담백한 갈망은 꽤 괜찮은 의욕, 동기로 작용할 수 있겠다는 생각도 들었다.

하지만 술이나 돈 같은 물질적인 것들은, 근본적으로는 인간을 구원할 수 없다. 이것은 물질만능주의에 대한 비판의 개념이 아니다. 정말 물리적으로, 우리 눈에 보이고 만져진다는 그 물질적인 특성 때문에 인간을 구원할 근원적인 구세주가 되어 줄 수 없다는 것이다. '신'이 되었든, 'God'이 되었든 그 표현들은 다양하나 지구상의 인간들은 아주 먼 과거에서부터 지금에 이르기까지 늘 그 존재를 상상해 왔다. 땅을 밟고 살아가는 우리들의 머리 위에 누군가 존재하고 그는 우리들이 이해하지 못하는 것들을 모두 알고 있으며, 그 이전에 모든 것을 관장하고 있다고. 나약한 우리가 살아가며 느끼는 온갖 부조리와 불합리함에 대한 답을 줄 것이라고. 아니, 그 답은 분명히 있으니 그것이 우리 괴로움을 합리화해주는 고마운 근거이고 우리 인간들은 해결할 수 없는 일에 고뇌하며 괴로워하지 말자고. 그런데 그런 존재는 우리 눈에 보이고 우리의 손으로 만져져서는 안 된다. 많은 인간들이 신을 믿고 그 존재에 기대어 살아갈 수 있는 것은, 역설적으로 그 존재는 만질 수 없는 초월적 개념의 것이기 때문이다. 앞서 이야기했듯이, 때로는 눈으로 진위를 확인할 수 없음에서 막연하고 강한 믿음이 발생되기 때문에 말이다.

그리고 나는 여기에 덧붙여, 만질 수 없는 초월적 개념의 다른 무언가를 우리 각자만의 신, 구세주로 삼고 삶을 지속할 수 있다고 본다. 사랑이나 꿈, 끝내 놓지 않은 희망 같은 것들은 추상적이고 그 진위여부를 확실히 판가름할 수 없는 것이기 때문에, 오히려 돈이나 술과 같은 것들보다 더 강하고 무조건적인 믿음을 끌어낼 수 있다. 나는 이 책을 읽는 도중에 신이라는 존재에 대한 생각을 하다가 갑자기 깨달았다. 악마가 나에게서 신뢰라는 미

덕을 빼앗아간 것이 아니라는 것을 말이다. 내가 김재수 하사와 같이 회의
감과 짙은 허무함, 절망과 의심과 냉소적인 태도에서 벗어나지 못하고 있을
때, 나를 지탱하고 결국 삶을 지속하게 해준 것은 가족에 대한 사랑과 내 꿈
에 대한 미련과 아직 놓지 못한 희망이었다. 사랑과 꿈과 희망을 붙들고 있
던 것은 나의 믿음이었다. 만질 수 없는 추상적인 것에 대한 무조건적인 믿
음 말이다.

나는 아직 죽음을 눈앞에서 목도해 본 적이 없고, 그래서 죽음이라는 것
에 의연할 수 있는 사람도 못 된다. 근래 나의 단 한 가지 궁금증은 살아가
는 것 자체의 의미에 대한 것이었고, 많은 책 속에서 이에 대한 이야기를 찾
아 헤매었다. 『인간의 초상』을 읽은 후 얻은 것은 내게도 사랑과 꿈과 희망
이라는 나의 신이 있었다는 사실에 대한 깨달음이다. 나 하나뿐만 아니라,
우리는 각자의 신에게 기대어 삶을 지속한다. 단단한 기둥에 기대어 자라나
는 덩굴처럼 그렇게 말이다. 또 우리를 돕는 한 가지가 있다면 소설의 말미
에서 언급된 시간이라는 조력자. 과거의 상처와 예민한 감수성을 흐리고
둥글게 사포질하는 시간이라는 조력자. 우리는 그 조력자의 도움을 받으며
각자의 신에게 기대어 살아간다. 삶을 받아들인다. 하루하루를 지속한다.
죽음은 더 먼 이후의 것으로 미뤄두고, 삶을 영위한다. 상처를 잊고 당장 주
어진 것을 누리며 때로는 감사함을 표현한다.

마지막으로, 소설의 배경인 전쟁에 대한 나의 개인적인 생각으로 글을 마
치고 싶다. 『인간의 초상』을 읽는 내내 나는 전쟁이라는 것의 허무함에 대
한 생각이 끊이지 않았다. 우리 인간들의 삶에서 일어나는 빈번한 갈등과도
연관 지어 생각하게 되었는데, 그 참혹함에 있어서는 비할 바가 못 되지만

근본적인 관점에서 다가오는 거대한 허무함이 있다. 우리들은 아주 작은 존재가 아닌가? 세상에 거칠고 차가운 파도가 치고 날카로운 바람이 불 때에는, 휩쓸리는 이들은 서로가 서로를 붙들고 버텨야 하는 것인데 왜 우리들은 파도에 얻어맞고 바람에 흩날리면서도 비난하고 매도하고 싸우고 상처를 주고받을까. 고등학생 시절 물리 수업에서 선생님은 2차원의 길을 개미가 걸어가고 있다고 가정했을 때, 그 개미는 자신이 걸어가는 길의 구조를 이해할 수 없다는 설명을 하셨다. 그것이 꽤 인상적이어서 내 기억 속에 아주 강하게 남아 있는데, 우리의 꼴이 그것과 같다는 생각이 든다. 멀리 떨어져서 보면 모두가 같은 처지인 것을 그 안에서 헐뜯고 비난하고 빼앗고 누구보다는 낫다고 위안한다. 그 허무한 것에 수많은 개인들의 삶이 없어지고 그들의 사랑과 꿈과 희망이 사라지는 것은 너무나도 슬픈 일이다.

내 유년의 루비, 수연에게 | 유지혜

－박연준 『여름과 루비』를 읽고

내게도 루비가 있구나. 박연준 작가의 『여름과 루비』의 마지막 페이지를 읽으며, 그저 하나의 시절로 치부하고 잊어버릴 수 없는, 언제까지고 내 삶을 지탱할 그 루비가 나에게도 있다는 사실을 알았다. 그리고 유년의 내가 루비와 이별한 후 맞았던 그 어느 날보다도 가장 루비가 그리워졌다.

『여름과 루비』 속 '여름'은, 우리 모두의 유년이 그러했듯, 쏟아지는 '처음'에 힘겨워하며 자신을 '작은 회사원' 같았다고 표현한다. 세상에 새로 태어나 새하얀 여름은 주변 인물들로부터 세상의 규칙을 배우고 따르느라 바쁘다. 가령 여름에게는 심부름하기, 조용히 앉아 책 읽기뿐 아니라 다른 사람에게 가위를 건네는 법조차도 배우고, 익혀야 하는 임무가 된다.

여름의 주변 어른들은 새하얀 여름에게 각자 자신들이 가진 물감을 묻혀 댄다. 예컨대 예절과 교육을 중시하던 고모는 여름에게 예의범절과 글씨 베껴 쓰기 등을 가르친다. 또, 어린 시절 학교 선생님에게 죽을 정도로 맞은 경험이 있는 여름의 아빠는 누가 때리려고 하거든 당장 그 자리를 피해 도망치라고 가르친다. 여름이 그 말들을 온전히 이해하지 못해도 그 말들은 자연히 여름을 물들인다. 여름은 고모의 가르침을 떠올리며 자신의 새엄마가 '네가 내 자식이었으면 널 죽였을 거야'라며 나쁜 말을 해대어도 절대 소리를 지르거나 어른의 말에 트집을 잡지 않는다. 또, 고모 집에서 떠나 새엄마와 아빠 집에 살게 되면서 더 이상 글씨 베껴 쓰기를 시키는 사람이 없어도, 스스로 책을 꺼내어 글씨를 베껴 쓰는 시간을 가진다. 학교에서 여름이 지각을 하거나 친구들과 떠들어 선생님이 여름의 손바닥을 회초리로 때리려고 할 때에도 여름은 아빠의 말을 상기하며 몇 번쯤 선생님의 훈계를 피해 도망 다닌다. 이 때문에 결국 처음 받을 것보다 더 아픈 매를 맞게 되지만 말이다. 모든 것이 처음인 유년의 여름은 이토록 유약하고 여리다.

하지만 여름 주변의 어른들은 여름과 다르다. 그들은 여름에게 물들지도 않고, 자신이 여름을 물들인 것조차도 알지 못한다. 가령 여름은 앞에 새엄마가 자신에게 한 폭언을 기억한다. 그리고 당연히 새엄마 역시 그녀가 자신에게 한 말을 기억할 것이라고 생각한다. 어느 날, 새엄마가 낳은 아이인 '학주'가 심하게 떼를 부리며 주변 이들을 성가시게 하자 여름은 새엄마에게 다가가 학주도 죽이고 싶냐고 묻는다. 하지만 새엄마는 과거에 자신이 여름에게 했던 말은 기억하지 못한 채 여름이 또 뜬금없이 이상한 말을 한다고 다그칠 뿐이다. 여름에게 지극히 논리적이고 타당한 이 질문은 모든 것을 생생하게 기억하는 여름에게만 당연한 것으로 이해되는 것이다. 어쩌면 이것은 유년을 사는 이에게만 주어지는 특권이자, 상처가 된다. 주변의 것을 쉽게 흡수하는 능력을 가지나 막상 자신은 타인에게 특별한 영향을 주지 못하는 유약한 미성년으로서만 존재하는 것이다.

그런 여름에 마음속으로 '루비'가 건너온다. 타인의 의견에 순응하며 무리에 잘 섞이려고 노력하는 여름과 달리 루비는 자신에게 아닌 것은 아니라고 말하는 아이이다. 루비가 여름의 마음에 들어오게 된 것도 그 때문이다. 여름은 수업 시간에 자신이 좋아하는 남자아이를 쳐다본다. 그리고 남자아이는 여름의 예상컨대 여름이 자신을 쳐다보았다는 이유로 쉬는 시간이 되면 여름에게 다가와 여름을 꼬집어 아프게 한다. 하지만 여름은 이 상황에 의문을 제기하지 않고, 그것마저도 사랑을 견디는 일일 것이라고 생각한다. 이때 루비가 나타나 소리친다. "지금 뭐 하는 거야?" "누가 널 꼬집는데 왜 가만히 있어?"라며 말이다. 루비는 자신이 납득할 수 없는 일은 그저 넘기지 않은 사람인 것이다. 이때 여름은 자신의 마음이 남자애에게서 루비에게로 옮겨가는 것을 느낀다.

루비는 여름의 주변 어른들과는 충분히 다른 사람이다. 여름과 루비는 동갑이자, 같은 유년을 보내고 있는 지극히 유약한 존재들이다. 그래서일까, 여름과 루비는 서로의 말과 행동에 흐르듯 유연하게 물든다. 필사하는 습관이 있는 여름이 책의 글씨를 옮기는 것을 본 루비는 책에 관심을 두게 되고, 다시 여름은 책을 읽는 루비의 모습에 흥미를 느낀다. 모든 것이 처음이고, 그렇기에 여리고 서툰 서로의 유년을 함께한다는 것은 그렇게 서로가 서로에게 많은 빚을 지는 일인 것이다.

여름과 루비의 이야기를 읽으며 루비와 너무 닮은 나의 루비, 수연이가 계속 떠올랐다. 내가 루비를 처음 알게 된 건 중학교 2학년 때, 옆 반에 있는 친구의 얘기를 통해서이다. 어느 날 친구는 자기 반 친구들 간의 다툼이 일어났는데, 그때 자기 반 반장이 자기 반 친구들끼리 싸움이 일어난 것은 자신이 반장으로서 역할을 다하지 못한 탓이라며 반 친구들 앞에서 사과했다는 이야기를 전해주었다. 처음에 그 이야기를 들었을 때는 정말 순수하고, 사실 어쩌면 조금 융통성이 없는 아이라는 생각이 들었다. 자신의 책임이 아닌 일에 구태여 사과하면서 그들의 문제를 자신의 문제로 가져올 필요가 없다고 생각했기 때문이다. 솔직히 말해서 그때까지 나는 내가 수연이와 친해질 것이라고는, 심지어 수연이가 내 유년의 루비가 될 것이라고는 상상도 하지 못했었다.

그런데 다음 해, 수연이와 같은 반이 되고 나서야 나는 그 아이가 그저 융통성이 없는 게 아니었다는 걸 알게 되었다. 중학교 시절 한 과목의 쪽지 시험 문제가 전부 유출되는 사건이 있었다. 모든 학급이 동시에 쪽지 시험을 볼 수는 없었고 먼저 시험을 본 친구들은 자신이 본 시험 문제를 뒷반 친구들에게 떠들고 다녔기 때문이다. 이미 공부를 많이 한 친구든 하나도 하지 않았던 친구든 모두가 알고 있는 시험 문제를 보지 않는 것은 완전히 자기 손해였다. 그렇기에 반의 거의 모든 친구가 앞반 친구들이 알려준 시험 문제를 정리하여 보고 있었다. 그러나 그때 수연이는 절대 그 문제를 보지 않았다. 나는 그런 수연에게 혼자만 보지 않으면, 시험이 불안하지 않냐고 물어봤다. 하지만 수연이는 그건 옳지 않은 것 같다며 끝끝내 보지 않았고, 온전히 자신의 실력대로 문제를 풀었다. 수연이는 루비 같은 아이였다. 자신이 납득할 수 없는 일은 그저 넘어가지 않는 사람, 자신의 소신대로 살아가는 사람이었다. 내 루비인 수연은 그렇게 멋진 사람이었다.

중학교 3학년 시절을 생각하면 수연이밖에 기억이 나지 않을 정도로 우리는 정말 많은 시간을 함께 보냈다. 고등학교에 올라가기 전 마지막 겨울 방학에는 매일 아침 두꺼운 롱패딩을 입고 중학교 정문 앞에서 만나 기찻길이 쭉 늘어선 산책로를 걸으며 삶과 진로에 대해 실컷 떠들고 헤어지곤 했다. 그때의 기억은 정말 행복했던 시간으로 기억에 남아 문득 내 루비가 그리워질 때면 꼭 꺼내보곤 한다.

17살이 되어 다른 고등학교에 가게 되면서, 핸드폰이 없었던 수연이에게 자주 연락하기는 쉽지 않았다. 게다가 그 시절에 우리는 너무나 바쁘고 힘들었기에 서로에게 연락할 여유가 부족했다. 하지만 나는 '다음에 또 재밌게 놀자'는 우리의 인사가 언제까지고 계속될 것이라고만 생각했다. 책에서 여름이는 자신이 사랑했던 할머니가 자신을 버리고 미국으로 떠날 때 이런 말을 한다. '할머니만은 내 것이라 믿었다. 바보 같은 믿음이었지. 아는가? 믿음은 바보에게만 허락된다는 걸. 바보들만이 믿고, 바보들만이 운다.' (82 페이지) 이런 면에서까지 나는 여름이와 닮았을지도 모르겠다. 나는 우리의 기약이 영원할 것이라고 믿었다. 바보 같은 믿음이었다. 말은 허상일 뿐이고 관계는 언제나 불안하다는 것을 그때의 나는 몰랐다. 나는 수연이가 했던 말을 믿으며 바쁜 나와 너를 위해 틈틈이 연락하는 일은 하지 않았다. 그러나 길었던 수험생활이 끝나고 건 나의 연락에 너의 답이 오지 않는 것을 통해 알게 되었다. 여름과 루비가 그러했던 것처럼 우리 둘 중 한 명은 관계의 언덕에서 내려왔을지도 모른다는 걸.

내 유년의 루비인 수연아. 혹시라도 네가 이 글을 보게 된다면, 이 모든 이야기가 너를 향한 말들인 걸 바로 눈치챘다면, 비록 나민큼은 아니더라도 너도 나와 함께했던 유년이 조금 그립다면, 그리고 우리가 함께했던 그날들을 유년 시절로 끝맺음하고 싶지 않다면, 언제든 내게 연락해줘. 그럼 나는 언젠가 올지도 모를 너의 연락을 고대하며 우리가 처음 만났던 유년 그때의 내 연락처를 언제까지고 바꾸지 않고 있을게. 오늘도 나는 이렇게 『여름과 루비』에 기대어 너에게는 미처 닿지 않을 방법으로 한 번 편지를 써본다.

특별할 것 없는 우리의 이야기 | 오유미

– 김지연 『마음에 없는 소리』를 읽고

20살. 누구나 시작이라고 이야기하는 시기. 마치 무엇이든 될 수 있을 것처럼, 무엇이든 이룰 수 있을 것처럼 이야기하는 시기. 나는 그 시기의 시작점에 서있다.

그럼에도, 아직 시작점에 불구함에도 나는 불안하다. 내가 실패할까 봐 불안하고, 내가 쓸모없는 존재가, 남들에게 손가락질 받는 존재가 될까 봐 두렵다. 지금 할 수 있는 일을 하자,라며 자신을 도닥여도 절대 사라지지 않는 그런 불안이었다.

소설집 『마음에 없는 소리』의 여섯 번째 이야기, 마음에 없는 소리는 '선미'의 새로운 시작으로 막을 연다. 주변 친구들이 결혼하고, 아이를 키우고, 여러 직급을 달 때, 이런저런 곳을 맴돌다 이번엔 할머니의 작은 식당을 물려받기로 한 선미는 친구들을 도시로 떠나보내기도 하고, 진상 손님을 맞이하기도 하며, 친구들과 영 시원치 못한 시간을 보내기도 한다.

"해야만 하는 일이 많았다. 원하는 원치 않든 삶은 오랫동안 계속될 것이고 거기엔 아주 많은 공을 들여야만 한다."[1] 이 이야기는 이렇게 막을 내린다.

이야기의 주인공인 선미는 여전히 방황 중이다. 마흔을 앞둔 삼십 대의 막바지를 달리고 있음에도 그랬다. 그렇다고 행복하다고 당당히 말할 수 있는 처지도 아니었다. 적어도 내가 본 선미는 그랬다. 선미는 여전히 자신을 찾고 있었고, 자신에게 되물었고, 죽고 싶다고 생각했으니까. 마음에 없는 소리를 살아가고 있었으니까.

선미는 우리와 같은 시간을 살고 있다. 어쩌면 무자비하고, 대책 없이 빠르고, 의미 없이 시간과 돈을 쏟아붓는. 그런 21세기를 살고 있다.

왜? 왜 우리는 이런 시대를 수용하는지에 대해 묻고 싶다. 왜 우리는 방황해선 안되며 성공의 잣대는 그리도 높고 행복의 기준은 돈이 되어야 하는지에 대해 묻고 싶다. 그저 꿈은 성공과 같다며 등을 떠밀던 사람들은 어디 가고 손을 내밀어 주긴커녕 손가락질하는 사람들이 되었는지 묻고 싶다. 왜 우리는 남은 삶을 위해 지금의 우리를 희생해야 하는가?

적어도 선미는 죽고 싶을지 언정 자신의 삶을 놓아버리진 않았다. 그럼에도 선미는 지금 우리 사회에서 말하는 실패자의 반열에 들어있다. 아직 선미는 자신이 해야만 하는 일이 무엇인지 알고, 자신의 삶을 붙잡고 살아가는 일을 하고 있음에도, 사회는 그런 선미를 좋은 시선으로 보지 않는다.

하지만 정말 모순적이게도 나 또한 그 시선을 이해할 수 있었다. 나도 선미와 같은 시대를 살고 있으니까. 왜 선미가 자신을 그렇게 밀어 넣었어야 했는지, 친구들이 왜 선미를 그저 응원해 주지 못했는지, 왜 사회가 선미를

---

1 김지연, 『마음에 없는 소리』, 문학동네, 2022, 194쪽.

그런 시선으로 바라보는지, 선미가 왜 그런 동떨어진 감정을 느꼈어야 하는 지까지, 전부.

이상론이다. 나도 알고 있다. 내가 지금 묻고 있는 것과 생각하고 있는 것들이 전부 이상론일 뿐이라는 것 정도는 알고 있다. 내가 감히 상상할 수도 없는 시간을 들여 마침내 꿈을 이룬 사람들도 많고, 누구나 각지의 삶에서 최선을 다하며 살고 있다는 것 정도는 안다. 그렇기에 그들의 눈에 방황하는 이들이 어쩔 수 없이 그렇게 비칠 수도 있다는 것도 안다. 모든 인간상에는 그와 반대인 사람도 있기 마련이니까.

누군가는 아직 시간이 더 필요할 수도 있고, 누군가는 이미 시간이 남아 도는 순간이 왔을지도 모른다. 그럼에도 시간은 유한하고 일정하다. 누가 더 가질 수도 덜 가질 수도 없다. 그렇기에 살아간다는 것은 이렇게나 물기로 가득하다.

그래서 나는 감히 묻는다. 선미는 실패한 사람인가? 내 질문은 누군가에게 어려서 뭘 잘 모른다고 비웃음 당할지도 모른다. 그래, 나이를 먹고도 방황하는 것은, 여전히 자신에게 질문을 던지는 것은 걱정 받아 마땅한 일인가? 그로 인해 어떠한 공허함을 느끼는 것은 잘못된 일인가? 실패란 어디서부터 어디까지를 의미하는가?

인간이 인간으로서 살아가기 위해 필수적인 것은 역시 돈과 행복과 사랑이라고 생각한다. 이는 사람을 신체적으로 삶을 연명할 수 있게 해주기도 하지만 사람을 사람으로서 살게 해줌으로써 정서적 수명 또한 늘려준다고 생각한다.

그와 반대로 불행은 인간을 갉아먹는다. 그것이 신체적이든 정서적이든 아무 관계없이.

우리가 불행을 극복하는 방식은 태연해지는 것이었다. 낫는다는 것을 믿고 그 미래가 이미 도래한 것처럼 굴기. 그렇게 하면 반복되는 불행들을 점점 대수롭지 않게 여길 수 있었다. ———혹은 외면하기.[2]

본문에서는 불행에 대해 이렇게 이야기했다. 괜찮아질 거니까,라는 막연한 믿음. 하지만 선미는 그 후에 언젠가부터 좋은 미래에 대해 생각하지 않는다고 했다. 선미에게는 이제 그런 낙관은 남아있지 않았다.

나는 인간에게 낙관이 사라진다는 것은 어떤 의미일지 고민하게 되었다. 낙관이란 어쩌면 희망의 또 다른 의미일지도 모르겠다. 사람은 희망을 에너지로 살아간다. 무엇보다 큰, 사람을 움직이게 하는 원동력. 사람은 각자 하나씩 이루지 못한 희망을 마음속에 품고 살아간다. 그것이 얼마나 터무니없는 것이든 간에, 상상하면 마음이 부풀어 오르는 그런 희망, 삶의 원동력.

"그래도 해피 트리가 무사했으므로 식당도 망하지 않았다."[3] 어쩌면 선미에게 희망은 해피 트리가 아닐까. 해피 트리는 분명 상상한다고 해서 마음이 부풀어 오른다거나 하지는 않는다. 화영이 개업할 때 가져온, 다른 '실패한' 가게 문들 앞에 놓인 완전히 시들어버린 화분들과는 달리 아직 싱싱하게 잘 가꾸어져있는 해피 트리. 물론 선미에게는 친구들도 있고 가족들도 있다. 사람을 희망 삼아 살아가는 사람 또한 분명히 존재한다. 하지만 지금 선미가 식당을 열고, 운영하고, 다음날을 기약하고, 다음을 살아감에 있어 작은 위안이 있다면 역시 아직 시들지 않은, 싱싱한 해피 트리가 여전히 식

2 김지연, 『마음에 없는 소리』, 문학동네, 2022, 167쪽.
3 김지연, 『마음에 없는 소리』, 문학동네, 2022, 193쪽.

당 앞을 자리 잡고 있음이리라 생각한다. 선미는 이렇게나 분명히 삶을 살아가고 있다.

나는 이 이야기에서 그럼에도 불구하고 흔히들 말하는 평범한 사람들과 같이 친구와 시간을 보내고, 일을 하는 선미가 삶을 살아가는 것을 보았다. 나는 마치 내가 선미가 된 듯한 기분에 몸부림쳐야 했고, 선미가 느끼는 진흙 속의 감각에 진서리를 쳐야 했다. 하지만 나는 다음 장을 넘겼다. 쉴 새 없이 넘길 수밖에 없었다. 선미는 담담하게 이야기를 풀어가는데 나는 그를 담담하게 받아들일 수가 없었다. 나는 선미를 대신해서 울어야 했고, 화를 내야 했고, 끊임없이 비판해야 했다.

이 이야기는 특별할 것 없는 우리의 이야기이다. 무언가를 실패해도, 성공이 보장되어 있지 않더라도, 앞으로의 남은 시간을 위해서라도 우리는 지금의 삶을 살아가야 한다. 살아야만 한다. 남들에게 비난받지 않을만한 삶을 살아야 하고, 누군가에게 부끄럽지 않은 삶을 살아야 한다. 손가락질 받지 않기 위해 나이에 맞는 성공을 거둬야 하고, 남의 시선에서 적당히 자유로워야 하고 적당히 얽매여있어야 한다.

요즘은 '평범'의 기준이 너무도 높아졌다. 나는 남들과 같은, 남들이 다 걷는 길을 같이 걸어왔는데, 어느 순간 나만이 동떨어져있는 기분을 떨칠 수가 없다. 난 여전히 노력하며 삶을 이어가고 있는데, 사회는 내게 더 높아진 평범을 요구한다. '청년'들은 아직 알지 못하는 것이 수두룩함에도, 배우지 못한 것이 너무나 많음에도. 우리는 우리 탓을 하며 겨우 맞추고 있는 그 기준을 더는 따라가지 못할 것 같아 두려워하고 불안해한다. 선미의 모습과 우리의 모습이 별반 다를 바 없다고 느껴지는 것은 왜일까.

나는 흔히들 말하는 '현실적인' 시각에서 잠시 벗어나 살아감 그 자체에 대해 감탄하고 싶다. 선미가 새롭고 위태로운 시작을 하면서도 그것을 이어가기로 한 것, 친구들과의 이야기로 묘한 공허감을 느끼면서도 아무것도 놓아버리지 않은 것, 하루하루를 살아가며 죽음을 생각함에도, 그를 수용하면서도 끝내 살아가는 것, 그 모든 용기들에 박수를 보내고 싶다. 이 박수는 때때로 나 자신에게 향할 수도 있겠지. 어쩌면 세상을 향할 수도 있다. 나는 아무도 책임을 지지 않는 자신의 삶을 살아가는 모든 이들에게, 지금의 과정이 실패이든 성공이든 간에 박수와 찬사를 보내고 싶다. 세상 모든 선미에게, 또는 나에게, 당신에게 환호를 보내고 싶다. 먼 미래가 아닌 오늘을, 내일을 살아가기로 한 이들에게 마음 가득한 인사를 건네고 싶다.

"그것도 대단한 거지."[4]

---

4 김지연, 『마음에 없는 소리』, 문학동네, 2022, 164쪽.

고등부

수상작

'하나의 세계'라는 환상과 치유 | 이시윤

－천선란 『노랜드』를 읽고

우리가 문학 속에서 얻어가는 치유란 무엇일까?

일반적으로 '치유'하면 떠올리는 것은 터지고 흉진 상처가 아무는 과정일 것이다. 이를테면 다정하고 따뜻한 위로나 부드러운 연고.

다만 나는 이따금 문학에서 말하는 치유란 비단 그뿐만이 아닐지도 모르겠다는 생각을 한다. 이야기 속에는 그리 상냥하지 않은 굴곡을 따라 걸었음에도, 슬퍼하고 상처받고 싸우는 인물들을 지켜보았음에도 받게 되는 아득한 치유의 감정이 있다.

어쩌면 당연한 일이다. 우리의 마음을 버석하게 만드는 것은 현실의 갈등과 따끔한 상처 그 자체가 아니라, 개개인 고유의 속성이 의미를 잃고 흩어질 때의 감각일 테니까.

너와 내가 어디서 왔는가에 대한 고민은 우리가 버둥거리며 버티는 일상 속에선 사치로 여겨지기 마련이다. 나의 모든 특징과 시선에 붙어버린 무의미함. 가상의 서사는 그러한 관성적인 무기력에 대한 치밀한 반박을 대신해서 해준다. 그렇게 나조차 잊고 있던 나의 심지에 대한 응시가 이루어지고,

우리는 치유 받는다고 느낀다.

그런 의미에서 내게 '두 세계'는 치유를 위한 아주 섬세한 구조물처럼 보였다. 이야기의 기본적인 흐름은 이렇다. 이야기는 주인공 유라가 죽은 쌍둥이 동생 유진을 회상하며 시작한다. 유진은 남들과 너무나 다른 구석이 있는 아이였다.

'그냥 나는 이 행성에 잘못 태어난 거 같아'라고 말하는 아이. 어디에도 뿌리내리지 못해 부유하고, 살아간다는 느낌을 어디서도 받지 못하는 아이. 어른들은 그저 지나갈 시기라 여겼고, 유라는 그런 유진을 이해하지 못했다. 유진은 서른 무렵 스스로 삶을 끝냈다.

한편 유라는 스무 살부터 현재까지 소설을 오감을 이용해 읽을 수 있게 하는 가상현실 프로그램 회사 '노랜드'에서 일하고 있다.

그런데 어느 날, 유라는 노랜드에서 제공하는 가상현실 소설 중 하나인 '아락스'의 결말이 대뜸 바뀌었다는 것을 알게 된다. 주인공 아락스가 산타마리아호에 승선하며 이야기가 끝나야 하는데, 갑자기 스스로 목을 매달아 죽은 것이다.

유라는 언제부터 이런 오류가 일어났는지 살피기 시작한다. 그러다 하나의 사실을 알게 된다. 가상현실 속의 인물들은 인간의 신경망 구조를 똑같이 구현해 독자들의 질문에 답을 할 수 있게 만들었는데, 모종의 오류로 아락스가 바깥에 또 다른 세계가 있다는 것을 알게 되었다는 것. 아락스는 시스템 회로를 조정해 서비스 이용자 '규영'의 몸에 들어갔고, 그 때문에 결말이 난데없이 바뀌었던 것이다.

거기까지 읽으며 나는 이 이야기가 '무기력함'을 조금 다른 각도로 바라보고 있다는 것을 알게 되었다.

이 세계에 발을 붙이고 살고 싶지 않다는 건, 반대로 말하자면 다른 어떠한 세계를 강력히 바란다는 것. 이야기는 무기력함을 뒤집어 바라본 다음, 인물들에게 특성을 부여했다.

나는 이 지점에서 커다란 위로를 받았다. 현실에 유진이 실존한다면 사람들은 분명 유진을 쉽게 정의할 것이다.

아무런 의지도 기력도 없는 무가치한 아이, 그저 더 깊은 바닥으로 추락하고 있는 아이. 그러나 사람이 아래로 추락하는 그림은 뒤집으면 날아오르는 그림이 된다. 유진은 실은 너무도 강한 욕망을 안고 있었다. 그 방향이 일반적인 방향과 반대로 생동했을 뿐.

막연해 보이는 그 사실에 아락스와 규영의 존재는 선명한 설득력을 불어넣는다. 서로의 세계를 원하던 두 인물은 자신들의 세계를 찢고 나간다. 시스템 회로를 바꾸어 규영의 몸을 차지한 아락스.

이렇듯 무기력함에 대한 새로운 시선을 SF적인 상상력과 촘촘한 설정이 뒷받침해 준다. 그 지점에서 나는 무언가 환기되는 듯한 기분을 느꼈다.

우리의 주변에는 분명 또 다른 유진들이 있다. 가끔은 우리가 아주 사랑하는 누군가가 되기도 하고, 우리 마음 한구석의 자리를 차지하기도 한다. 그리고 그럴 때면 우리는 추락하고 있는 그들을 가로막고 반대로 나아가야 한다고 아프게 밀어붙인다. 현실에서는 그 바닥 너머에 아무것도 없다는 걸 알고 있으므로, 그들을 잃고 싶지 않으므로. 그러니 그런 행동이 잘못되었다고 말할 수는 없다.

다만 그렇다고 해서 유진의 손을 잡고 '또 다른 세계'를 향해 달리는 이 굳건한 믿음이 픽션내에서만 유의미하다고 생각하지는 않는다.

유진이 추락한 뒤 맞닥뜨렸을 또 다른 세계. 그 존재를 상정함으로써 짚어낼 수 있는 어떠한 욕망. 그림을 뒤집어야만 볼 수 있는 에너지가 있다면, 그러니까 그저 무기력함이라 여겼던 행동 이면에 어떠한 형태든 에너지가 있다면, 그 자체로도 새로운 희망이 될 수 있으리라고 생각한다. 그 에너지가 어떻게 다른 방향으로 치환될 수 있는지를 고민한다면 우리는 보다 따뜻하게 그들의 손을 잡을 수 있을테니까.

그렇게 현실에서도 도움이 될 만한 시선을 톺아본 뒤, 나는 다시 두 세계의 이야기 속으로 들어갔다. 그다음 눈에 밟힌 것은 '그다음은?'이라는 물음이었다.

힘들게 다다른 또 다른 세계 안에서, 아락스는 어떤 위기에 부딪혔을까, 얼마나 웃었을까, 무슨 생각을 했을까… 계속 살아갔을까?

어렵지 않게 그런 물음을 떠올릴 수 있었던 건, 다른 세계를 탐하고 그곳으로 넘어가는 일이 아주 낯설지는 않은 시대를 내가 살아가고 있기 때문일 것이다. 물론 실제로 차원과 세계를 찢고 나가지는 않지만, 사람들은 아예 다른 세계라고 불릴 법한 이미지들을 탐닉하며 하루하루를 보낸다.

그러나 이 이야기의 '다른 세계'와 다른 점이 있다면, 우리 시대에 실존하는 '다른 세계.'는 단발적이고, 파편으로 흩어져 있다는 것이다.

"시간은 모든 일이 동시에 일어나지 말라고 존재하는 것이다. 공간은 모든 일이 나한테 일어나지 말라고 있는 것이다"라는 수전 손택의 말을 나는 가끔 떠올린다. 한심하게도 짧고 무의미한 유튜브 쇼츠, 인스타그램 릴스 등을 멍하니 보다 보면 나는 시공간이 흐려진 세계에서 사는 것 같다는 생각을 하곤 한다. 전파 속에서 나는 어디로든 갈 수 있고 어떤 시대든 엿볼 수 있다. 그 모든 게 2023년을 살아가는 오늘의 나의 경험과 기억이 된다.

강렬하고 단발적인 이미지를 통해 누군가의 세계를 엿본다. 흩날리는 정보들을 조합해 그 너머를 상상하고 감각 한다. 사람들은 어떤 세계로 가지 못해 분통해하고, 유토피아를 상정한다. 그리고 막상 그 너머로 넘어간 뒤에는 허탈감과 갈 곳을 잃었다는 기분에 사로잡힌다.

수많은 세계의 파편을 통과하고 상상하고 실망하는 것이 일상이 된 시대. 어쩌면 '두 세계'의 설정에서 가장 환상적인 부분은 아락스와 규영이 서로 다른 세계로 넘어간다는 것이 아니라, 그 두 세계가 완전히 단절되어 있다는 것 같다.

유진이 본인이 원하던 세계로 넘어갔느냐, 그러지 못했느냐, 라는 물음에 초점을 두고 무기력함에 대한 시선을 재배치하는 작업. 그를 위해서는 아락스와 규영의 세계를 완전히 단절시킨 후 '그다음'에 대한 물음은 의도적으로 가려야 한다. 왜냐하면 현실에서 우리는 다른 세계, 로 넘어간 뒤 다시 또 다른 세계를 갈망하는 사례를 수도 없이 봐왔으니까.

그렇게 아득해진 아락스와 규영의 세계, 그 사이의 단절감이 유진의 욕망을 더욱 부각시켰다고 생각한다.

수많은 세계가 불연속적으로 번뜩거리는 시대. 이 이야기는 하나의 세계에 대해 강렬한 불합치를 느끼는 인물을 내세워 역으로 하나의 세계를 온전히 감각한다는 것은 어떤 것일지에 대한 실마리를 제공한다. 그 허구의 세계에서 엿볼 수 있는 유진들의 손을 잡는 방법, 또 너와 내가 어디서 왔는가에 대한 고민.

그렇기에 나는 이 이야기를 읽으며 정말로 글의 서두에서 말했던 아득한 치유를 감각 할 수 있었다.

그럼에도, 당신이 살아가길 바란다 | 김시언

– 윤이안 『세 번째 장례』를 읽고

유독 바람이 매섭게 불던 날이었다. 옷옷을 추스르며 들어간 서점 안에
서 곧장 소설 코너로 발걸음을 옮겼다. 아직 한기가 가시지 않아 시린 손끝
으로 한 권 한 권 더듬어 제목을 눈에 담았다. 사실 그때까지만 해도 책을
살 마음은 없었다. 그저 서점 특유의 분위기와 책장을 가득 채운 책들을 즐
기고 싶었을 뿐이었다. 가벼운 마음으로 책장 사이 꽂힌 책들에게 이리저리
눈길을 주다가 문득, 한 곳에 시선을 고정했다. 독특하고 신비로운 표지, 호
기심을 끄는 제목, 한참이나 우두커니 서서 그 책만을 눈에 담았다. 그러고
는 홀린 듯 손을 뻗어 표지를 천천히 쓰다듬었다. 어쩌면 그때 이미 알아챘
을지도 모르겠다. 내가 이 책을 사랑하게 될 거라는 사실을.

『세 번째 장례』 책의 제목이자 소설집 안에 담긴 이야기 중 하나의 이름
이었다. 지금 생각해 보면 내가 왜 이 제목에 끌렸는지 알 것 같기도 하다. 1
과 0, 장례식을 하거나 하지 않거나. 그것만이 전부라 여겨왔던 나에게 3이
란 숫자는 너무나도 커 보였다. 아마 '세 번째 장례'의 주인공인 현진 역시
그렇게 생각했을 터였다. 20년 전에 처음 등장한 전송 수술은 그야말로 세

상을 바꿔 놓았다. 환자의 기억 데이터를 서버에 저장했다가 유전자로 만들어 낸 몸, 이른바 더미 신체로 데이터를 넘기면 다시 건강한 몸으로 생활할 수 있다. 불치병이나 난치병에 걸린 사람들도 이 전송 수술을 통해 몸을 갈아타며 생을 연장한다. 알츠하이머병에 걸린 현진의 엄마 역시 예외가 아니었다. 어린 딸과 불치병을 가진 그녀는 어찌할 도리 없이 전송 수술을 택했다. 다만 문제는 그녀가 아닌 현진에게 있었다. 진짜 몸이 아니라 더미에 불과한 몸뚱어리를 과연 엄마라고 부를 수 있는지, 현진은 줄곧 고민한다. 그러다 엄마의 병이 재발했을 때 떨리는 목소리로 말한다. 이번에는 바꾸지 말자, 응? 부탁이야.

현진은 장례 디렉터 일을 하면서 많은 이들의 죽음을 봐왔다. 그중에서는 현진과 같은 고민을 하는 이들도 적지 않았다. 분명 우리 엄마는 병원 입원실에서 살아있는데 왜 여기에서 엄마 시신으로 장례식을 치르고 있는 건지, 하고 토로한다. 전송 수술은 삶을 연장함과 동시에 죽음이란 개념을 바꿔 놓았다. 더미 장례식이라는, 유례없는 단어를 만들어 내면서 살아있는 사람의 장례를 치렀다. 그런 죽음과 장례식을 수없이 봐오던 현진은 자연스럽게 죽을 권리를 생각한다. 동시에 장례를 치르면서 불타 없어질 시신을 떠올렸다. 멀쩡히 살아 있는데, 저 관에 누운 고인의 몸은 대체 뭐란 말인가. 무엇이 진짜 사람이고 무엇이 진짜 자기 자신일까. 무엇이 진짜 자신의 엄마일까. 그러던 현진은 우연히 한 장례식에서 잊을 수 없는 광경을 맞이한다. 고인 본인이 자신의 장례식에 등장한 일이었다. 갑작스럽게 난입한 그녀는 제 딸을 찾으며 소리쳤다. 내가 뭐라고 했어. 나 죽으면 그 미친 수술인지 뭔지 하지 말고 그냥 보내주라고 했지! 나는 이렇게 목숨 연장하기 싫다고. 몇 번을 말했어. 한동안 침묵만이 맴돈 후 딸의 울음 섞인 외침이 장례식장 안에서 울려 퍼졌다. 엄마는 왜 엄마만 생각해? 우리한테 아직 엄마가 필요하다는 생각은 안 해봤어? 그 문장을 눈에 담자마자 가슴 한구석이 쿡쿡 아려왔다. 지독하게 이기적이면서도 더없이 슬픈 말이었다. 어쩌면 나도 언젠가 저런 말을 하게 되지 않을까. 떠올리는 것만으로도 숨이 턱 막혔다. 그만큼 간절한 사랑이었다.

처음 이 이야기를 읽어 나갈 때, 나는 현진을 비난했다. 진짜 몸이 아닌 더미라 하더라도 무엇이 바뀔 수 있다는 걸까. 그 사람의 기억과 추억과 영혼이 거기에 있는데, 왜 엄마를 엄마로서 받아들이지 못하는 걸까. 답답한 마음도 들었고 속에서 열이 끓어오르기도 했다. 아마 나도 내 엄마가 소중한 탓일 터였다. 이따금 그저 엄마가 살아있기만 한다면 더 바랄 게 없겠단 생각을 한다. 그런 나에게 현진의 고민은 배부른 투정이었다. 그래서 현진을 비난했다. 불치병에 걸려도 거기엔 전송 수술이 있잖아, 하고. 하지만 현진의 이야기를 읽을수록 마음 한구석이 무거워졌다. 알츠하이머병이 악화된 현진의 엄마가 실종된 순간부터 그러했다. 전송 수술을 하면 병을 유예시킬 수 있음에도 그녀는 그러지 않았다. 자연스럽게 죽을 권리, 나는 계속해서 그 말만을 상기시켰다. 현진은 점차 기억을 잃어가는 엄마를 보고 무슨 생각을 했을까. 왜 엄마에게 전송 수술을 해달라고 부탁하지 않았을까. 어쩌면 나는 너무나도 이기적이라서 엄마로부터 자연스럽게 죽을 권리를 빼앗을지도 모른다. 그래서 현진을 이해할 수 없었던 건데, 그녀가 실종된 엄마를 찾으러 다닐 때야 비로소 그녀 역시 나와 비슷했다는 사실을 깨달았다. 현진은 줄곧 알고 있었던 것이었다. 전송 수술은 불사의 영역이 아니다. 그저 죽음을 유예하는 것에 불과할 뿐이었다. 그리고 최후의 순간에 그들은 선택해야만 했다. 언제 이 고통스러운 유예를 중단할 것인가.

현진은 엄마가 살아가길 바랐다. 그녀에게도 엄마가 필요했다. 엄마에게 신체를 바꾸지 말자고 제안한 쪽도 그녀였지만 동시에 엄마를 필요로 한 쪽도 그녀였다. 연명 치료를 바라지 않았던 현진의 엄마가 전송 수술을 택해 열여덟 해를 더 살아주었기에 내린 결정이었다. 현진이 어렸으니까. 엄마를 필요로 했으니까. 이제 현진은 성인이었고, 그녀의 엄마가 더 살길 바라는 건 너무 큰 욕심이었다. 이미 전송 수술을 거쳐 더미의 몸으로 살아가는 엄마에게 또 죽음의 유예를 강요하는 건 괴로운 일이었다. 그래서 실종된 엄마를 찾고 나서야 마침내 울음을 쏟아내었다. 울음 섞인 사과를 건넸다. 엄마를 의심했으면서도, 그런데도 필요로 했던 것. 그게 내 가장 못 된 점이었노라고. 그러면서 한 번도 엄마에게 털어놓지 못했던 비밀을 속삭였다. 엄마, 사실 나는 엄마의 두 번째 딸이야.

현진의 비밀을 듣자마자 나는 멍하니 책을 덮었다. 그러고는 다시 처음부터 읽기 시작했다. 결국 현진도 전송 수술을 거친 더미의 몸에서 살아가고 있었다. 무엇이 진짜 몸인지, 더미가 정말로 그 사람일 수 있는지, 이건 그녀의 엄마뿐만 아니라 자신에게도 던지는 질문이었다. 어린 딸을 혼자 남겨둘 수 없었던 엄마와, 그런 엄마를 혼자 남겨둘 수 없었던 딸. 책을 덮은 순간부터 가슴이 울렁거려 아무 말도 하지 못했다. 동시에 이기적인 건 한 사람만이 아니라는 생각이 들었다. 사랑에 있어서 모든 사람은 이기적이다. 현진과 현진의 엄마가 그랬던 것처럼. 나와 내 엄마가 그러는 것처럼. 모든 사람은 언젠가 죽어 없어진다는 사실, 사랑은 내 눈을 멀게 했다. 내가 사랑하는 이들은 평생을 살아가길 바랐다. 비록 이곳에 전송 수술은 없지만 사랑하는 이들이 살길 바라는 마음과 이기적인 욕심은 이곳에도 존재했다. 나에겐 엄마가 필요해. 엄마도 내가 필요해? 아마 이 질문을 엄마에게 하게 될 날은 오지 않겠지만 그렇다는 대답이 듣고 싶은 것도 내 욕심일까. 그만큼 간절한 사랑이었다.

여전히 내게 3은 너무나도 큰 숫자였다. 1과 0, 장례식을 하거나 하지 않는 것. 다만 이 책을 전부 읽고 나서 조금이나마 이해할 수 있게 되었다. 만약 내가 사랑하는 이가 죽는다면 한 번으로는 부족할 터였다. 첫 번째 장례식에서 나는 당신의 죽음을 받아들이지 못해 눈물만 흘릴 것이고, 두 번째 장례식에선 당신과의 추억을 떠올리면서 당신을 원망할 것이다. 그리고 세 번째 장례에서야 비로소 당신을 조금이나마 놓아줄 수 있지 않을까. 책을 완전히 덮고 나서도 내 마음속에서 현진은 떠나가지 않았다. 너도 그랬을까. 너도 세 번째 장례에서야 엄마를 떠나보낼 수 있었던 걸까. 아직 한 번의 장례도 겪지 못한 나에게 3은 버거운 숫자다. 사실, 현진에게도 버거울지도 모른다. 한 번이든, 세 번이든, 그 뒤에 펼쳐질 무수한 숫자이든, 죽음은 언제나 버겁다. 그리고 내 사랑은 더 없이 이기적이다. 그래서 당신에게 부탁한다. 내가 사랑하고, 날 사랑하는 당신에게 부탁한다. 사람은 누구나 죽지만, 그럼에도, 당신이 살아가길 바란다.

실수를 바로잡고 싶다. 소원을 이루고 싶다.
그렇다면 빵을 먹자 | 이정민

- 구병모 『워저드 베이커리』를 읽고

인간은 태생적으로 부족하여, 험난한 사회에 살아남기까지 성체의 도움을 받아 성장해야 한다. 사회는 새끼가 윤리적으로, 신체적으로 성숙한 생명이 되기까지 20여 년의 유예 기간을 준다. 이를 통해 어느 정도의 기술과 지식을 쌓아 사회에 헌신한다. 하지만 누구나 그 과정 속에서 바로잡고 싶은 여러 시행착오를 겪게 된다. 그 시행착오들의 후유증은 정신력에 의해 극복 될 수도, 오랜 시간에 걸쳐 이성을 잠식 시킬 수도 있는 중대사이다. 구병모 작가의 『워저드 베이커리』는 암울한 현대 사회 문제에 대한 판타지 요소의 결합을 통해 독자들의 흥미를 한 층 끌어올렸다. 책에 나오는 빵집, 제목 그대로 워저드 베이커리는 인간의 욕망을 실현 시켜줄 수 있는 빵들을 판다. 다른 소설 책들과는 다르게 소원의 성취와 동시에 그 인과율을 감당해야 한다는 점이 특이하다. 어리석은 인간들은 당장의 얄팍한 욕망에 사로잡혀 이 빵들을 구매하게 되지만, 그 후폭풍을 감당하지 못해 후회하게 된다. 주인공은 현실의 상황을 도피하기 위해 워저드 베이커리에서 잠깐 동안 일을 돕게 되면서 여러 복합적인 감정과 함께 본인의 주체성을 찾아가는 일종의 성장 소설이다.

책을 읽으면서 한가지 의문이 들었다. "마법사는 무책임한 구매자들의 원성을 들으면서 까지 빵집을 운영하는 이유가 뭘까?" 소설 속의 마법사는 무엇이 아쉬워서 싼값에 인간의 욕망을 이뤄주는 것일까? 마법사는 경제적으로 궁핍하거나 숭고한 사명감을 가지지도 않았는데 말이다. 나는 고민 끝에 두 가지 가설로 접근하게 되었다.

첫번째 접근은 마법사 정부의 존재이다. 〈해리포터〉에서 알 수 있듯이, 마법사가 힘을 남용하기 시작하면, 세계의 균형은 손 쉽게 깨져 인류의 존망 자체가 위협 받을지도 모른다. 그렇기에 마법사들은 정부를 수립해 모두가 특정 지역에 발령되어 그 지역의 영물로서 존재하는 것일지도 모른다. 아마도 소설 속의 점장은 한국마법지사일 것이다. 그는 평소에는 빵집을 운영하나, 인류의 과학으로는 설명할 수 없는 기이한 현상이 발생할 경우, 행동에 나서 인류의 평화와 안전을 수호하는 것이다. 그러던 와중에 우리의 주인공에게 흥미가 생겨 그에게 약간의 관심을 쏟아주는 것일지도 모른다.

첫번째 접근은 판타지 장르와의 결합이라는 독특한 소재로 인한 나의 창작이었다면, 두번째 접근은 좀 더 사회적인 측면으로 바라보았다. 마법사는 나약한 지구의 생명체에게 연민을 느꼈던 것이다. 수백 년을 살아오며 고이다 못해 썩어가는 자신과는 달리, 순수하게 흐르는 샘물과 같은 인간의 감정을 보듬어주고 싶어, 마법의 빵을 굽게 되었다. 하지만, 그는 순수하면서도 추악한 인간의 이중적인 잣대에 실망하고, 점차 무뚝뚝한 점장이 되었다.

그렇다면, 『위저드 베이커리』가 전하고자 하는 메시지는 무엇일까? 저자는 현재 사회에서 매우 심각하게 대두 되고 있는 문제에 대해서 담아냈으며 그 예시로는 가정 폭력, 아동 성추행, 아동 유기, 이혼 등이 있다. 주인공은 보통의 환경에서 자란 아이들과는 비교도 되지 않을 만큼 열악한 환경 속에서 생존하고자 고군분투하는데, 주변의 어른들이 조용히 있게 내버려 두지 않는다. 무책임해도 될 나이, 투정 부려도 될 나이, 실수해도 용서 받을 나이, 부모의 사랑을 한껏 받으며 아름답게 꽃 필 나이에 존재의 이유 만으로 미움 받는 어처구니없는 그의 인생. 신이 존재한다면 이리도 무심하진 않을 것이다. 놀랍게도 이런 끔찍한 상황을 대한민국 어딘가에서 누군가는 겪고 있을 것이다. 범죄의 사각지대인 가정에서, 내 편 하나 없는 이러한 매정한 세상에 외로이 잠식되어 가고 있는 아이가 있을 것이다(개인적으로 저자가 학교 폭력을 추가하지 않아 의아했다. 대부분 이런 류의 소설들은 학교 폭력은 단골 소재인데도 말이다). 소설 속의 주인공처럼 성인이 될 그날 만을 오매불망 기다리는 아이가 허다할텐데, 그전까지는 암울하고 깜깜한 미래를 상상하며 살아가는 그들이 너무 나도 안타깝다. 현실 사회에서도 범죄 행위에 대한 처벌을 강화하는 등의 조치를 취하긴 하나, 근본적으로 이 폐단을 없앨 수는 없는 노릇이다. 그렇기에 저자는 소설 속에서 마법적 요소를 추가해 주인공의 삶에 활력을 집어 넣었다.

나를 가장 사로잡는 부분은 바로 이 책이 제시한 무궁무진하게 뻗어나가는 만약의 가능성이다. 대부분의 독자들은 책의 주어진 결말을 수용하되 아쉬워하는 경우가 많다. 특히, 결말이 허무하거나 본인이 원했던 방향과 상충될 경우라면 더더욱 그렇다. 그러나 저자는 Y의 경우와 N의 경우를 예시로 들어 소설을 닫힌 결말로 제한하고 있지 않다. 개인적으로, Y와 N뿐만 아니라 더욱더 많은 변수가 주인공의 성장 과정에서 발생해 그의 인생을 송두리째 바꿨을 것이라고 생각한다. 그래도 제시된 Y와 N을 분석해보자면, Y는 주인공이 시간 리와인더를 먹어 세계의 시간선을 갈아엎은 세계이고 N은 주인공이 쿠키를 먹는 데에 실패하여 이를 본인의 역량으로 극복하여 살아가는 세계이다. 나는 저자가 일부러 Y의 경우 보다 N의 경우를 더 긍정적이고 희망차게 묘사한 것 같다. 현재에 절망하고 실현 불가능한 기적을 바라며 꿈에 안주하는 것 보다 현재의 상황을 직시하며 지금에 최선을 다하는 모습의 아름다움을 강조하는 것 같았다. 상처를 곪겨 고통을 악화시키는 것이 아닌, 용기 있게 맞서 상처에 새 살을 돋게 하는 것이다.

시간선을 뒤바꿀 수 있는 리와인더 쿠키는 지금껏 다른 소설 속에서 등장하는 타임머신 개념과는 매우 다르다. 모두가 한 번쯤은 과거로 돌아가 잘못된 실수와 선택들을 바로잡고 성공한 인생을 사는 게 꿈이지 않은가? (우스갯소리로 회귀하자마자 부모님께 비트코인을 선물로 사달라고 조른다는 친구도 있었다) 하지만 〈위저드 베이커리〉의 회귀는 기억의 초기화를 동반하기에 오직 기시감에 의존해야 한다는 치명적인 단점이 존재한다. Y의 경우는 기시감에 의존하는 옳은 선택을 해 나름 긍정적인 미래가 예상이 되지만, 만약 주인공이 이를 본인 감정의 문제로 판단해 주목하지 않았더라면, 시간을 돌리기 이전과 똑같은 상황이 연출됐을 수도 있다. 최악의 상황으로는 마법사가 리와인더 쿠키를 주인공에게 다시 한 번 주며 다시 한 번 과거로 돌아가 그 상황이 반복되는 영원한 타임루프가 생성될 수도 있다. 물론, 타임 리와인더 쿠키는 완전히 부정적인 측면만 존재하는 것은 아니다. Y의 경우처럼 여러 인생 지뢰들을 피하는 데에 성공했다면 애초에 상처 받을 상황을 사전에 방지할 수 있다. 허나, 나는 상처를 회피(사실 상처를 회피한다는 말이 약간 상황에 맞지는 않는다. 상처가 생기기 전으로 돌아가 상처가 생기는 상황을 사전에 방지한 것)하기보다는 극복하는 게 인생에 있어서 더욱 값진 경험이 될 수 있다고 생각한다. 트라우마를 극복하고 성장에 성공하면, 그의 감정은 망치로 두드린 단단한 심장이 되어 후에 어떠한 절망적인 상황이 다가와도 힘차게 이겨낼 수 있다고 생각한다.

나는 자신의 행동에 책임지는 여부에 따라 성인과 미성년자로 구분 짓는 판단의 척도라고 생각한다. 그렇기에 신체적으로 성숙하지 못해도 책임감 있게 행동하는 이들을 '어린 어른'이라고 칭해주고 싶다. 반대로 서른이 넘어서도 부모에게 경제적으로 의지하여 발전의 기미가 전혀 보이지 않는 이들은 '늙은 아이'라고 생각한다. 어린 어른은 늙은 아이보다 내·외적으로 우월하다고 생각하나, 법의 테두리 안에 갇혀 행동 반경이 제한된다. 그렇기에 아이들이 법적으로 성인이 될 때까지 책임져줄 부모들의 역할이 더더욱 중요하다고 생각한다. 어른이란 무릇 어린 새싹들이 튼튼한 한 그루의 나무로 클 때까지 경제적으로, 심리적으로 버팀목이 되어줘야 한다. 〈위저드 베이커리〉의 주인공처럼 자기자신이 부모의 쾌락에 의한 산출물이란 생각을 갖게 되는 순간 세상을 살아갈 의미를 잃어 버릴 수 있다. 아프리카 속담에 "아이 하나를 키우기 위해 마을 전체가 필요하다.'라는 말이 있듯이 모든 사회 구성원들이 적극 협력하여 아이가 무탈하게 무럭무럭 클 수 있는 환경을 조성하는 것이 가장 중요하다.

인간은 자신이 갖지 못하는 것에 대한 열망이 있다. 이를 얻기 위해 죽어라 노력하지만, 끝끝내 다다르지 못할 수도 있다. 자신의 한계와 출신을 탓하면서 자책할 것이다. 하지만 시선을 바꿔, 좀 더 멀리서 그 상황을 바라보자. 돈과 명예, 학력과 출신은 세상이 만들어 놓은 허울일 뿐이다. 사회적 약속과 사회적 시선이 그렇다. 우리는 사회가 정해 놓은 규율과 도덕 아래에 살아가고 있다. 그걸 탈피하기 위해서는 대단한 노력이, 또는 대단한 악행이 탄생 될지도 모른다. 그렇기에 대다수의 사람들은 이러한 관점을 배제하고 정해진 길을 갈려고 한다. 인간이 뭔가 대단한 일을 도모하기엔 100년은 너무 짧다. 애초에 인간이 추구해야 하는건 뭘까? 막대한 부와 명예, 대단한 도덕심, 무한한 쾌락 중 우리는 무엇을 택해야 하고, 무엇을 갈망해야 할까? 나 역시 삶의 진정한 가치가 무엇인지 모르겠다. 아마도 평생 이에 대한 명쾌한 해답은 얻지 못할 것이다. 그저 하루가 흘러가는 걸 피부로 체감하면서 변화하는 자신의 가치관에 대입하려 하지 않을까? 어차피 죽으면 다 없어질 텐데. 개인적으로 소설 속의 빵집에서 '현자의 쿠키'라는 이름으로 빵을 만들어 팔았으면 어떨까 싶다. 지독한 사회적 압박에서 해방되어 진정한 자신을 찾아갈 수 있는 쿠키. 내가 해야 하는 것은 제쳐두고 하고 싶은 것만 하게 해주는 쿠키. 또는 내가 좋아하면서 잘하는 부분을 알려주어 직업으로 삼아 여생을 행복하게 해주는 그런 쿠키 말이다. 안타깝게도 그러한 쿠키는 존재하지 않는다.

새로운 시작 | 이병주

– 백종선 『고양이에게 말 걸기』를 읽고

모든 사람이 각자 저마다 남모를 아픔을 가지고 있을 것이다. 아무리 밝아 보이는 사람에게도 아픔이 있을 것이고, 내가 의지하는 누군가에게도 그 사람만의 아픔이 있다. 하지만 중요한 것은 그 슬픔을 어떻게 딛고 새로운 시작을 할지 생각하는 것이다. 이 책의 뒤 표지에는 백종선의 소설집 『고양이에게 말 걸기』를 '각자 자기 나름의 상처를 지닌 소박한 사람들의 이야기'라고 표현한다. 나는 이 말에 이끌려 책을 읽게 되었다. 세상에서 어떤 다양한 사람들의 이야기를 적었을지 호기심이 생겼고, 각자의 상처들을 어떻게 대할지 궁금해졌기 때문이다.

이 소설집의 가장 첫 소설은 책 제목과도 같이 「고양이에게 말 걸기」이다. 소설에서는 '민호'라는 실직자의 이야기와, 그가 그와 같은 처지라고 생각하는 고양이 참깨의 이야기를 그려냈다. 3년째 실직자인 민호는 원래 유명 기업의 산업 디자이너였다. 하지만 한 여자와의 사건으로 사람을 향한 불신이 생기고 심지어 회사에도 나가지도 않아 직업까지 잃게 되었다. 그 여자는 민호가 자신의 원룸 사장의 아들인 'k씨'의 주도로 3대3 소개팅에서 만나게 되었다. 그녀는 청재킷에 하늘거리는 시폰치마를 입은 야한 차림의 여자였다. 처음에는 그녀의 경박스러운 분위기에 마음이 가지 않았지만, 그 후 그녀의 적극적인 고백으로 몸의 욕망이 채워진 후에야 마음이 싹트기 시작했다. 그렇지만 그동안 인지하지 못했던 그녀의 아랫배에 있는 제왕절개 수술 자국으로 아이가 있다는 것을 알게 된 민호는 그녀와의 이별을 결심했다. 하지만 그도 잠시 낯선 남자에게 전화가 걸려왔다. 그 전화를 받으니 낯선 남자는 유부녀를 꼬여낸 나쁜 남자라며 도리어 민호를 욕했다. 그렇게 큰 충격에 빠진 민호는 은둔생활을 시작했다. 3년 동안 은둔생활을 하니 어머니에게 반찬에 들어간 머리카락을 나무라도 오히려 그의 아버지는 그를 혼낸다. 괜히 혼나 억울한 민호는 밖에 나와 자신의 삶을 한탄하고 문제의 원인을 그 여자라고 생각한다. 정처 없이 어슬렁거리던 중 '고양이에게 말 걸기' 라는 시집을 산다. 작가의 이름은 '고소해'였다. 어디서 들어본 이름이었지만 그는 기억하지 못하고 그저 벤치에 앉아 그가 이름 지어준 고양이 '참깨'와 참다랑어를 나누며 신세를 한탄한다. 그러다 면접 일정 문자가 오고 민호는 새로운 시작의 신비를 믿으며 기대한다. 하지만 그도 잠시, 한 여자가 민호에게 다가오더니 '참깨'를 '토리'라고 바꾸어 부르고 자신이 공원에서 1년 동안 기르던 고양이라며 민호를 업신여긴다. 이에 민호는 함께한 시간의 길이보다는 시간의 깊이가 더 중요하다고 반박한다. 캣맘은 씩씩거리며 '참깨'를 손에 들고 떠난다. 홀로 남은 민호는 이제야 시집의 저자가 청재킷의 그녀였다는 사실을 깨닫는다. 그리고서 그녀가 자신의 인생을 망쳐놓은 것이 아니라, 자신이 한 모든 선택의 결과가 지금의 자신을 만들었다는 것 또한 깨달으며 자신을 위로한다. 이내 그는 벤치에 앉아 시집을 읽던 중, 갑작스럽게 아버지가 응급실에 가야 한다는 어머니의 전화를 받고 성급히 자리를 떠나지만, 시를 놔두고 온 바람에 숨이 턱에 차는 와중에도 자꾸 뒤돌아본다.

이 책을 읽고 처음에는 내용을 이해할 수 없었다. 내용 자체만을 직관적으로 바라보기만 하니 그저 직업을 잃어 3년 동안 방황하는 남자의 실연 이야기였다. 하지만 한 번 더 등장인물의 마음에 공감하며 읽어보니 많은 교훈이 내게 다가왔다. 이야기의 첫 시작에는 밥상에서 가족 간에 불화가 있었다. 아버지는 3년째 실직 중인 아들을 나무라고 자신의 과거와 비교하며 그를 혼낸다. 그 과정에서 어머니의 말이 나에게 인상 깊었다. 어머니는 청년 시절 쉬지 않고 일한 아버지와 다른 민호를 감싸며 말한다. '살다 보면 백수가 될 때도 있는 거지, 쉴새 없이 일만 하고 앞만 보고 살았다고 당신은 지금 행복하냐고? 살다 보면 옆도 보고 뒤도 보고 그렇게 사는 게 인간적이지.' 이 문장을 읽은 후 잠시 책을 닫고 생각했다. 나의 삶에는 지금 여유가 있는가. 다른 사람과 비교하며 조금이라도 도태되지 않기 위해서 나의 속도에 맞추지 않고 나를 혹사하는 것은 아닌지 의구심이 들었다. 생각해보면 내가 행복해서, 좋아서 한 일들이 아닌 그저 다른 사람보다 뒤처지지 않으려고 쉬지 않고 무슨 일이든 닥치는 대로 했던 것 같다. 민호의 엄마의 말에 아버지뿐만이 아닌 나 자신 또한 뉘우치게 되었다.

다음으로 혼이 난 민호는 밖으로 나가 자신의 인생의 돌부리를 회상한다. 그는 청재킷의 그녀가 자신의 인생을 망쳤다고 생각했다. 하지만 끝내 지금의 자신은 자신이 한 선택의 결과라고 생각한다. 처음과는 사뭇 달라진 민호의 태도는 작가의 생각을 대변한다. 자신의 실패를 외부적 요인에서 찾는 것이 아닌 내부적 요인, 즉 내가 한 선택의 결과라고 생각을 해야 한다고 말해준다. 아무리 어떤 문제가 자신에게 다가와도 그 문제의 방향성은 결국 그 선택을 한 사람의 몫이다. 좋은 방향으로 흘러갈지, 나쁜 방향으로 흘러갈지 정하는 것은 그 사람의 자유이다. 문제의 결과를 교훈 삼아 새롭게 시작하는 사람이 있는 방면에 결과에서 헤어나오지 못하고 정체된 사람들도 있다. 책에서 작가는 '모든 새로운 시작에는 신비로움이 깃들어 있다' 라며 정체되어 있는 사람들을 격려해준다. 이 말은 나에게도 큰 위로가 되었다. 나에게 새로운 시작이란 항상 설레기보다는 두려움의 존재였다. 익숙했던 것들을 뒤로한 채 떠나야 하고 새롭게 주어진 환경에 적응해야 했기 때문이다. 나에겐 학생에서 어른의 신분으로 사회에 나가 정들었던 학창시절을 뒤로하고 새로운 시작을 하는 것은 너무나도 큰 부담이었다. 하지만 작가의 말은 나에게 용기를 주었다. 모든 새로운 시작은 신비로움이 깃들듯이 나의 새로운 시작에도 신비로움이 깃들지는 않겠느냐는 기대에 두려움보다는 설렘으로 조금씩 바뀌었다. 그래서 오히려 민호에게는 면접이 새로운 시작이 되듯이 나에게는 어른이라는 시작이 신비로움이 깃들 것으로 생각하며 기대가 되었다.

그 후 고양이 '참깨'를 '토리'라고 부르고 자신이 더 오랜 시간 함께 있었다고 주장하는 한 여자의 말에 민호는 시간의 길이가 중요한 것이 아닌 깊이가 중요한 것이라고 말해준다. 그저 단순한 사건이었다고 생각하고 넘어갈 수도 있지만, 나에게는 정말 공감되는 말이었다. 사람들은 깊이와 시간은 정비례하고 어떤 일이든 오래 하면 좋은 것으로 생각할 수 있지만 아무리 길게 무언가를 했어도 그것에 대해 깊은 생각과 성찰이 없다면 그 일을 했다고 말할 수 없다. 나는 어떠한 일을 길게 하는 편이 아니다. 이것이 나의 약점이기도 하지만 그 짧은 시간이라도 그 일에 대해 깊게 생각해보는 편이다. 어떤 것에 대해 깊이 있게 파보지 않았다면 긴 시간이 아니어도 좋으니 짧은 시간이라도 깊이 파보는 것을 추천한다. 그것이 무엇이 되든지 간에 중요한 것은 깊이이기 때문이다.

소설집 안의 「고양이에게 말 걸기」라는 짧은 소설은 나를 반성하게 하고, 위로해주고, 공감하게 해주었다. 단순히 책의 글자를 읽는 것이 아니라 작가가 하고자 하는 말이 무엇일지 생각하며 읽으니 내 생각의 깊이를 깊게 만들어주었다. 자신이 다른 사람의 이야기를 듣는 것을 좋아한다면 이 책을 추천해주고 싶다. 비록 허구의 이야기지만 실제로 있을 법한 사람들의 이야기를 생동감 있게 묘사해주었고 특별한 사람들의 이야기가 아닌 평범한 사람들의 이야기를 들려준다. 덤덤해 보이지만 각자의 아픔 속에서 살아가는 사람들의 속을 잘 묘사해준다. 자신에게 있는 아무도 모르는 은밀한 상처가 소설의 인물과 비슷하다면 더욱더 이야기에 공감하며 읽을 수 있고 만약 자신이 아무런 상처 없이 행복한 사람이라면 읽으면서 각자의 상처가 있는 다른 사람들의 생각을 엿보고 실제로 그런 일을 겪는 사람들을 공감하고 위로해주면 좋겠다. 만약 아직도 과거의 일로 헤어나오지 못하는 사람이 있다면 소설로서 조금이라도 위안을 얻고 새로운 시작을 하기를 바란다. 모든 새로운 시작에는 늘 신비로움이 깃들어있기에.

끝없는 죄와 벌 | 심재희

– 김하연 『너만 모르는 진실』을 읽고

이 책을 처음 보았을 때는 아무 생각이 없었다. 표지와 제목을 보았을 때도 아무 생각이 들지 않았다. 표지를 보면 단발머리의 여자아이가 헤드셋을 끼고 옥상에 서 있다. 이게 무슨 의미를 하는가 예상할 수 없었다. 하지만 뒷면을 보고 어떤 이야기가 나올지 예상할 수 있었다. '네가 죽은 게 왜 내 탓이야?'라고 쓰인 뒤 나열된 이야기, 이때까지도 기대감은 없었지만 뒷면에 나와 있는 줄거리를 모두 읽고 이 책에 관심을 갖게 되었다.

나는 오늘날의 이 세계가 굉장히 위험하다고 생각한다. 각종 살인, 강도, 성폭행 등의 범죄만 발생하는 것이 아닌 학교 같은 작은 사회에서도 수많은 폭력 사건이 발생한다. 나는 많은 학생들이 보통의 어른들보다 감정적이라고 생각한다. 보통의 어른들도 크게 분노했을 때는 자신의 분노를 주체할 수 없는 경우가 있다. 청소년들보다 오랜 삶을 살며 많은 경험을 한 어른들도 이런 경우에는 대체할 방안이 없는데, 청소년들은 어떨까?

요즈음 뉴스 기사를 보며 학교폭력의 강도가 강해졌을 것이라는 걸 느꼈다. 물론 이유는 설명할 수 없다. 난 그들이 이때 어떤 생각과 감정을 갖고 그런 끔찍한 일을 저질렀는지 알 수 없다. 그래서 나는 이 책에 더욱 큰 관심을 갖게 되었다.

내 꿈은 전문 상담 교사이다. 그렇기 때문에 이런 일들에 더욱 관심을 갖고 분석하며 이런 일이 발생했을 때 어떻게 대응할지 알아야 한다. 이런 모습을 보았을 때 이 책은 내 진로와도 굉장히 큰 관련이 있을 것이라고 생각하고 읽었다.

이 책을 읽기 전, 나는 굉장히 큰 착각을 하고 있었다. 나는 많은 학교폭력 가해자들이 죄책감을 느끼지 못할 것이라고 생각했다. 하지만 이 책을 읽고 그 생각이 바뀌게 되었다. 물론 이 책이 실제 학교폭력 가해자들의 감정을 설명할 수는 없다. 하지만 이 책을 읽으면서도 많은 생각이 들었다.

이 책에서 가해자로 지목된 사람은 총 4명이다. 그중 3명은 죄책감을 갖고 1명은 갖지 않는다. 죄책감을 갖지 않는 1명은 자신의 미래를 위해서 자신의 잘못을 다른 사람에게 뒤집어 씌우려고 한다. 이런 과정에서 또 다른 범죄를 저지르는 등 인간의 이상한 욕구가 굉장히 커지면 어떻게 되는지 보여주는 본보기 같았다. 난 이 인물을 보며 인간의 역겨움에 대해서 다시 한 번 알게 되었다. 물론 이 세상에 사는 모든 사람들이 나쁜 건 아니다. 오히려 착한 사람이 더 많을 수도 있다. 하지만 살아가면서 꼭 이루고 싶은 꿈을 어떤 방법을 써서라도 이루고 싶다면 나도 이런 일을 저지를 수 있을 것 같다는 생각이 들었다. 하지만 죄책감을 가진 3명은 달랐다. 1명은 자신이 자신의 잘못을 바로 시인했고 1명은 과거의 추억을 회상하며 진실을 실토했다. 그리고 남은 1명은 소중한 친구가 죽기 전에 자신에게 부탁한 것을 들어줌과 동시에 가해자들에게 죄책감이라는 감정을 심어주었다. 분명 이들은 이러한 행동을 하기 전에 굉장히 무서웠을 것이다. 나도 이들의 감정이 조금은 공감된다. 인간이라는 생명체는 험난한 사회에서 살아남기 때문에 조금은 이기적이어야 한다. 이들은 분명 끝까지 거짓말을 할 수 있었다. 하지만 3명은 자신의 미래보다 진실을 우선시하며 자신의 잘못을 실토했다.

물론 가해자는 옳지 않은 행동을 한 사람이 맞다. 분명히 벌을 받아 마땅한 사람들이다. 하지만 나는 이들의 진실을 말할 수 있는 용기를 칭찬하고 싶다. 이 아이들은 분명 자신이 진실에 대해서 말하면 자신의 미래에 조금의 금이 간다는 걸 알고 있었을 것이다. 하지만 이러한 생각을 하면서도 진실을 말했다. 누군가는 진실을 말해서 다행이라고 했고 누군가는 자신이 다치면서까지 진실을 실토했다. 가해자들의 편을 드는 것이 아니다. 하지만 이 아이들은 자신의 범죄가 밝혀졌을 때 굉장히 큰 공포를 느꼈다. 어쩌면 진실을 실토한 것은 그저 도망치고 싶어서 그랬을지도 모른다. 하지만 현실을 도망칠 수 없는 미래와 같다. 자신이 저지른 잘못은 자신이 저지른 게 언젠간 밝혀지게 된다.

만약 내가 이 책 속의 인물이라면 책에 나오는 가해자 아이들에게 현실에서 도망치지 말라는 조언을 해주고 싶다. 어떤 사람들은 거대한 사회를 두려워하며 도망치려고 한다. 하지만 이는 불가능에 가깝다. 인간의 삶과 사회는 때어놓을 수 없는 관계이다. 그래서 이 사회에서 도망치지 말고 자신이 저지른 범죄에 대한 진실을 다른 사람들에게 말하고 죄에 대한 마땅한 처벌을 받으라고 하고 싶다.

이 책을 읽으며 나는 죄와 벌에 대해서 생각했다. '사람은 왜 죄를 지으면 벌을 받을까?' 이 질문은 꽤 철학적이라고 생각한다. 이 질문에 대한 답을 꽤 오랜 시간 고민한 것 같다. 그리고 난 이 질문에 대한 답을 내렸다. 나는 사람의 죄는 타인에게 피해를 주었다고 생각했을 때 사람이 자신의 이익을 위해서 이기적인 마음을 갖고 타인에게 피해를 주며 이익을 얻는 건 잘못되었다고 생각한다. 하지만 사람들에게 어떤 행동은 안 된다고 말로만 교육하면 그 말을 듣지 않는 사람들이 분명 존재할 것이다. 그렇기 때문에 사람들은 죄를 저지른 사람들에게 벌을 내리는 것 아닐까?

누군가는 같은 사람에게 벌을 내리는 게 잘못되었다고 생각할 수 있다. 나 또한 이 책을 읽기 전에는 중립의 입장을 유지했다. 하지만 이 책을 읽고 내 생각은 확고해졌다. 모든 사람들이 자신의 잘못을 인정하고 사죄하는 것은 아니다. 분명 누군가는 자신의 죄에 대해서 회피하는 태도를 갖는다. 그러므로 벌을 내려야 한다고 생각한다. 분명 누군가의 죄에 대해서 밝히지도 않고 벌을 내리지도 않는다면 죄책감을 갖지 않는 사람들은 자신의 이익을 위해서 타인을 해치는 등의 범죄를 저지를 수 있다고 생각하기 때문에 죄에 대한 벌을 내리며 교화하는 게 아닐까, 라는 생각이 들었다.

이 책을 읽으면서 난 정말 많은 것을 배우고 내 가치관을 조금 더 옳은 방향으로 확고하게 만들었다. 아까의 죄와 벌 외에 또 배운 게 있냐는 질문을 듣는다면 나는 선생님의 모습과 생각을 보며 많은 걸 배웠다고 하고 싶다.

현진이라는 이름을 가진 선생님은 자살한 아이를 생각하며 많은 생각을 하고 죄책감을 갖고 있었다. 자신이 그날 다른 행동을 했다면 그 아이가 자살하지 않았을 수 있다는 생각을 하며 이 사건을 자신이 직접 풀어내기 위해서 노력했다. 이러한 모습을 보며 많은 것을 배웠다.

처음에는 교사로서 해야 할 당연한 것이라고 생각했다. 하지만 내 생각은 이야기가 지속 되면서 바뀌었다. 이 책에 나오는 선생님은 학생들에게 맞춰주며 상담하기 위해서 노력했다. 난 이 모습을 보며 대단하다는 생각이 들었다. 이유는 정말 개인적이다. 나도 과거에 상담실에서 상담을 받은 경험이 있기 때문이다. 이유를 묻는다면 우울증과 친구들의 괴롭힘이라고 할 수 있다. 난 이러한 문제 때문에 상담을 받았지만 이 일은 내게 트라우마로 남아있다. 상담 선생님의 태도는 학생들이 겁을 먹을 정도로 강압적이었다.

그 후 나는 상담을 받을 수 없었다. 왜냐하면 꽤 많은 교사들이 이런다는 말을 들었기 때문이다. 하지만 책에 나온 선생님은 달랐다. 이 선생님은 학생들에게 최대한 맞춰주며 공포감을 느끼지 않게 도와줬다. 난 이 모습을 보고 배워야 한다고 생각한다.

자신과 관련된 일이 아니라면 분명 귀찮아할 수 있다. 이런 생각을 갖고 일에 참여하면 제대로 풀지 않고 넘어갈 수 있다. 하지만 선생님은 자신에게 책임이 있다고 생각하며 큰 고통을 느끼면서도 노력했다. 이 모습만큼은 본받아 학생들에게 큰 도움을 줄 수 있는 전문 상담 교사가 되어야겠다는 생각이 들었다.

이 책을 처음 읽은 이유는 공모전 참여였지만 책을 읽으며 정말 많은 것을 배우고 느꼈다.

이 사회는 살아가기 쉽다는 말을 할 수 있는 곳이 아니다. 하지만 계속해서 노력하고 자신의 이익을 위해서 타인에게 피해를 주지 않고 정의롭게 살아간다면 분명 어느 정도 행복한 삶을 살 수 있을 것이라고 생각한다.

우리는 미래에 대해서 알 수 없다. 그렇기 때문에 행복한 미래를 찾기 위해 계속해서 달린다. 하지만 분명 어느 구간에서 지치게 되어있다. 난 지친 사람들에게 잠시 쉬어가도 좋다는 말을 해주고 싶다. 분명 잠깐 쉬었다 가도 우리는 행복한 미래를 그려나갈 수 있다. 우리의 미래를 위해서라도 잠깐씩 휴식을 취하며 살아가라는 말을 해주고 싶다. 그게 우리의 행보한 미래를 위한 최고의 방법이라고 생각한다.

오늘날 학교폭력을 당하는 학생들이 많아지는 추세를 보여 굉장히 슬펐습니다. 저도 과거에 학교폭력을 당한 경험이 있는 사람으로서 이 책을 읽으면서 주인공에게 감정 이입을 하며 울고 몰입할 수 있는 시간을 가졌습니다. 학교폭력을 당해 인생의 고통스러운 학생들에게 이 책을 추천함과 동시에 이렇게 말해주고 싶습니다.

"당신은 사랑받을 가치가 있는 사람입니다. 그 누구도 사랑해주지 않는다고 하실 수 있지만 제가 멀리서 사랑하겠습니다. 고통스럽다고 해도 조금만 더 버텨서 미래에 성공하세요. 가해자들이 질투할 만한 멋진 삶을 구성하세요. 당신은 할 수 있습니다. 지금까지 버틴 시간이 그것을 인정해줍니다."

모든 사람이 희망을 갖고 살아갔으면 좋겠습니다.

과학발전은 좋은 것일까? | 이다혜

- 이희영 『테스터』를 읽고

이희영 작가님의 책 『테스터』는 서스펜스와 반전이 가득한 책이고 우리가 아직 경험해보지 못한 미래 세상에 살고 있는 소년에 대한 이야기이다. 이 책은 우리에게 미래 세상을 보여준다. 나는 이 책을 읽으면서 재미있는 줄거리와 독특한 배경을 가지고 있는 '테스터'만의 세상에 깊숙이 빠져들었다.

책 앞부분에서는 내용을 파악하느라 한참을 헤맸다. 왜냐하면 나는 평소에 SF 소설을 많이 읽지 않아서 미래에 세팅된 소설을 읽을 때마다 무슨 내용이고 머릿속에서 어떻게 상상하면서 읽어야 하는지 파악하는데 어려움이 있었기 때문이다. 하지만 이 책에서 한 장을 다 읽고 다음 장으로 넘어갈 즈음에 더 이상 헷갈리지 않고, 이 책을 읽는 것을 즐기기 시작했다. 책은 생각보다 어려운 부분이 없어 빨리 읽었고 다 읽은 뒤에는 생명과 과학에 대한 책임감에 대해 많은 고민을 하게 만들었다.

이 책을 쓴 작가의 의도는 독자들에게 책을 재미있게 읽으면서 과학발전의 부정적인 면도 보여주려고 한 것 같다. 아니면 우리가 가지고 있는 가치관, 생각, 그리고 세계 밖에 있는 것들을 보여주려고 한 것 같기도 하다. 책에 있는 많은 내용들은 나의 상상력보다 훨씬 뛰어났고 내가 살고 있지 않은 세상 밖으로 나가서 그들의 삶과 상황들에 대해서 알아가는 과정이 참 흥미로웠다. 이 책의 배경이 미래이기 때문에 나는 내가 지금 살고 있는 지구를 어떻게 대하고 있는지, 그리고 과학발전의 단점들을 어떻게 예방해야 할지에 대해 생각을 많이 하게 된 것 같다.

과학발전은 좋은 것일까? 인류를 진보로 이끌고 있을까 아니면 파멸로 이끌고 있을까? 나는 아직 명확하게 생각을 정리하지 못했지만, 개인적으로 전자라고 생각한다. 과학이 지구를 파멸 쪽으로 이끌고 있는 것도 맞는 말이긴 하다. 오존층에 구멍이 나고, 지구 온난화도 있고, 미세먼지 때문에 공기도 안 좋아졌다. 과학이 빨리 발전을 하다 보면 이런 결과는 어쩔 수 없이 따라오는 것 같다. 하지만, 우리는 과학의 부정적 결과를 또 다른 과학을 이용하여 이러한 단점을 극복할 수 있다고 생각한다. 예를 들면, 인류는 내연기관 자동차를 통해 인류에 많은 혜택을 주었지만, 이로 인해 환경은 오염되었다. 최근에 전기 자동차를 만들어서 환경을 오염시키지 않으면서 다닐 수 있는 차를 개발하였다. 우리에게 주어진 지구를 지속적으로 보존하고 과학으로 안전하게 발전시키는 것은 우리의 책임이다.

"그게 인간이야. 우린 좀처럼 '적당히'를 모르는 무지한 생명체거든." (p.44)
'적당히'를 모르면, 어디까지 갈지 모른다. 사람들은 똑똑하고 능력이 있기 때문에 어디까지 갈지 모른다. 물론 이건 소설에서 나온 내용이었지만, 나는 이게 맞는 말이라고 생각한다. 무언가에 빠지고 집착하게 되면, 적당히 할 줄 모르고 막 달려가다가, 큰일이 벌어졌을 때 뒤돌아보며 후회하는 경우가 많다. '적당히'를 모르는 것뿐만 아니라, 과학은 어떻게 보면 무서운 존재이다. 멸종한 동물을 복구하면 무슨 일이 일어날지 아무도 모른다. 그래서 과학자들은 실험을 해보고 동물 복구를 하는 것이다. 멸종된 동물을 복구해서 좋은 점들도 많을 수 있다. 하지만, 돌이킬 수 없는 치명적인 결과를 얻을 수도 있다. 아무 일도 일어나지 않을 수 있지만, 인류에게 미칠 엄청난 일이 일어날 수도 있다는 것이다. "이건 아무도 모르는 거야. 그냥 해보는 거지"라고 말할 수도 있겠지만, 나는 이것을 과학을 이름하여 행동하는 무책임한 행동이라고 말하고 싶다. 빵이 100개가 있는데 그중에 한 개가 독이 들어있다고 하면 아마 '빵을 어디 하나 잘 골라 먹어볼까?' 하며 먹는 사람은 거의 없을 것이다. 확실하지 않은 결과에 목숨이 달려 있으니까, 더 안전한 쪽, 100개를 모두 거부하는 선택을 하는 것이다. 과학도 마찬가지 아닌가? 과학발전은 좋은 것이지만, 결과가 확실하지 않을 때는 조심하고, 목숨의 위협이 느껴질 수 있다면, 최대한 무모한 도전은 하지 않는 것이 좋겠다.

더욱이 이 책을 읽으면서 가장 불편했던 점은 과학자들이 다른 사람들을 테스터로 사용하고 있다는 점이었다. 많은 사람들은 동물들도 테스터로 사용하는 것에 반대하고 있는 것도 알지만, 사람을 테스터로 사용하는 것은 인류에게 범하는 중죄라고 생각한다. 동물의 생명도 중요하고 사랑스럽고, 이런 동물들이 테스터로 사용되다가 목숨을 잃으면 너무 안타깝지만, 사람은 완전히 다르다. 사람과 동물을 동급으로 생각한다니! 나의 가치관으로는 받아들일 수 없는 내용이었다. 사람을 테스터로 사용하는 것은 과학 실험을 전혀 다른 차원으로 바꾸는 것이라서 이것을 주도하는 사람들은 이를 혁명이라고 이름할 수도 있겠다는 생각이 든다. 제국주의를 꿈꾸던 과거 일본과 나치의 인체 실험의 만행이 수십 년이 흘러도 비난받는 이유가 이것 때문에 아니겠는가?

도덕적으로 틀린 것뿐만 아니라 너무 비인간적인 행동이기 때문이다. 예를 들어서 이 책에 나오는 마오는 자신의 의견이나 동의 없이 테스터로 사용된다. 마오의 동의가 있었어도 사람들은 다른 사람의 목숨을 위험하게 하면서 과학 실험을 진행하면 안 되었다고 생각한다. 왜 인류애를 상실한 일부 과학자들은 다른 사람의 목숨을 해치면서도 이러한 실험을 하려고 할까? 이런 일들이 우리의 미래에도 일어날 수 있을까? 과학발전은 좋지만, 과학발전을 이룰 때 도덕적 가치관을 가지지 않고 진행한다면 과학은 인류를 파멸로 치닫는 결과를 불러오게 될 것이다.

나는 이 책이 열린 결말을 가지고 있는지 닫힌 결말을 가지고 있는지 잘 모르겠다. 처음에 책을 읽었을 때는 열린 결말인 줄 알았지만, 다시 읽어보니 닫힌 결말이었다. 열린 결말이라고 생각했을 때는 마오가 해를 보지 못하는 질병으로부터 치료되고, 해를 본 뒤에 죽지 않았다고 생각했다. "마오가 웃으며 태양과 마주했다." (p. 263) 마오가 웃으면서 해를 맞이했다고 해서 나는 '드디어 마오가 행복하게 빛을 보며 살 수 있겠구나'라고 생각했지만, 친구들하고 얘기를 나눈 뒤에 그게 아닐 수도 있다는 것을 깨닫게 되었다. 마오는 자신을 도와주는 로봇 보보에게 내일은 토요일 아침이니 절대 깨우지 말라고 했다. 나는 이것에 대해서 많은 생각을 하지 않았지만, 자살을 하는 자기를 보보가 막지 못하게 하려고 그랬던 것이었다. 그리고 책에서 마오가 웃으며 태양과 마주했다는 얘기 전에, 이런 말이 나왔다. "몸이 조금씩 타오르기 시작했다." (p.263) 마오는 목숨을 바치면서 해를 보고 자기 자신을 태워 죽인 것이었다.

나는 책을 읽는 내내 마오를 아주 좋아했고 마오의 상황이 너무 안타깝다는 생각도 많이 했다. 마오 주변에 있는 사람들이 마오를 자기 자신들과 같은 소중한 인간처럼 대하지 않는 것을 보며 너무 악하다는 생각도 많이 했다. 하지만 이렇게 자살한 마오를 보면서 안타깝지만 그의 편을 들어줄 수는 없었다. 지금까지 마오가 겪어온 상황들은 마오를 극단적 선택으로 몰아갔을 수 있지만, 자살을 하면서 이 세상과 자신의 문제를 피하는 것은 절대로 맞는 해결책이 아니라고 생각하기 때문이다. 특히 마오가 자기 목숨을 잃는 행동을 하면서까지 여명을 볼 수 있어서 행복했다는 대목은 나를 너무 허망하게 만들었다. 그 이유는 이런 고통 속에서 사는 마오 같은 사람을 도울 수 없는 나의 한계 때문이었고, 또 하나는 이런 약자를 이용한 일부 비양심 과학자들의 이기적인 욕심으로 한 생명을 죽음으로 몰아간 결과 때문이었다. 마오의 인생을 망친 사람들을 비난하기에는 끝도 없지만, 마오가 자신의 문제를 해결할 다른 해결책을 찾았더라면 또 힘들지만 생명이라는 소중한 끈을 놓지 않았으면 얼마나 좋았을까 라는 생각을 해본다.

이 책에 나오는 모든 부정적인 것은 사람의 이기적인 마음에서부터 나온다. 왜 사람들은 이기적일까? 세상이 더 좋고, 착하고, 선한 쪽으로 달려가고 있지 않다는 것은 너무나도 분명하다. 세상은 점점 이기적이고 채워질 수 없는 욕망의 끝으로 향하고 있다. 무엇 때문에 동등한 인격을 소유한 인간의 목숨을 가볍게 생각하는 것인지 고민해 보았다. 그 이유는 엄청난 부와 명예라고 생각했다. 채울 수 없는 돈에 대한 끝없는 욕심은 사람을 사람으로 보는 눈을 가리게 만드는 것이라고 생각했다.

인간의 끝없는 욕망을 어떻게 제한할 수 있을까? 우리에게 과학적인 도덕 기준이 있다면 이 문제가 해결될 수 있을 것 같다. 각 나라 모두의 생명 기준이 다를 수도 있기 때문에, 세계적인 기준을 만들면 좋겠다. 국제 과학 생명 기준이 있으면 아무리 과학이 발전해도 우리는 선을 지킬 수 있지 않을까?

『테스터』는 내가 살고 있는 세상에 대해 더 관심을 갖고 보도록 눈을 열어주었다: 발전과 개발의 세상. 발전, 발달 되는 과학은 지금까지 전 인류에게 수많은 이익을 안겨주었다. 과학의 결과에 대한 양면의 얼굴을 마주할 때 우리 인류는 소수의 선택에 좌우되지 않아야 한다고 생각한다. 생명이 있기에 과학이 존재하고, 과학이 있기에 생명이 존재하는 그러한 생명 존중 과학을 꿈꾸게 한 이 책은 현실을 살아가고 있는 나에게 생명 존중에 대한 과학기술에 기대와 책임감을 안겨주었기 때문에 이 책을 청소년 같은 또래 친구들에게도 적극 권하고 싶다.

젊은 사색가의 회고 | 신진영

─ 정지아 『아버지의 해방일지』를 읽고

난 어릴 적부터 내가 무엇을 할 수 있는가에 대한 고민이 많았다. 남들과는 다른 삶을 살고 싶다고 생각했기 때문이다. 그 이유를 지금 와서 생각해 보면 아버지를 보아서 그랬던 것 같다. 나의 아버지는 내가 어릴 적부터 술을 자주 드셨다. 난 거실에 널브러져 있는 술병과 술에 취해 자는 모습을 종종 보았고, 취한 모습으로 돈 때문에 부모님들끼리 싸우는 모습 또한 꽤나 보았다. 나는 그런 모습이 너무나 보기 싫었고, 이게 다 돈 때문인가 싶었다. 그리고 그런 모습을 보며 아무것도 할 수 없다고 느껴지는 무기력이 너무 싫었다. 그래서 나는 돈에 묶여 사는 것이 아니라, 그곳에서 벗어나서 살고 싶다는 다짐을 했던 것 같다. 나의 다짐을 이루기 위해선 조금이라도 내가 어떠한 성장해야 한다는 욕망과 함께 조바심이 들었다. 그래서 나는 그 욕망과 조바심으로 인해 방법을 찾아 헤매며 사색을 일삼았고, 그러다 보니 자연스럽게 책에 대한 관심이 점점 늘어갔던 것 같다.

난 좋은 책을 찾기 위해 때론 책에 대한 평가를 찾아보기도 하고, 표지,

제목, 그리고 책 속의 있는 문장들을 한 번쯤은 보고 어떤 책을 읽을지 고른다. 때론 여유롭게 책을 읽으며 시간을 보내고 싶은 생각도 하지만, 아직 학생이기에 마냥 그럴 수만은 없다는 생각을 하며 더욱 신중하게 고른다. 그런 고민 속에서 책을 고르던 도중, 이 책의 문장을 읽어보았다. 난 종종 가상의 인물과 자신을 동일시 여기는 것을 우스꽝스럽다고 생각하는 사람이다. 이는 현실의 모습을 직시하기보단 이상적인 모습을 지닌 인물에 자신을 투영하여 현실을 도피하는 행위로 느껴지기 때문이다. 하지만 그렇게 생각하는 나도, 이 책의 주인공이 가진 나와 닮은 삶의 태도를 보며 흥미가 가지 않을 수 없었다.

이 책의 주된 줄거리는 주인공의 아버지인 '고상욱'의 3일간의 장례식을 치르며 진행된다. 주인공의 아버지는 흔히 '빨치산'으로 불렸으며, 유물론자였고 고통받는 민중들이 없는 공산사회를 꿈꾸는 사회주의자였다. 그와 달리 그의 딸인 주인공 '고아리'는 자신을 냉정한 합리주의자라 칭하며 현실과 괴리된 이상만을 바라보는 사회주의를 자주 비웃곤 하였다. 하지만 그와 동시에 말로 표현하기 어려운 미묘한 감정을 드러낸다. 타인을 마음대로 평가하는 나는 정말 타인을 진정으로 이해하고 있는가? 와 같은 종류의 고민은 나에게 큰 공감을 불러내었다. 저절로 든 본능적인 생각마저 다시 성찰해보는 절제된 생각. 그것은 나의 그것과 매우 닮아 있었다. 나는 그런 주인공의 모습에 집중하며 책을 읽어나갔다.

주인공은 종종 자신의 과거 생각을 회상한다. 아버지는 자신이 빨치산이기를 선택하였지만, 자신은 빨치산의 딸이 되는 것을 선택하지 않았다고 하며 선택할 수 있었다면 누가 빨치산의 딸이 되고 싶었겠냐고 원망이 섞인 생각을 하기도 하였다. 나 또한 내가 어찌할 수 없는 무기력을 느낄 때, 종종 이런 생각을 하곤 했다. 나는 내가 어떤 행위를 함에 있어서 자유로운 선택과 그에 따른 책임을 지는 것이 가장 나에게 있어서 첫 번째가 되는 원칙이라고 생각한다. 그런데 그런 나에게 내가 선택하지 하지도 않은 일을 내가 감당해야 한다니… 나에겐 다른 무엇보다 이것이 감당하기 힘든 일이었다. 어찌 되었든, 이러한 주인공은 장례식을 치르며 자신의 내면에 있는 아버지에 대한 그림을 천천히 그려가기 시작했다. 그 그림은 처음엔 아름답다기보단 추악함에 한없이 가까운 그림이었다.

하지만 그랬던 그림은 죽고 나서야 인정을 받은 고흐의 그림처럼, 장례식을 겪으며 서서히 잊혀졌던 기억이 되살아나며 아름다운 모습을 드러내기 시작한다. 주인공이 마지막으로 본 살아서의 아버지는 분명 순간 모습을 드러냈다, 사라지는 사람이었다. 하지만 살아서의 모든 순간이 헤쳐 모여 하듯 모여들어 거대하고 뚜렷한 존재를 드러낸 것처럼 느끼게 된다. 아버지의 죽음으로 인해 장례식에서 다양한 사람을 만나게 됐다. 각각의 인물들과 만나며 흐릿해졌던 아버지에 대한 그림을 퍼즐을 맞추듯이 맞춰나가기 시작한다.

과거 자신과 가장 잘 놀아주었고 가장 최고였던 아버지를, 이데올로기와 국가가 뺏어간 아버지를, 아버지의 장례식장에서야 겨우 그려냈다. 주인공은 유물론자답게 한줌 남기지 않고 사라진 아버지의 영정사진이 전과 달리 친밀하게 느꼈다. 그러면서 주인공은 생각했다. '죽음은 끝이 아니구나. 삶은 죽음을 통해 누군가의 기억 속에 부활하는 것, 그러니까 화해나 용서 또한 가능할지도 모르는 일이었다'라고. 살아서도 알 수 없던 것을 죽음으로

써 알 수 있다는 것은 참 아이러니하다. 누군가를 이해한다는 것은 사람은 살아있을 때조차, 아무리 자신을 이해시키려 하여도 힘든 일이라 생각하기 때문이다. 이런 내 생각과 관계없이 인간이 죽고 나면 먼지만이 남는다고 생각했던 유물론자인 주인공 아버지의 죽음은 많은 것을 남겼다. 죽음을 통해 더 가치 있는 삶을 살 수 있다고 하이데거가 주장하였듯이, 누구에게나 공평하게 찾아오는 죽음이 사람의 존재를 더욱 가치 있게 만들어주는 것일까.

인간은 때론 주인공이 읽었던 소설인 알베르 카뮈의 이방인처럼 자신이 이방인인 것처럼 느껴질 수 있다. 그렇기에 사람은 서로를 진정으로 이해하기란 어려운 일이다. 하지만 그럼에도 주인공이 마지막에서야 아버지를 이해할 수 있었다. 이 소설에 끝부분에 주인공은 아버지의 유골을 손에 쥔 채 생각한다. 빨치산도, 빨갱이도 아닌 그저 자신의 아버지를.

난 이 책을 접하였을 때 '아버지의 해방일지'라는 제목이 어떤 의미를 가지고 있는지 고민하였다. 단순히 보았을 땐 소설의 내용과 동떨어져 보이는 제목을 가졌기 때문이다. 하지만 나는 주인공이 아버지를 이해하는 장면을 보며, 그제야 깨달았다. 아, 주인공의 아버지는 죽음으로써 해방되었구나, 죽어서야 사랑하는 딸을 아버지로서 만날 수 있었구나. 이 죽음을 통해 느껴야 할 것은 만나지 못했던 아버지를 만남에 대한 기쁨일까, 아버지가 죽음에 이르러서야 깨달을 수밖에 없었던 자신의 미숙함에 대한 후회일까.

사실 생각해보면, 삶에 얽매인 우리들은 내 생각조차 마음대로 하지 못한다. 모두가 똑같은 생각, 똑같은 목표, 똑같은 행동을 하고 살면 모두가 행복한 세상이 될 수 있을까. 이를 추구하는 것처럼 보이는 사회는 점점 다름보다는 억지로 같도록 만들려 한다는 생각을 한다. 이런 사회가 아버지와 딸의 관계를 갈라놓은 것일지도 모른다. 빨치산이었던 주인공의 아버지는 그야말로 더이상 무엇을 하기 힘들 정도로, 죽음으로 이 세상에서 완전히 벗어나서야만 해방될 수 있을 정도로 단단히 묶여있던 것이 아닐까.

작가의 말에서 이 책을 쓴 작가는 아버지가 돌아가신 뒤에 환갑을 목전에 두고서야 그간의 오만과 무례와 어리석음에 대한 사과와 함께 감사를 전한다. 나도 그때가 되어서야 술에 의존해야 했던 아버지의 사정을 이해할 수 있을까. 상투적인 표현으로 이해한다고 말하는 건 누구나 가능하다. 나는 그저 이성에 의존하여 세상을 보고 이해한다고 쉽게 말하곤 하였다. 하지만 과연 내가 한 이해가 올바른 것일까? 내가 이방인으로 느껴질 때면 나에 대한 이해를 받고 싶다는 생각을 하곤 한다. 하지만 그런 나조차 내가 다른 이들을 제대로 보고 있었는지 의심이 들며 참 살기 어려운 세상살이에 대해 생각해보게 된다.

초반의 나의 관심은 주인공인 '고아리'에게 꽂혀 있었다. 하지만 소설이 점점 진행될수록 아버지인 '고상욱'에게로 이동했다. 즉 빨치산이 아닌 주인공의 아버지인 '고상욱'에게 말이다. 그는 자주 "사람이 오죽하면 글겠냐"라는 말을 한다. 물질만으로 세상을 보는 유물론자에게 가장 사람다운 말이 나왔다는 것은 또 하나의 재밌는 사실이다. 이전에 나를 생각해보면 나는 세상에 적응해간다는 걸 두려워했다. 내가 느꼈던 감정이, 생각이, 그저 없었던 게 되어버릴까 봐. 살다 보면 사람은 잊는 것도 존재하고 변하는 것도 존재한다. 이를 아직도 나는 말로만 이해하고 있는지도 모른다 여전히 난 두렵다. 세상을 포용할 줄 안다는 것은 강한 사람만이 가능한 행위이다. 세상에게 부정당한 주인공의 아버지였지만, 그럼에도 세상을 품으려 한 그는 진정으로 강한 사람이라는 생각이 들기도 한다. 나도 그처럼 강해져야 하는가. 아니면 더 멀리 더 높이 나아가고 싶다는 욕망 자체가 내 비극의 출발이었다는 작가의 말처럼 나 또한 나의 성장하고자 하는 욕망이 오히려 나를 막지는 않을까.

이 소설은 참 나에게 많은 감흥을 주었다. 말로는 전달하기 어려운 미묘하고도 모순된 인간의 감정들을 작품 속에 잘 녹여냈다. 내가 느낀 모든 것들을 이 글에 담아낼 순 없었다. 이럴 때면 나도 이 세상에 묶여있는 듯한 느낌이 든다. 내 감정조차 내가 표현하지 못하다니…! 죽어서야 사회주의라는 틀에서 해방되어 딸과 조우한 주인공의 아버지처럼 나 또한 죽어서야 자유로워질 수 있을까? 사람은 세상에 묶여 무언가의 집착하며 산다. 돈에, 신념에, 명예에, 쾌락에. 그러다 보니 정작 중요한 것을 잊고 사는 것은 아닌가 생각을 한다. 나는 어떠한가? 난 나의 아팠던 기억들로 인해 좋았던 추억들을 잊지는 않았을까.

이 소설은 그저 삶을 노래한다는 생각이 들었다. 그래서 자연스럽게 생각해보게 된다. 나의 삶을, 아버지를, 내가 꿈꿨던 것들을, 장차 앞으로 내가 맞이하게 될 미래를. 아무리 생각해보아도 답 없는 문제에 대한 답을 내리기엔 아직 이른 것 같다. 처음에는 돈을 벌고 싶어서 쓰기 시작했던 감상문 같은데, 점점 쓰다 보니 글을 쓰는 것 자체가 재미있어졌다. 나의 고민을 내 글을 읽는 누군가는 알아줄까. 자유롭게 생각해보고 싶다. 그저 나로 살고 싶다. 아아 세상에서 속하여 세상의 벗어나기를 꿈꾸는 나의 몽상이여. 왜 이리 이기적인가.

숨어버린 마음을 찾아서 | 이서원

– 임선우 『유령의 마음으로』를 읽고

임선우 작가의 『유령의 마음으로』는 여덟 개의 단편 이야기로 구성되어 있다. 여덟 개의 이야기 가운데 「유령의 마음으로」는 가장 기억에 오래 머문 이야기이다. 이 이야기는 빵집에서 일하는 '나'를 중심으로 2년 동안 식물인간으로 누워있는 남자친구 '정수', 매일 빵집에 찾아오는 손님이자 유일한 친구 '김지원', 내 몸에서 나온 나와 똑같이 생긴 '유령'을 둘러싸고 있다. 드라마, 혹은 영화에서 나오는 유령은 주인공에게 해코지하기 마련이지만 이 글 속의 유령은 달랐다. '나'의 마음을 '나'보다 더 잘 아는가 하면, 물고기 혹은 바퀴벌레와 대화할 수 있는 능력을 지녔다.

이 글은 읽을 때마다 매번 다른 생각을 하게 했다. 잠들기 전에 읽은 글 속의 '나'는 밤을 잘 보내기를 바라는 생각을 했지만, 길을 걷다가 생각난 '나'는 조금 더 활기찼으면 좋겠다는 생각을 했다. 하지만 모든 생각 속에 같은 마음이 있다. 작가는 '나'가 하고 싶은 말을 이야기에 나오는 사물과 사람들을 빌려 이야기했다. 비가 쏟아질 듯한 오후에 유령이 나왔다. 사실 '나'의 마음이 가장 힘들고 지쳐있는 오후였을 것이다. '나'와 똑같이 생긴 유령과 멀어질수록 고통스러운 추위를 느낀 것처럼 '나'의 마음과 멀어질수록 '나'가 고통스러운 진심을 유령을 빌려 이야기했다.

또한, 작가는 이름으로 인물을 표현했다. 이 글에서 이름 석 자가 전부 나온 사람은 김지원이 유일하다. 김지원은 이 글에서 유일하게 자신의 감정에 솔직하다. 정수의 엄마는 '나'에게 눈물을 보이지 않기 위해 자리를 피한다. '나'는 '나' 자신에게 감정을 드러내지 않는다. 정수의 엄마와 '나'는 이름이 나오지 않는다. '나'는 이름을 잃어버리고 무기력하게 물고기들에게 인기 없는 감자빵을 나눠주며 지내고 있었지만 유령과 함께 생활할수록 감정에 솔직해지며 아주 가끔 입 밖으로 꺼내 말하기도 한다. 삶이 맛이 없지만 살려고 뻐끔거리며 달려드는 물고기와 같이 맛을 느낄새 없이 달려왔지만 유령에게 솔직해질수록 점차 빵 종류도 다양해지며 맛을 느낀다. '나'는 '한 치의 오차도 없는 완전한 이해였다'라는 말을 한다. 어쩌면 유령은 '나'의 감정이 '나'에게 오는 길이다. 유령을 통해 '나'의 감정을 내뱉고 생각하고 돌이켜 결국 '나'의 감정이라고 생각되는 것을 느끼는 것이 아닐까 하고 생각했다. '나'가 점차 '나'의 감정을 받아들이고 이해했다. 김지원과 한강에 갔을 때 김지원은 '나'는 처음으로 김지원에게 진심을 전했고 유령은 김지원 옆에서 따뜻함을 전한다. '나'의 따뜻함이 김지원 옆으로 갔으며 김지원에게 전해지는 순간이었다. 모든 일이 지나가고 '나'는 집을 깨끗하게 청소했다. 유령은 특별한 것 없는 오후에 찾아와 숨겨진 '나'의 마음을 찾아주고 특별한 것 없던 오후에 사라졌다.

「빛이 나지 않아요」는 좀비 해파리가 창궐하는 것으로 시작한다. 해파리와 닿으면 3일 내에 빛이 나는 해파리로 변한다. 이 해파리는 전 세계 바다를 뒤덮었으며, 해파리는 물 밖에서는 살 수 없다. 주인공은 '나'와 구는 음악을 그만두고 시골에 내려와 살고 있다. 변종 해파리가 출현하며 구는 해파리 청소원으로 일하게 되었으며 '나'는 사람들이 해파리로 변하며 자발적으로 죽음을 맞이하는 것을 돕는 일을 하게 된다. 첫 번째 의뢰인은 치매에 걸린 82세의 이경순 씨였다. '나'는 이경순 씨가 치매에 걸렸다는 사실을 알았지만, 그저 궁금증에 지나지 않은 질문을 마지막으로 관심을 접었다. 사람이었던 이경순 씨는 3일 만에 해파리가 되어 트럭에 실려 떠났지만 빛이 났다. 두 번째 의뢰인은 서비스직 종사자 51세 김지선 씨였다. 김지선 씨는 담담했고 무던하게 해파리가 되기를 기다렸지만 쉽게 변하지 않았고 욕조에 들어가 일주일을 넘게 '나'와 대화했다. 김지선 씨는 3주 동안 변하지 않았다. 김지선 씨는 죽집 사장님을 보고 싶다는 말을 했다. 김지선 씨는 사장님과 대화한 후 이틀 뒤에 해파리가 되었다.

이 이야기는 모순투성이이며 글을 읽는 내내 마음이 불편했다. 이야기의 현재 우리의 모습과 닮아있다. 꿈을 펼치려 노력했던 두 청춘은 천장에서 떨어지는 물소리를 들으며 잠에 들며 나라에 사고가 생기자 비로소 일자리가 생겼다. 해파리를 이용하여 돈을 만지려는 사람들이 늘어났다. 그 방식은 결코 건전하거나 도움의 손길이 되지 못했으며 사람들의 공포와 불안을 흥밋거리로 삼았다. 온갖 부정적인 이름의 단체들은 해파리의 자극적인 모습을 선점하여 사람들에게 뿜냈다. 의뢰인 두 사람 모두 사회 취약계층의 대표적인 인물들이다. 이경순 씨는 생전에 가족의 도움을 받으며 수동적인 생활을 하고 있었지만, 해파리로 변함으로써 스스로 헤엄칠 수 있으며 빛이 났다. 김지선 씨는 이혼 후 가정과 교류가 없는 생활을 했다. 많은 사람들을 만나는 서비스직에 종사했지만 외로웠다. 김지선 씨는 그날 따뜻한 죽을 먹으며 나눴던 진솔한 대화에 반했을 것이다. 또한, '나'가 김지선 씨를 욕조에서 꺼내어 방석 위에 올려놓은 아주 짧은 순간에 김지선 씨는 분명한 따뜻함을 느꼈을 것이다. 해파리는 자체로 빛이 난다. 이 말에서 의문을 느꼈다.

사람 또한 그 자체로 빛이 난다. '나'가 구에게 반한 순간은 기억나지 않지만 구에게 나는 빛에 반했듯이 사람은 빛이 난다. 하지만 해파리처럼 시각적으로 모두가 빛을 내고, 빛을 볼 수 있는 것은 아니다. '저는 그날 한없이 바다를 바라보았어요. 단 한 번만이라도 저렇게 환하고 아름답게 빛날 수만 있다면, 삶에 미련이 없을 것 같았어요' 라는 구절이 나온다. 김지선 씨는 자신의 욕조를 들여다보지 않았고 자신의 빛을 보지 못했다. 오직 바다의 해파리의 빛을 바라보았다. 혹은 사회가 김지선 씨의 빛을 바라봤다면 김지선 씨는 해파리가 되어 욕조에 들어가기 전에 따듯함을 느꼈을 것이다.

책에 수록된 여덟 편의 작품 중 「유령의 마음으로」, 「빛이 나지 않아요」 두 작품은 가장 마음에 오래 남는다. 올해가 지나면 법적 성인으로서의 사회적 신분을 인정받는다. 하지만 어떠한 노력 없이 얻을 수 있는 숫자에 불과하다는 것을 책임감으로 내세우고 싶지 않다. 복잡하게 들어오는 생각을 단순하게 정리했다. 정신적으로 성숙한 한 해를 보내는 것을 목표로 마음먹었다. 막막하고 단호한 마음을 먹은 나에게 이 책을 읽은 것은 성숙한 선택이었다. 수많은 소셜 네트워킹의 발전은 무던하게 타인에게 상처를 입힌다. 이 과정에서 생각하지 못한 사람이 상처를 받기도 하며 자기 자신에게 상처를 입히기도 한다. 온갖 수식어로 글과 영상의 잔인함에 숨을 불어넣는다. 그것을 공유하고 손쉽게 죄를 나눈다. 그렇게 생겨난 무책임은 타인의 감정을 전혀 생각하지 않는 상황을 만든다. 이러한 상황에서 임선우 작가의 생각은 뚜렷하다. 분명하게 차가운 곳에서 자신을 돌보고 지키는 것이다.

책의 제목만 봤을 때는 판타지 소설로 단순하게 읽을 수 있을 것이라 생각했다. 하지만 책을 읽다 보니 현재 삶에서 흔히 일어나는 가장 슬픈 이야기라는 것을 알았다. 이웃집에서 일어나고 있을 법한 이야기를 임선우 작가만의 독특하고 기발한 방식으로 풀어냈다. 책을 읽으면서 인물들의 내면과 인물들이 처한 상황의 모순적인 조화가 생각을 멈출 수 없게 한다. 상처만을 갈구하는 사람들과 상황에 속마음이 숨어버린 사람들에게 가장 먼저 이 책을 공유하고 싶다. 우리 삶 속에 있는 '나'를, 이경순 씨를, 김지선 씨의 마음에 유령이 나타나 따뜻해지지 않을 것 같던 마음이 녹을 수도 있으며, 빛나지 않을 것 같던 삶에 빛이 보일 수 있도록 책을 읽었다. 유령의 마음으로 따뜻함을 느낄 수 있어서, 나의 마음을 돌아볼 수 있어서 더없이 사랑스러운 마음이었다.

작별인사 읽고서, 감사인사 | 문여원

– 김영하 『작별인사』를 읽고

열여덟 살의 봄, 나는 김영하 작가의 『작별인사』 마지막을 읽었다. 『살인자의 기억법』을 읽은 후 김영하 작가의 작품이 주는 몰입감에 빠져서 『작별인사』와 『검은 꽃』을 구매했는데 먼저 막을 내린 작품이 이 책이다. 작별인사란 제목을 보면서 누군가와 이별하는 이야기를 담고 있을까 생각했다. 표지의 그림 속 희미한 사람의 형체가 무척이나 외로워 보였기에 『작별인사』는 무슨 메시지를 담고 있을지 기대하는 마음을 안고 책장을 넘겨 갔다.

책은 '철이'란 인물이 제 집 주위에 죽어있는 직박구리를 발견하면서 시작한다. '철이'는 그의 아버지가 철학에서 따온 이름으로, 그의 부친은 휴먼매터스란 최첨단 인공지능 휴머노이드 제작사에서 연구원으로 일하면서 철이에게 공부를 가르친다. 아이들이 학교를 다니는 게 의무가 아닌 세상이다. 인공지능은 이미 인간의 많은 일을 대체하고 있고 철이는 로봇 고양이를 키우기도 하며 고급기술들에 갇혀 바깥세상과 구분되어 살아간다.

무엇에 작별을 고하는가? 『작별인사』는 앞서 말한 철이의 시점에서 사건이 전개된다. 로봇 연구가 나날이 발전하여 인간과 그들을 구분하기 힘들어지고 정부는 이에 대한 해결책으로 소속이 없는 무등록 휴머노이드를 압수하는 정책을 펴는데 철이는 어째서인지 무등록 로봇으로 감지되어 수용소에 갇히게 된다. 그는 예상치 못한 현실을 마주하게 되고 그런 혼란 속에서 그에게 긍정적 영향을 주는 인물 '선이'가 등장한다. 선이는 계속해서 철이와 내가 무언가를 생각하도록 질문을 던진다. 이제 '선이'에 대해 소개하고 싶다. 선이는 상업적인 이유로 인간 배아를 복제해 만들어진 아이이다. 인간이지만 충분한 인간은 아니라고. 잠시 맡아 기르던 유기견 보호소의 소장이 말하기도 했다. 기분이 좋지 않으면 망설임 없이 때리다가도 어떤 순간에는 강아지 다루듯 선이를 예뻐하기도 한 여자인데, 그녀는 만성질환을 앓고 있어 선이의 보살핌을 많이 받았다. 하지만 어느 날 선이가 처음으로 그녀에게 반항을 하면서 그녀와 선이의 인생에 전환점을 찍은 날이 생겨났다. '누가 인간인지 아닌지는 국가가 법률로 정하는 거야. 그런데 넌 인간의 범위 안에 들지 않아.'

이렇게 말하는 소장에게 선이는 반박한다. '그걸 왜 국가가 정해요? 내가 아는데?' 선이의 반항은 점차 그들의 말다툼으로 번지고 곧이어 제 화를 이기지 못한 소장이 거품을 물고 쓰러지면서 소장의 사망이라는 결말이 지어졌다. 과연 그녀가 한 말의 의미가 무엇이었을지 정확히 알 순 없었지만 은연중 생각했다. 아무리 내가 인간이라 해도 이 나라가 인정하지 않는다면 난 기계가 될 수도 있겠구나. 진정한 인간이 아니라면 쓸모가 없을 때 버려지기도 하겠다고 말이다. 우리는 이런 사태를 피하기 위해서라도 인간 윤리든, 로봇 윤리든 함께 고민해야 할 것이다.

작별인사에서 말하는 윤리문제는 현실에서도 뜨겁다. 인공지능은 무언가 창작할 수 없을 것이며 우리 사회가 SF 영화처럼 될 일은 없단 주장이 지배적이었다. 하지만 2022년 9월 미국의 미술전에서 인공지능 생성 그림이 우승상을 받았고 ChatGPT는 시를 써주기도 한다. 주위에선 글을 쓰겠단 나의 포부를 듣고서 우려하는 목소리가 들려온다. '너 밥그릇 뺏기게 생겼어. 인공지능이 내가 말하는 질문의 문맥을 파악한다니까?' 그럼에도 아직 인간이 기계보다 우위에 있는 이유는 인간의 불완전함 때문이라고 이야기 속 '달마'는 말해준다.

달마는 인간 세상이 멸망하기를 기다리는 기계이다. 과거 그는 폐휴머노이드를 수거해서 재활용하고 나머지는 폐기하는 일을 했다. 인간이 기계에 고통을 주입시켜서 소비자가 제품을 오래 사용하고 보존할 수 있도록 했기 때문에 그곳에 온 대부분 로봇들은 생존본능을 가지고 달마와 동료들에게 살려달라고 빌었다. 그들은 로봇을 비활성화시키는 일을 하면서도 그들 자신 속에 내제된 비활성화의 두려움에 공감하며 함께 괴로움을 겪어야 했다.

'그들은 자연스럽게 멸종하게 될 것입니다. 우리는 다만 인간이 우리를 공격하고, 괴롭히고, 학대하는 것을 막고자 합니다.' 인공지능이 인간을 지배하는 미래가 반대로 로봇에게 일어나는 것 같지 않나? 인공지능을 도구로 대한다면 그들에게 인격을 부여했을 때에도 마찬가지이다. 인종이 다르다고 차별하고 학대하는 사람들과 다르지 않으며 약자가 된 기계를 위해 윤리단체가 형성되는 것도 자연스러운 현상이다. 이런 세상에서 로봇은 주체적으로 권리를 주장할 수 있고, 마치 달마 같은 로봇들은 본인의 고통을 해결하려 방법을 찾는다. 인간의 마음과 가장 유사한 휴머노이드를 연구대상 삼아 인간의 비밀을 파헤치는 목적을 세우기도 하는데 그 조건에 매우 적합한 대상이 바로 철이였다.

'개보다도 더 인간과 비슷한 존재입니다. 인간과 똑같이 감정과 고통을 느끼고요.'

수용소로 끌려간 철이를 집으로 데려오기 위해 '아버지'는 국가로부터 반

환소송을 걸고 재판장에서 호소했다. 명망높은 회사인 휴먼매터스에서 철이를 개발한 '아버지' 최박사는 인공지능으로 큰 파격을 맞을 미래를 위해 인간 사회의 전통 가치와 윤리를 이어갈 인공지능을 독자적으로 설계했고 결국 인간과 다를 바 없는 로봇인 '철이'가 성공적으로 탄생한다. 하지만 최박사는 법을 간과하여 끝내 '철이'가 수용소로 끌려가는 걸 막지 못하였으며 그의 목표의식마저 점점 색이 흐려진다. 달마의 입장은 어떤 면에선 최 박사와 유사하다. 인간이 로봇을 함부로 여기는 걸 반대하고 막고자 해결책을 강구한다는 점이 같다. 하지만 인간인 최 박사는 인류가 이르게 인공지능에게 의존하는 것을 비판하면서도 철이를 되찾기 위해 강제적이고 무모한 판단을 내렸고 반면 휴머노이드 로봇인 달마는 차분히 인간의 동향을 살피고 그들의 멸망을 기다리는 방법을 선택했다.

'그들은 비합리적인 어떤 일을 벌이면서 늘 과학적으로 검증 불가능한 개념을 갖다 붙입니다. 말이 안 될수록 더 잘 믿는 것 같기도 합니다.'

이는 달마가 선이와 이야기를 하던 중 던진 말인데 달마와 선이의 접점은 '민이'란 인물과 연결된다. 민이는 선이, 철이와 수용소에서 함께 지낸 친구이다. 어느 날 국가에 불만을 품은 한 무장 집단이 그들이 머무는 수용소에 쳐들어오면서 철이, 선이, 민이는 그곳을 탈출할 수 있게 된다. 잡혀가지 않기 위해 몸을 사리며 식량을 구하러 빈집에 들어가고 그렇게 그 집 안에서 사건이 일어났다. 민이의 작은 실수로 그들을 체포할 드론이 들이닥쳐 민이가 크게 다친 것이다. 선이는 민이를 죽게 내버릴 순 없었기에 휴먼매터스로 가서 최 박사에게 민이를 고쳐줄 것을 당부할 계획을 세우고 철이와 여정을 떠난다. 길을 가던 와중 민이를 살릴 능력을 지닌 달마를 만나면서 그들은 그곳에 머무르며 민이가 치료받기를 원한다.

달마는 도움을 거절하지는 않았지만 민이를 살리는 이유에 대해서 여러 질문을 한다. 민이가 이대로 죽는다면 더이상 고통이 없을 테지만 살려낸다면 다시 괴로움을 느껴야 할 것이라고. 실상 모든 존재는 태어나지 않았는 게 나았다고 말한다. 사실 나도 가끔 달마와 비슷한 생각을 해본다. 내가 원해서 태어난 게 아닌데 나는 어째서 목적을 이루기 위해 안간힘을 쓰며 버텨야 하는가를 말이다. 하지만 선이는 달마에게 명료하게 대답하면서 나를 설득시키기 시작했다. 그렇지 않다고.

'민이는 아예 태어나지 않은 존재가 아니니까요. 민이는 이미 태어났고 말씀하신 것처럼 감당하기 힘든 고통을 겪었지요. 저는 민이가 다시 회복해서, 그러니까 과거의 기억을 그대로 가진 채로 다시 깨어나 그것의 의미를 받아들이고… 자연이 정해준 운명이 다하게 될 때 자연스럽게 우주의 일부로, 다시 의식과 영성이 없는 존재로 돌아가기를 바라는 거예요.' 선이에게 '선'이란 이름이 무척이나 잘 어울린다고 느낀 부분이었다. '고통도 느꼈지만 희망도 품었죠.' 사람은 고통을 느끼며 살아가고 그에 비하면 기쁨은 적을지도 모른다. 그렇지만 우리는 해야 할 일이 있고 그건 선이의 말대로다. 아픔의 이유를 생각하고 그런 일이 자신에게나 다른 누군가에게 일어나지 않도록 노력하는 일. 대한민국이 대한민국일 수 있는 이유도 수많은 열사께서 미래를 위해, 그게 아니라면 당장 그들 스스로에게 일어난 비극을 끝내기 위해 그토록 헌신하고 희생하신 것일 테다.

'나'에 맞춰 비유를 해보자. 나는 계속 글을 쓰고 그렇게 자유롭게 작성된 글을 이리저리 고쳐서 이 세상에 발표하며 평가를 기다린다. 그 시간 중에는 내가 말하고자 하는 바가 어떤 고통으로 쓰였고, 표현되었을지 내가 알 필요가 있다. 이 세상에 태어난 존재이므로 조상이 가꿔놓은 이곳에서 살아가며 그제까지 일어난 일을 공부할 필요가 있다고 생각한다. 이렇듯 모두에게 공감되는 일들을 하면서 기쁨과 함께 고통을 동시에 느낄 수 있다. 선이는 그것의 합당함을 말한다. 마침내 달마는 선이의 의지대로 민이에게 다시 기쁨과 고통을 주기로 한다. 수술 이전에 달마는 선이에게 미리 이른다. 원래 민이의 몸은 훼손되었기에 다른 얼굴과 몸에 그동안의 기억과 의식을 이식할 거라고. 그러자 선이가 다급히 물었다. 이는 우리가 사람 간의 관계를 맺으면서 수없이 신경 쓰고 걱정하는 단어이다. 바로 '마음'이다. '마음은 어떨까요?' 민이의 마음은 변하지 않겠냐는 물음이다. 겉모습은 몰라도 속마음이 변한다는 건 큰 문제를 낳는다. 우리가 어떤 몸짓과 표정으로 행동하든지 마음이 가장 중요하다는 선이의 신념을 들을 수 있는 대사였다. 하지만 달마는 이해하지 못한다. '마음은 기억일까요, 어떤 데이터 뭉치일까요? 또는 외부 자극에 대응하는 감정의 집합일까요? 아니면 그것을 닮은 연산 장치들이 만들어내는 어떤 어지러운 환상들일까요?' 마음이 무엇일지 고민해보자. 무엇이 떠오를까? 솔직히 말해서 나는 달마가 말한 것들과 다르지 않다. 덧붙이자면 달마가 내린 정의의 총합, 우리의 이야기라고 본다. '그 이야기라는 것 말입니다. 정말 그렇게 멋진 것일까요?'

인간이 고통받다가 찾아낸 것이 이야기란 마약이다, 라는 달마의 주장에 큰 반박을 할 수 없었지만 그럼에도 이야기는 멋진 것이었다. 공감으로 이어져서 활자 하나가 나를 위로하는 게 아니라 활자가 매개물이 되어서 독자가 본연의 마음을 깨닫고 위로받게 하는 것이다. 이야기라고 다 좋은 게 아닌 건 사실이다. 사람 사이를 이간질하는 근거 없는 소문이나 허황된 속설은 눈 앞을 가릴 때도 있으니까. 하지만 해보지 않은 일을 간접적으로 체험하면서 잘못된 믿음에서 벗어나거나 참신함을 배워나가는 것은 인공지능을 뛰어넘는 위대한 인간의 역사라고 생각한다.

한 달 동안 이 책을 읽으면서 많이 고민했다. 인공지능의 혁신이 바로 코 앞까지 와 있는 상황에서 내가 책 제목처럼 진로와 꿈에 대한 희망에게 작별인사를 해야 하는 게 아닐까 하고. 아직은 아니더라도 기술이 나날이 발전하면 분명 나보다 훨씬 유려한 글솜씨를 보여주는 글이 인공지능에 의해 창작될 것이다. 그렇다면 인간이 무엇을 할 수 있을까, 정말 기계를 깨기라도 해야 하나. 장난스레 생각한 적도 있었지만 김영하 작가의 『작별인사』에서 명확한 답이 없는 질문을 여러 번 맞이하면서 자연스러움의 뜻을 헤아려 보았다. 앞서 선이가 독자들이 무언가 복잡하게 생각할 만한 질문을 다수 던졌다고 했지만 오히려 달마의 물음에 답하기가 더 힘들었다.

평소 자주 느끼는 무상함이나 확연히 표현하기 힘든 개념들 때문일지도 모르겠다. 작가란 꿈을 가진 문여원이란 사람은 지금 편향된 생각을 가지고 있는 걸까 걱정하고 성찰하는 등 나와 타협도 했다. 인공지능 로봇의 입장에서 사회에 대한 견해를 들으니 그게 앞으로 인간 세상의 윤리문제 같았으며. 감상을 글로 쓰자니 인상적인 부분이 여러 쪽수에 있어 책을 다시 펴보고 싶은 마음이 들었다. 다시 『작별인사』를 봤을 때 또 새로운 가치를 발견하고 싶다. 마지막으로 『작별인사』라는 작품으로 인공지능과 관련된 사회 윤리적 문제에 대한 사고의 폭을 넓히도록 도움을 주신 김영하 작가님께 감사 인사를 드린다.

재앙에서 굴리는 석류 한 알 | 김지윤

―조예은 『트로피컬 나이트』를 읽고

짧은 단편으로 사람의 마음을 빼앗는다는 자체가 흥미로워 평소에도 단편집을 자주 읽는다. 그러나 빼앗겨 본 적이 얼마나 되었던가. 일주일을 두고두고 새길 만큼 여운이 긴 단편집을 찾자는 생각으로 서점을 둘러보던 중, 『트로피컬 나이트』를 보고 처음의 목적을 깜빡 잊은 채 단지 표지가 예쁘다는 이유로 홀리듯 사버렸다. 표지만 보고 덜컥 책을 사버린 적은 없었는데 그날은 유난히도 보석같이 빛나는 석류 일러스트에 이끌려 책을 사게 되었다. 책 표지에서는 여름의 싱그러운 과일 향이 났으나, 책의 내용에서는 여름 날씨에 부패한 과일의 모습이 연상되었다. 책의 내용과 분위기는 어딘가 괴이했지만 결코 불쾌하지는 않았다. 단편 하나하나 전혀 다른 내용들이었으나 어딘가 비슷한 느낌을 풍기며 단락들을 결속시키는 듯했다. 괴담집이라고 소개가 되어있어 어릴 때 즐겨 보았던 괴담책이나 공포 만화를 생각했지만 읽는 내내 소름이 돋는, 흔히들 우리가 생각하는 오싹한 공포 내용은 찾아볼 수 없었다. 그렇다면 도대체 조예은 작가에게 괴담이란 무엇일까? 트로피컬 나이트에서는 허구가 아닌 우리 삶에서 실제로 일어날 수 있는, 그야말로 재앙이라고 불리는 주제를 괴담이라 칭했다. 그리고 그 주제는 말 그대로 암울했다. 중간중간 픽션들이 한껏 담긴 단편들도 있었는데 그럴 때 현실의 공허함에서 잠시 도피할 수 있었다. 오히려 나는 그토록 무서워했던, 내가 괴담이라 칭했던 것들에게서 안정을 얻었다. 그런 포인트에서 오는 흥미로움이 인상 깊어 이번 독후감으로 트로피컬 나이트를 선정했다.

「고기와 석류」는 괴담집이라는 이름에 걸맞게 가장 으스스하고 괴이했다. 불쾌하면서도 측은한 이야기였다. 비 온 후 벽에 베인 곰팡이 같았고, 한여름 음식물 쓰레기통에서 부패해가는 과일들 같은 내용이었다. 함께 사는 가족이 없어 항상 고독사를 준비하는 옥주. 그런 그녀 입장에서 자신을 언제 죽일지 모르는 암은 고독보다 무서운 것이 아니었으며, 치료하지 않는 것은 어쩌면 당연한 일일지도 모른다. 어쨌든 결말은 차가운 방바닥에서 홀로 죽는 것이기에. 그리고 하루 또는 한 달, 어쩌면 그보다 훨씬 후 누군가 옥주를 발견해 사망 선고를 받고, 옥주는 비로소 그제야 죽고. 그래서 옥주에게 석류는 더욱 소중한 존재였다. 멀리서 본다면 재앙일 수도 있었다. 석류는 사람을 먹고 옥주를 먹으려 한다. 그러나 옥주에게 석류는 자신의 고독한 결말을 바꿔줄, 옥주의 썩어 문드러진 삶에 날렵하게 굴러온 희망이었다. 내용 앞부분에서 옥주는 아직 남편의 죽음에 담담해질 수 없음을 보여준다. 어쩌면 남편의 죽음보다도 그 죽음 후에 홀로 남겨진 자신을 마주하기 두려웠을 것이다. 남편이 덮고 있던 이불을 개어 버리면 진짜로 더이상은 자신 이외의 온기 따위는 없을 것만 같아서. 그러나 석류가 오고 옥주는 남편의 죽음을 비로소 받아들였다. 그토록 가길 꺼렸던 남편의 방에서 남편의 옷을 건네 석류에게 입히는가 하면, 배고픈 석류를 위해 남편의 묘지를 파서 그의 시체 위에 석류 한 알을 놓는다. 단도직입적으로 석류와 옥주는 어디를 가도 누군가의 희망이라고 생각될만한 인물들은 아니다. 그러나 서로에게 있어 그들은 일주일에 한 번씩 자신의 집을 방문하는 공무원보다, 음식물 쓰레기통에 쓰레기를 버리고 가는 누군가보다는 확실한 희망이었다. 희망 없는 삶에서 벼랑 끝 희망을 잡고, 더불어 자신이 누군가에게 희망이 되는 이야기. 공감할 수 없었지만 마음 끝 속까지 그들의 서사에 공감해 주고 싶었다. 모든 내용이 안쓰러우면서도 사랑스러웠다.

「가장 작은 신」에서도 사랑이 또 다른 형태로 표현된다. 미세먼지가 세상을 덮친 후 집에서 나오기를 거부하는 수안에게 갑작스럽게 미주가 들이닥친다. 미주는 사람과의 정이 필요한 수안을 공략해 자기 회사의 물건을 팔려 하고, 수안은 알면서도 물건을 사지 않으면 미주가 자신을 떠나갈까봐 물건을 사주게 된다. "널 등쳐먹어서 미안해. 넌 대부분 한심하고 가끔 사랑스럽지만 잘 살 거야." 미주가 야유회 가는 버스 안에서 마지막이라고 생각하며 수안에게 보낸 문자이다. 이 문자를 본 수안은 그토록 두려워하는 미세먼지를 뚫고 2년 만에 집 밖으로 나오게 된다. 감동적이었다. 조금 더 구체적으로 비유한다면 새가 알을 깨고 세상 밖으로 나온 느낌이었다. 사랑이 필요하고 절실한 사람에게 사랑은 무슨 의미일까, 라는 생각을 많이 해보게 된 장면이었다. 누구보다 사람의 음성과 손길이 그리웠던 수안에게는 미주가 정을 나눈 친구이자 또 다른 형태의 사랑이었고 그 사랑은 미세먼지를 뚫고 세상 밖으로 돌진할 수 있게 만들어 주는 원동력이었다. 수안과 미주가 마실장을 물리치고 고개를 들어 바라본 하늘은 하루하루 더 맑을 것이다.

「새해엔 쿠스쿠스」는 정말 우리 사회에서 있을 법한, 나조차도 격하게 공감한 이야기이다. 유리는 사랑의 탈을 쓴 엄마의 강요로 인해 히키코모리가 되었다. 그건 유리를 위한 것이라는 맹목하에 집착이 되고 사랑이라는 가면 뒤에 숨어 유리를 세상에 전시해놓고 있었다. 유리는 그런 엄마가 밉지만 새해에 엄마가 끓여둔 떡국을 데워 먹는다. 이 떡국으로 엄마와 유리가 서로를 사랑하고 있음을 짐작할 수 있다. 연우는 하루하루 부모에게 복수하는 마음으로 살아간다고 했다. 그렇게 살아가는 하루하루란 어떨까? 비참하고 슬플테지만 연우라면 부모에게 복수하는 마음으로 살 수도 있지 않을까라고 생각했다. 마지막 단락에서 연우는 유리에게 쿠스쿠스 사진을 보내며 모로코로 오라고 한다. 유리가 연우에게 응 갈게라고 한 답장은 더이상 엄마의 기대에 부응하기 위해 한 행동이 아니었다. 자신을 위해 첫발을 뗀 유리와 연우가 모로코에서, 떡국보다는 밍밍할지라도 쿠스쿠스를 먹으며 처음으로 편히 숨 쉴 수 있기를 염원한다.

「나쁜 꿈과 함께」와 「유니버설 캣숍의 비밀」은 괴상하고 귀여운 내용의, 젤리 소다 맛이라는 타이틀이 가장 잘 어울리는 단편이었다. 여태까지의 상실감과 우울함이 말랑한 단편으로 묻히는 듯했다. 두 단편들의 전반적인 몽환스러운 분위기나 내용을 따라 읽다 보면 여태까지 내용으로 복잡해지고 무거워진 생각이 정화되었다. 단편집에서는 각 단편들의 배치가 가장 중요하다고 생각하는데, 이 책에서 정화 역할을 해주는 내용들이 마무리 부분에 배치돼서 적절한 균형을 맞춰주는 듯한 느낌이 좋았다.

내가 가장 석류를 굴려주고 싶었던 단편은 「푸른 머리칼의 살인마」이다. 이 단편을 사랑하는 이유는 인물들의 서사와 그 안에 담긴 여러 형태의 사랑이다. 늙은 여인으로부터 수많은 사람과 남편을 죽일 것이라는 저주를 받고 태어난 블루는 어느 날 축제에서 점령술사에게 '금지된 문을 열어야 네가 살 수 있다'는 말을 듣게 된다. 당시 블루는 썸머와 사랑하고 있었으나 얼마 지나지 않아 블루는 영주와 결혼하게 된다. 그러나 영주는 여인들을 죽이는 연쇄 살인마였고 블루는 성안에 있는 금지된 문을 열어 운명을 바꾸려 한다. 블루는 다른 세계의 무수히 많은 블루와 썸머를 위해 수많은 영주를 죽인다. "자신이 영주를 죽인 덕에 함께할 수 있게 된 다른 블루와 썸머의 삶을 질투하며 블루는 늙어갔다." 다른 세계의 자신이 행복하기를 바래 그들의 미래를 바꿨으나 끝내 자신은 썸머와 행복해질 수 없다는 사실을 깨닫고 질투하는 부분이 너무 안타까웠다. 그렇게 계속해서 운명을 바꾸다 블루가 마지막 문을 열 때 나타난 흰 설원과 그 가운데 자리 잡은 오두막 하나. 이 오두막으로 가면서 다 늙어버린 블루는 무슨 생각을 했을까. 자신과 똑같은 미래를 겪게 될 저 오두막 속 아이를 안타깝게 여기지 않았을까? 그렇게 눈밭을 걷다, 금지된 문을 열게 된 썸머와 만나는 장면이 이 책을 통틀어 가장 사랑스럽고 안정감 드는 장면이었다. "스스로를 되찾은 블루는 너무 오래 부르지 못해 입안에 갇혀버린 이름을 비로소 떠올렸다. 블루는 마지막 남은 온 힘을 다해, 세월에 먼지를 털어낸 그 이름을 소리내어 불러 보았다. 오랜만이야 썸머." 단편의 마지막 문장이다. 소름 돋을 만큼 사랑스럽고 안타까운. 다른 세계가 아닌 온전히 이 세계에서의 썸머와 블루의 계속될 사랑을 바란다. 나는 마지막 단편을 읽고 나서야 비로소 먼저 손을 내미는 방법을 알게 되었다. 책이 끝날 때는 내 마음이 석류로 가득 찬 느낌이었다.

　단편의 모든 주제들을 조예은이 괴담이라고 칭한다면 나는 단연 괴담이라고 생각한다. 새벽 4시마다 나타나는 귀신보다도, 세상에서부터 소외받는 아이나, 암에 걸렸지만 고독사를 각오하는 여인이 더 무서웠다. 정확히 말하면 두려웠다. 단편들의 모든 주제는 외로움이었고 외로움 없이 사는 사람이 있을까 싶었다. 평생 외롭지 않은 사람은 없어도 평생 외로운 사람은 있을 것만 같았다. 그리고 나는 그것이 이 책에서 칭하는 공포라고 생각한다. 어쩌면 누군가의 삶일지도 모르는. 그러나 내 삶이 누군가에게 공포 그 자체이든 간에 삶은 끊임없는 연장선 위에 놓여있다. 그리고 이 책에서는 그 연장선이 너무 까마득하게만 느껴지는 사람들에게 사소한 위로이자 사랑을 건넨다. 아직도 서점에서 표지를 보고 홀린 듯 책을 들었던 그 순간을 잊지 못한다. 책을 완독한 후 다시 표지를 들여다보니 연주의 로봇팔도 보였고 마냥 예쁘게만 빛났던 석류도 피처럼 흐르는 듯했다. 그러나 여전히 표지 속 석류는 내게 반짝였고, 그 속에 알알이 가득 담긴 누군가의 괴이스러운 상황들과 그들에게 굴려지는 작고 새콤한 석류들을 보았다. 트로피컬 나이트에서 작가는 아마 이 석류를 강조하고 싶었던 것 같다. 누군가에게 먼저 손 내밀어 줄 수 있는 용기, 가장 하찮은 곳에서야 비로소 빛을 내는 나의 사소한 사랑. 그리고 조예은 작가의 『트로피컬 나이트』는 나에게 있어서 나의 사소한 사랑이 누군가의 세상을 뒤집을지도 모른다고 생각하게끔 만들어주는 책이다. 이제는 내가 누군가에게 먼저 손을 내밀 차례이다. 그렇게 함으로써 재이는 눈을 반짝이고, 석류는 굶주리지 않는다. 릴리와 연주는 손을 맞잡게 된다. 유리는 모로코를 향해, 수안과 미주는 맑은 하늘을 향해 돌진한다. 썸머와 블루는 눈보라 치거나 아니면 또 어떤 미지의 세상에서 서로를 사랑하며 살게 된다. 이 책을 읽은 후 한 번쯤 생각해 볼 만하다. 가장 하찮은 상황에서야 피어나는 사소한 사랑이야말로 얼마나 고귀한가.

내 마음 속의 튜브 | 최다영

－손원평『튜브』를 읽고

『튜브』는 성공보다는 변화에 집중한 책입니다. 넓고 파란 바다가 끝없이 펼쳐져 있고, 그 위에 구명조끼도, 튜브도 없이 한 사람이 헤엄치고 있는 일러스트가 바로 이 책의 표지이자, 제가 이 책을 읽게 된 계기였습니다. 처음에는 단지 표지가 예뻐서 책장에서 이 책을 뽑게 되었는데, 책 뒤표지의 '운명을 바꾸기로 결심한 한 남자의 인생 개조 프로젝트, 변화가 필요한 당신을 위한 단 한 권의 소설'이라는 문구를 보고 이 책을 읽어야겠다고 생각했습니다. 한 달에 한 번 있는 귀가에, 매일매일 심지어는 주말까지도 학교에서 정해준 일과대로 움직이는 한민고등학교 학생인 저에게는, '변화'라고 부를 수 있을 만한 변화를 경험한 지 오래됐습니다.

이 책은, 우리가 흔히 실패했다고 부르는 삶을 살아가는 남자가 자살 시도를 하는 장면을 시작으로 그가 자살을 결심하게 된 그간 2년간의 일들을 보여줍니다. 남자는 수많은 사업 실패자였으며 나쁜 아버지이자 남편이었고, 번듯한 직업 하나 없는, 그저 가난한 실업자였습니다. 그러나 우연히 인터넷에서 성공한 사업가의 '변화 하라'는 말을 듣고 굽은 자세를 펴보자는 아주 작은 변화를 시작하게 됩니다. 몇 년 전, 자신의 피자가게에서 일하던 청년과의 우연한 만남으로 그 둘은 각자만의 작은 변화를 시작하게 되고, 남자가 자신이 의식하지 않아도 어느샌가 올바른 자세를 쉽게 유지할 수 있을 때쯤, 남자는 자신뿐만 아니라 전 세계의 두려워서 변화를 시도하지 못하는 사람들에게 변화 할 수 있는 용기를 주고 싶어 합니다. 남자는 촛불처럼 은은하게 타오르는 따뜻한 열정의 눈을 가지고선, 다른 사람들의 변화를 도와주는 사업 아이템을 고안해 내어 그가 처음으로 변화라는 것을 할 수 있게 해준, 그 성공한 사업가의 투자를 받아 커다란 사업을 시작하게 됩니다. 남자는 더이상 사회에서 말하는 '실패자'가 아니었으며, 부유하고 다정한 남편이자 아빠였으며, 큰 회사의 대표가 되었습니다. 그러나 전문 경영자가 아니었던 남자는 금세 대표 자리에서 쫓겨나게 되고, 다시 실패자의 길로 들어서게 되며 책의 첫 장면인 2년 후의 자살시도를 하는 남자가 됩니다. 몇 번의 실패한 자살시도로, 그는 무력해졌으며 전 같은 은은한 열정은 찾아볼 수 없었습니다. 그러나 인생은 언제나 엉망이지만 자신의 모든 삶이 그저 엉망이었던 것은 아니었음을 깨달은 남자는 마치 오뚝이처럼 앞으로 계속해서 작고, 새로운 변화를 찾아가게 됩니다.

이 책의 작가는 100만 부의 베스트셀러인 아몬드를 쓴 장본인, 손원평 작가입니다. 손원평 작가는 이 책을 통해서 사람들에게 깊은 응원을 해주고 싶었다고 합니다. 작가는 주인공의 불안한 심리와 그에 따른 심리적 변화를 부드럽게 해주며, 어느샌가 독자들이 주인공을 응원하게끔 했습니다. 작가의 의도에 따라 저도 자연스럽게 주인공인 남자의 변화에 집중하게 되었고, 결국에는 주인공을 응원하는 저의 모습을 찾아볼 수 있었습니다. 책의 '성곤이 란희를 지그시 바라보며 답했다. 란희는 서둘러 그의 눈길을 피했다. 순간적으로 어디서 본 것 같은, 한때 사랑했던 남자가 떠올랐기 때문에 당황스러웠다'라는 문구는 작은 변화를 하기 전의 남편을 매우 증오하던 아내가 변화를 하기도 전의, 20년도 전의 열정적인 불꽃으로 타오르던 남편의 옛 모습을 문득 발견하게 되어 당황스러워하는 장면입니다. 남편과의 결혼을 결심하게 해준 그의 지난 모습들을 보며 남편의 인생 개조 프로젝트인 지푸라기 프로젝트에 대해 듣게 된 아내는 그 만남 이후로 남편을 속으로 응원하게 됩니다. 다들 사람은 고쳐 쓸 수 없다고 말합니다. 그러나, 책 튜브 속 아내는 남편의 바뀐 모습을 발견하게 되고, 이로 인해 부부의 관계는 좋아집니다. 이 장면은 단지 자세를 바르게 하는 아주 단순하고 작은 변화를 실천하게 된 남자의 달라짐을 다른 사람이 알아볼 만큼 많이 바뀌었다는 점에서 큰 의미가 있다고 생각하여 인상 깊었습니다.

책 속에서는 주인공인 50대의 남자와, 10대인 남자의 딸, 20대의 남자의 조력자 등, 전 세대에 걸친, 각자만의 실패를 경험해 보며, 걱정을 끌어안고 있는 인물들이 등장합니다. 그뿐만 아니라, 남자의 본격적인 지푸라기 프로젝트가 시작하게 되면서, 전국 각지의 아주 작지만, 새로운 변화를 도전해 보고 싶은 여러 도전자들 각자의 사연과 변화들을 소개해 주면서, 다양한 연령대의 사람들이 등장합니다. 아직 10대인 제가 깊이 공감할 수 있는 사연도 있었고, 아직 저로서는 단 한 번도 경험해 보지 못한, 생각해 보지도 못한 사연들도 많았습니다. 이 책을 읽으면서, 단지 책 안에서만 존재하는 내용이 아니라, 실제 사회에서도 흔히 볼 수 있을법한, 그러나 이 책을 읽지 않았으면 접해보지 못했을 만한 내용의 사연들을 접해보는 것이 신선했습니다.

책의 제목인 튜브의 의미에 대해 생각해 보기도 하였습니다. 남자의 지푸라기 프로젝트에 도전하는 사람을 응원하는 사람인 튜브를 칭하기도 하고, 책이 말해주는 것이 심해 속 길 잃은 사람들을 따스한 응원으로 수면 위로 끌어올려 주는 튜브처럼 살아보라는 말을 한다고 생각했습니다. 이 책은 저처럼 매일매일이 비슷한 것 같고, 인생의 큰 기쁨도, 슬픔도, 변화도 없는 사람들에게 추천해 주고 싶습니다. 책의 주인공인 남자는 자세를 바르게 하는 작은 변화를 시작으로 점점 더 큰 변화가 많이 찾아왔습니다. 이 책을 읽고서 나도 주인공처럼 작지만, 꾸준하게, 한 가지의 변화를 해나간다면, 아무리 작은 변화일지라도 그전과는 확연한 차이가 있을 것입니다. 매일이 비슷한 사람들을 위하여, 책을 읽으면서 '혹시? 나도 해볼까?' 하는 생각을 시작으로 나도 하나의 변화를 실천해 보기를 추천합니다.

이 책을 읽으면서 저 또한 '내가 만약 주인공이라면 어떨까', 만약 실제로 지푸라기 프로젝트라는 것이 존재했다면 나는 어떤 변화를 하게 될까' 하는 상상을 하며 면학실에서 짧게 책을 읽은 후의 저녁에 기숙사를 올라가는 길이 즐거웠습니다. 이 책처럼 독자들에게 변화에 대한 의미를 생각하여 주게 하고, 독자로 하여금 작은 실천을 하게끔 하는 다른 책들도 읽어보고 싶다고 생각했습니다. '이 맛깔스러운 소설엔 단맛, 짠맛, 신맛, 매운맛이 모두 잘 어우러져 있으며'라고 말한 소설가 천명관의 말처럼, '본 것의 잔상, 들은 것의 잔음, 냄새의 잔향'이라고 말한 배우 남다름의 말처럼, 이 책을 펼치기 시작한 순간부터 인물들의 다음 도전, 다음 변화들이 궁금해지기 시작했고, 책을 다 읽고 난 뒤에는 저도 모르게 은은한 미소가 지어지게 되었습니다.

평범한 사람들의 이야기로 가득하고, 그 사람들의 작은 변화들이 큰 성을 이루게 되어 결국에는 결코 평범하지 않은 사람이 되어있는 인물들의 이야기는 무료하기만 한 삶을 부정적으로 바라보던 우리에게 세상을 바라보게 하는 새로운 관점을 주기도 합니다. 확실한 것은, 이 책을 읽은 뒤 우리, 독자들이 얻게 될 용기가 궁금하다면, 우리 주변에서 흔히 일어날법한 일들의 속을 더 자세히 보고 싶다면, 모든 사람들을 응원해 주는 책 『튜브』를 읽어보기를 바랍니다.

수상작

너만 모르는 진심 | 이서현

– 김하연 『너만 모르는 진실』을 읽고

당신의 검고 텅 빈 두 눈동자엔 무슨 감정이 담긴 걸까요. 입이 하지 못해 눈이 하고 있는 간절한 외침을 내가 들어주지 않으면 안 될 거 같아 차마 지나치지 못했습니다. 한낱 책 속 소녀에게 무슨 오지랖인가 싶다가도 거울에 비친, 책을 들고 서있는 내 모습이 그 아이와 같이 쓸쓸해 보였습니다. 그렇게 소녀에게 홀려서 읽게 된 이 책은 생각보다 더 많은 충격을 내게 안겨주었습니다.

같은 말을 던져도 되돌아오는 건 각기 다른 반응들입니다. 별거 아닌 거라 생각하는 아이들과 세상 심각하게 받아들이는 아이들, 똑같은 입력값을 넣고 결과를 살펴보았을 때 다 다른 결과가 나오지만 우린 그것을 당연하게 생각합니다. 우린 모두 다르니까요. 윤도 남들보다 돌이 조금 더 무겁다고 느껴질 뿐이었습니다. 책을 펴자마자 맞닥뜨린 윤의 죽음에 한 장, 한 장 넘기며 생각해보았습니다. 읽을수록 '윤에게 의지할 사람이 있었다면 그 애는 죽지 않았겠지'라는 생각이 머릿속을 뒤덮었습니다. 엄마도, 친구도, 아무도 기댈 곳 없는 지독한 외로움 속에서 혼자 진실을 감당할 힘은 윤에게 없었습니다. 진실을 감당할 힘은 사람마다 가지고 있는 양이 다 다릅니다. 같은 크기의 돌을 맞아도 개구리는 죽지만 코끼리는 죽지 않는 것처럼요. 윤이 맞은 그 돌은 무거웠을 겁니다. 그녀가 안타깝지만 어쩐지 위화감이 들어 고민해보니 한 생각이 점점 또렷해지며 머릿속에 형체를 띄웠습니다.

'아, 나도 윤과 똑같구나'

아무렇지 않은 척, 괜찮은 척, 그냥 웃어 보이기. 주변의 사람들 모두 날 좋아해주지만 내 속마음을 말해봤자 사춘기 소녀의 한때일 뿐이라고 여길까 봐 나 혼자 생각하고 넘겨짚었습니다. 스스로 담을 쌓아버린 나는 한동안 혼자만의 눈물이 담긴 우물 속에서 빠져나오지 못하고 있었습니다. 성적, 불투명한 미래와 진로, 누구보다도 아꼈던 친구가 내 욕을 하는 것을 직접 들어버린 것, 내가 놓으니 원래 없었던 것처럼 끝나버리는 나만 진심이었던 관계들, 고된 마음에 역시 의지할 곳은 가족밖에 없다고 생각했습니다. 제가 가족에게서 가장 큰 상처를 받을 거라곤 상상도 못 하고서요.

그런데 시험 기간이었습니다. 잠을 자지 않으려고 마신 커피가 그 역할을 제대로 했는지 저는 새벽녘까지도 잠들지 않고 있었죠. 한창 공부하던 중, 아까 인쇄하고 미처 가져오지 않은 자료가 생각나 털레털레 안방으로 걸어갔습니다. 방 앞까지 가니 부모님의 대화소리가 들렸습니다. 보통 이 시간대엔 주무시지 않나, 라는 의문을 가지고 문고리를 잡아당기려는 찰나, "나는 서현이보단 민이(내 동생)이한테 좀 더 정이 가고 좋더라고." "아무래도 민이가 더 살가우니 그렇지, 나도 그래." 심장이 아래로 곤두박질쳤달까요. 그렇지만 요동치는 심장과는 다르게 내 몸은 너무나 침착하게 다시 방으로 돌아가고 있었습니다. 뭐 어느 정도 예상 못 한 것은 아니었습니다. 나를 제외하고 세 명이 있을 때의 분위기와 내가 들어갔을 때의 분위기는 확연히 달랐거든요. 누가 봐도 알 수 있을 정도로. 그저 인정 못 할 뿐이었어요. 방문을 닫고 침대에 주저앉으니 눈물이 흐르더군요. 진실이 이렇게 아픈 것이었는지, 차라리 거짓이라도 "사랑해"라는 말을 듣고 싶었어요. 성적도 경쟁, 친구도, 음악도, 체육도 모두 경쟁인 내 삶이지만 그래도 가족 안에서 만큼은 그런 것 없이 마냥 행복하고 싶었습니다. 하지만 사랑마저도 내 행복을 저버렸습니다. 자식 사이에 부모님은 다 똑같이 날 사랑할거야라는 깊은 믿음이 있었는데 눈앞에서 깨져버리는 순간, 내가 의지할 곳이 없다고 믿고 마음을 굳게 걸어 잠갔습니다.

하루 하루 영혼 없이 살았습니다. 당연히 부모님을 어떻게 대해야 할지 모르겠고 동생에겐 더 차가워졌습니다. 삶에 의미가 없어져 버렸으니 이제 추억이나 행복 같은 것들을 담을 필요도 없어진 시간은 더 빠르게 하염없이 흘러가 버렸습니다. 그러다 우연히 이 책을 만나고 윤도 만났습니다. 윤은 안쓰러웠지만 동시에 한심해 보였어요. 정작 자신은 다른 사람에게 다가가지도 않으면서 당연히 따라온 마땅한 결과에 상처를 받는 거고 아무 노력도 없이 쉽게 자신을 포기하는지 이해가 되지 않았습니다. 왜 살려고 하지 않는 거야. 뭐라도 해봐. 들리지도 않을 말을 해보다가 윤이 내 모습과 같다는 것을 깨달은 후엔 정말 바보가 된 기분이었습니다. 난 왜 나에게 그런 말들을 하지 않는 거지? 윤을 한심하게 느끼며 나는 똑같은 짓을 하고 있었던 것입니다. 난 정작 가족에게 무뚝뚝하게 대해 놓고 무조건적인 사랑과 내가 벗어나려고 노력하지 않고 그저 다른 이들의 구제만을 바랐습니다. 정작 한심한 건 나였지만, 웃기게도 말이죠. 이런 것을 거울치료라고 하는 것 같아요. 책 속 나와 똑같은 아이를 보고 나는 바뀌어야겠다고 다짐했습니다.

이 책이 우물 속 내 눈물을 천천히 그리고 차근차근 퍼내게 도와주었습니다. 죽은 윤을 위해 끝까지 도와주는 친구와 선생님의 모습은 의지할 곳이 없다고 생각했던 나에게 새로운 세상을 보여주는 것 같았습니다. 그리고 성규에게서 자기 힘으로 벗어난 우진은 아무것도 하지 않았던 나를 움직이게 했습니다. 다음 날, 학교에 온 나에게 안색이 안 좋아 보인다며 괜찮으냐고 물으며 걱정해주는 아이들, 엄마 아빠의 다정한 한 마디가 그제야 보이기 시작했습니다. 엄마 아빠는 나를 사랑하지 않은 것이 아니었습니다. 단지 무뚝뚝했던 나를 대하기 어려웠고 나도 다가가야 한다는 것을 책으로 알게 되었습니다. 그렇게 용기를 내서 내가 먼저 다가가 겉으론 괜찮아 보이지만 속으론 내상을 입어 쓰라렸던 마음을 털어놓으니 친구는 이렇게 말했습니다. "나도 처음엔 말하긴 힘들었는데 말하고 나니까 속이 다 풀리더라고, 너도 혼자서 아파하지 말고 나한테 털어놔." 윤은 많이 아팠지만 아무것도 하지 않고 혼자 끙끙 앓다가 죽었죠. 너만 모르는 진실은 말 그대로 저만 모르고 있었습니다. 진실으로부터 온 슬픔을 이겨낼 방법은 진심이라는 것을요.

그렇다면 진실은 나쁜 것일까요. 책에선 동호가 윤에게 진실을 알려 윤이 자살하는데 직접적인 영향을 주었습니다. '모르는 것이 약', '알면 다친다.' 진실에 관한 관용어구들을 어렵지 않게 찾을 수 있었습니다. 물론 동호가 윤에게 그 진실들을 알리지만 않았으면 윤은 죽지 않았을 겁니다. 한 아이의 목숨을 살릴 수 있었습니다. 그리고 나 역시 부모님의 그 말을 듣지 않았더라면 거짓 속에서 행복하게 살았을 겁니다. 하지만 진실을 숨기고 은폐하여 나도 윤도 아무것도 모른 채로 살아가는 것은 아닙니다. 거짓이 언제까지고 영원하지 않으니까요. 진실을 밝히는 것은 나쁘다고 할 수 없습니다. 진실을 마주하는 것이 나쁘다는 것이 아닌 진실을 마음속에 숨기고 속을 썩여가는 것이 무모하고 자신을 죽이는 행동이라는 것입니다.

진실을 견디기 위해서 필요한 것은 앞에서 말했듯 서로 주고받을 수 있는 사랑과 친절함이 담긴 진심입니다. 어릴 때면 밤에 주택의 골목에서 다

같이 별을 보려 돗자리를 깔아놓고 모여 앉아 있곤 했습니다. 반짝거리는 별들을 보며 있었던 일들을 이야기하고 웃고, 나누다 보면 시간 가는 줄 몰랐던 기억이 납니다. 하지만 사람들은 요즘 밤하늘을 같이 올려다보지 않습니다. 그저 스마트폰이라는 별을 하나씩 지니고 있을 뿐입니다. 더 자세히 말하자면 인스타그램이라는 별에 개개인의 진심과 시간을 쏟아붓고 있습니다. 시간이 지날수록 누리는 것들은 많아지고 생활은 편해지지만 그만큼 사람과 사람 간의 거리는 멀어지고 있습니다. 우린 옛날과 지금의 행복한 기억들을 통해 살아가고 있습니다, 마음속에 가지고 있는 별 하나, 둘로 버티며 우린 험난한 세상에서 살아갈 힘을 얻습니다. 하지만 책에서 나온 교장이나 다른 등장인물 또는 현실에서도 보면 모두가 무관심 속 세상에서 살아갑니다. 자신의 이익을 위해 살기 급급합니다. 조금 귀찮더라도 평소에 지나쳤던 순간, 순간에서 진심을 전해보는 것은 어떨까요. 사랑을 나눠보는 것은 어떨까요. 차곡차곡 쌓아두는 사랑과 친절은 우리 모두가 힘든 순간이나 진실을 견딜 때 반창고처럼 쓰일 것입니다.

내 검고 텅 빈 눈동자엔 무슨 감정이 담긴 걸까요. 진실만을 담던 그릇에 진심을 담게 되었습니다. 남에게 사랑만 바라던 내 눈을 좀 더 나에게 집중시키고 내 스스로 사랑하게 만들었습니다. 가족에게 무뚝뚝한 딸이 아닌 잘 웃는 딸로서 다가갔습니다. 이렇게 내 삶을 변화시켰듯 너만 모르는 진실을 나 말고 훨씬 더 많은 청소년이 읽었으면 합니다. 요즘 성적 등 갖가지 이유로 마음에 병을 가지고 있는 청소년들이 많습니다. 저는 진실을 진심으로, 병을 별로 바꾸었습니다. 내가 이 책으로 모두를 사랑하는 법을 알게 되었듯 진심으로 모두가 자신을 사랑하길 바라는 마음입니다.

희망 빠진 튜브에 바람 불어 넣기 | 홍석주

－손원평 『튜브』를 읽고

　7살 때 아빠와 바닷가에 놀러 갔었다. 동네 어린이 수영장에서 수영을 하다 난생처음 예측할 수 없는 물살이 들이치는 파도를 보며 잔뜩 겁을 먹었었다. 그때 아빠가 튜브의 바람 넣는 곳에 입을 갖다 대고 푸우 힘껏 공기를 내뿜으셨다. 점차 부풀어 오르는 튜브를 보며 무서운 마음도 사라졌다. 그리고 이상하게도 더이상 파도가 무섭지 않았다. 아빠가 있고 또 아빠가 불어주신 튜브가 있어서였을까. 그러다 이 책의 표지를 보고 그때 생각이 났다. 튜브는 물속에 깊이 있어도 저절로 떠오른다. 아빠가 내게 불어줬던 작지만 통통한 튜브처럼 말이다. 하지만 튜브에 바람이 빠지면 수면 위로 올라오지 못한다. 계속 추락하는 것이다. 이 『튜브』라는 책에 나오는 주인공 김성곤 안드레아는 마치 바람 빠진 튜브 같다. 이것은 김성곤 안드레아의 바람 빠진 튜브 같은 인생의 이야기이다.

　김성곤 안드레아는 자살 시도를 2번이나 하였다. 2년 전에 한 번, 지금 현재에 한 번. 김성곤은 남들과 비슷한 유년기를 보냈다. 하지만 중년에 섭어

들고 김성곤은 사업을 여러 번 실패하면서 아내와 따로 살며 오피스텔에 산다. 그는 몇 번의 실패를 맛봤지만. 사업 아이템만 바뀌고 왜 망했는지 생각하지 않았다. 그렇게 쓰디쓴 실패를 여러 번 하고 김성곤은 첫 번째 자살 시도를 한다. 하지만 실패. 그럼에도 다시 살아보려고 배달 알바를 시작하게 되고, 우연히 같은 배달원 신세의 진석을 오랜만에 만난다. 진석은 김성곤이 피자집을 운영할 때 제일 오래 일해준 직원이었다. 그렇게 서먹서먹한 둘이지만 가끔 만나면서 서로의 변화를 응원한다. 김성곤의 바른 자세 만들기, 진석의 유튜브 10만 구독자 만들기. 그렇게 작은 변화부터 도전하게 된다. 그러던 중 성곤은 자신의 유튜브를 통해 지푸라기 프로젝트라는 사업 아이템을 떠올렸고 뜻밖에 성곤이 시민의 영웅이 되면서 글로벌기업 노넷과 손잡게 된다. 김성곤은 드디어 바람 빠진 튜브에 바람이 들어오는 시기가 왔다고 생각했지만 잠깐이었다. 노넷은 그의 아이템만 빼앗아갔고, 다시 실패의 길로 접어든 것이다. 그렇게 두 번째 자살 시도를 하게 된다.

아직 인생에 대해 잘 모르는 중학생이지만, 김성곤 아저씨의 패배감 비슷한 걸 느껴본 적이 있다. 나는 어릴 때부터 운동 신경이 좋다는 말을 많이 들었다. 그래서 초등학교 2학년 때부터 야구를 했다. 2학년 때부터 4학년 때까지는 취미로 야구를 하다가 4학년 때 초등학교 야구부에 들어가서 본격적으로 야구를 했다. 처음엔 무조건 재미있었다. 내가 좋아하는 야구를 종일 마음껏 할 수 있다는 것이 좋았다. 하지만 문제는 겨울이었는데, 동계 훈련에서는 다른 훈련도 하지만 정말 계속 뛴다. 피칭 연습을 하고 달리고, 배팅 연습을 하고 달리고 또 달리고 정말 계속 뛴다. 별말 없이 따르긴 했지만 발목이 어쩐지 계속 당기는 느낌이 들었다. 어김없이 5학년 겨울이 왔다. 그날도 어김없이 달리고 있었다. 그때 '빡!' 하고 소리가 들리고(물론 나의 마음의 소리였을 것이다) 발목이 분리되는 듯한 느낌이 들었다. 아팠지만 계속 뛰었다. 그렇게 단련되는 것이라 생각했기 때문이다. 결국 나는 발목 부상으로 좋아하던 야구를 그만두게 되었다. 4년간 열심히 해왔던 내 모습이 초라하고 쓸모없이 느껴지기 시작했다. 더 할 수 있는데, 더 잘할 수 있는데. 하지만 초등학교 졸업이 얼마 남지 않았고 나는 선택을 해야 했다. 그리고 얼마 동안은 엄청 속상했었다. 하지만 그때의 경험이 나를 단련시키고 지금의 내 모습을 만들어준 계기라고 생각한다. 나는 빨리 실패를 해봤으니 다행이라는 생각이 들기도 하고 말이다.

김성곤 안드레아도 인생에서 홈런을 쳤다. 9회 말 2아웃 만루에서의 끝내기 홈런 같은 그의 성공에 나는 참 다행이라는 생각이 들었다. 하지만 끝에서 다시 그는 제자리로 돌아왔다. 여전히 그를 찾는 사람은 없었고, 사람에게 배신을 당했고 돌아갈 곳도 딱히 없다. 하지만 김성곤이 다시 자살하지 않을 것 같다. 왜냐면 좌절을 극복하고 홈런을 친 그 힘으로 다시 타석에 설 수 있지 않을까?

나도 다시 인생이라는 타석에 서 있다. 지금 나는 4번 타자도 아니고 발목도 여전히 좋지 않다. 해야 할 공부는 너무 많고 숙제라는 달리기는 하루하루 나를 미치게 한다. 외워야 할 건 왜 그렇게 많은지. 망양지탄 맥수지탄 나라가 망하지도 않았는데 고국이 보리밭으로 변해 한탄하는 고사성어를 외우고 있다. 평생 어디서 써보기나 할까. 게다가 숙제를 이걸 외운다고 해서 내가 전교 1등을 할 수 있을지, 이 모든 것이 내 인생을 보장해 주는 것도 아니다. 하지만 그래도 나는 또 달리고 있다. 그냥 달린다. 인생이 끝날 때까지 달려야 하겠지. 김성곤도 역전 홈런을 치고도 다시 제자리에 돌아왔으니 말이다. 그러다 보면 아직은 잘 모르는 어떤 것을 찾을 수 있지 않을까? 어떤 의미 같은 것 말이다. 그래서 나도 다시 홈에 서 있다. 짜릿한 홈런을 기대하며 두둥실 튜브가 파도에 휩쓸려 떠내려가지 않기를 기도하며 김성곤 그리고 내 인생도 모두 파이팅!

소설을 깨달은 이과가
사실을 추구하는 이과에게 | 이윤성

- 이희영 『테스터』를 읽고

혜성에게

안녕, 혜성아. 나 윤성이야. 갑자기 편지 보내서 놀랐지? 책을 추천하려고 편지 쓴 게 반년이 넘었는데 다시 보내. 오늘은 질문이 하나 생겨서 쓰고 있어. 너한테만 보내는 이유는 네가 내가 아는 가장 똑똑하고 나와 비슷한 친구여서야. 너랑 나는 소설을 별로 좋아하지 않잖아. 우리는 진리를 추구하지만 소설은 허구로 지어낸 내용이고 그 진리에서 어긋나니까. 도서관에 가서도 과학책을 빌리잖아. 너도 알 듯이 과학이 진리기 때문이지. 그런데 어쩌다 내가 '테스터'라는 책을 추천받았거든. 다른 사람에게 추천받은 건데 안 읽기는 그래서 한 번 체험해 봤어. 별 기대하지 않고 읽었는데 괜찮더라고. SF적 요소가 들어 있어서 미래 과학에 대한 흥미를 일깨웠다고 해야 할까? 질문도 떠오르게 하고 말이야. 내가 생각했던 소설과는 달랐어. 그래서 이 책에 대한 질문을 너에게 보내. 이 책은 두 개의 이야기가 같이 진행돼 처음과 다른 마지막의 내용이 흥미진진했어. 사람들 리뷰들을 찾아보니까 거의 이 반전 스토리에 치중되어 있더라고. 그런데 나는 인간과 자연스럽게 대화하는 로봇, 인공지능이 먼저 눈에 들어왔어. 나는 어쩔 수 없는 이과인가 봐. 인공지능계에서 인간과의 대화가 가장 어려운 단계에 있거든. 만약 책에서처럼 인간과 99% 비슷한 인공지능이 있다면 우리 인간은 점점 필요 없어지지 않을까? 내 질문은 이거야.

무턱대고 나만 아는 내용으로 떠들면 안 되잖아. 내가 간략하게 줄거리를 설명해 줄게. 먼저, 이 책의 주인공인 마오가 있어. 마오는 매우 휘귀한 질환을 앓고 있어. 바로 RB바이러스야. 이건 오방새에게 직접적인 피해를 입으면 생겨. 몸은 매우 허약해지고 털의 색이 빠져서 흰색이 돼. 또 다른 증상으로 햇빛을 마주하면 피부가 괴사하고 싶하면 죽음까지 갈 수 있어. 너라면 어떨 것 같아? 휘귀한 질병을 동시에 가지고 있다면 말이야. 나라면 의기소침해서 집에만 있을 것 같아. 마오도 마찬가지였어. 자의 반 타의 반으로 마오도 집에서 남았어. 집에만 있다면 외로움은 점점 쌓여갈 수밖에 없어. 그렇다면 누가 그것을 풀어줬을까?

바로 보보라는 로봇이야. 보보는 사람이라고 해도 믿을 만한 인공지능을 탑재하고 있어. 그래서 답답한 상황에서 대화로 주인공을 풀어줄 수 있는 거지. 심지어 보보는 마오가 하라는 것도 다 해줘. 이건 인간 상위호환 아닐까? 인간처럼 대화를 들어주는데 시키는 건 다 해주고, 이게 사람들이 원하는 친구의 모습이지. 회장은 반대의 모습을 보여줘. 보보가 인간을 목적으로 바라보았다면 회장은 수단으로 보지. 본인의 성공을 위해서 타자의 인생을 구속시켜. 손자의 바이러스를 치료하기 위해서 마오를 집에 넣어두고 테스터로 써. 철저한 수단 중심이지. 이 말을 다르게 생각하면, 로봇이 사람보다 사람에 가깝다는 뜻이야. 로봇이 발전하면서 사람이 퇴보되는 현상. 이런 것을 발전이라고 부를 수 있을까? 세대교체라고 불러야 하지 않을까?

갑자기 답을 떠올리면 생각 안 날 수도 있으니까 내가 생각한 것을 적어

볼게. 내가 생각한 걸 쓰면서 더 생각날 수도 있고 말이야. 너는 인간이 왜 필요해? 나한테 그 질문을 한다면 내 대답은 서로 모르는 것을 묻고 다 같이 성장할 수 있기 때문이라고 답할 거야. 왜냐하면 그게 인간이 진화한 방식이고 지금 너와 내가 하고 있는 것이니까. 옛날부터 학자들은 대화하면서 문제에 대한 답을 얻었다고 해. 나는 역시도 인간의 고유의 영역에 인공지능이 발을 들이는 것은 어렵다고 생각했어. 그래서 인공지능과의 대화는 불가능하다는 생각이 자연스럽게 녹아들었지. 대화의 폭은 넓은데 인공지능에 주입 시킬 수 있는 정보는 한정될 수밖에 없으니까. 그런데 그건 나와 다른 모두의 착오였어.

딥러닝이라는 기술이 등장했거든. 딥러닝은 너도 한번쯤은 들어봤을 거야. 딥러닝은 정확히 말해서 본인 스스로가 공부해서 발전하는 거야. 정말 대단하지? 그래, 정말 대화의 영역에 발을 들여보낼 필요 없었네. 이미 그 단계를 뛰어넘었으니까. 딥러닝을 인공지능에 도입하면 어떤 일이 일어나는지 알아? 인공지능에게 기본 지식만 넣어주면 하루만에 인간이 수 만 년 동안 고뇌해왔던 것이 머릿속에 저장돼. 그러니까, 엄청난 효율성으로 우리를 뛰어 넘는 건 시간 문제라는 거지.

요즘 대화가 가능한 인공지능으로는 챗GPT가 가장 유명해. 엄청나게 매끄러운 대화로 튜링 테스트를 통과했거든. 나도 궁금해서 실행해 봤어. 그런데 내가 느낀 감정이 뭔 줄 알아? 바로 두려움이야. 너도 몇 가지 질문과 대답을 이어가다 보면 알게 될 거야. 그냥 스토리텔링 잘하는 사람이랑 채팅하는 것 같다니까. 심지어 나한테는 사람과의 대화보다 편했어. 왜냐고? 그 이유는 간단해. 내 이야기를 중점으로 대답해 주거든. 만약 사람과 대화한다면 서로의 생각이 개입되어서 각자의 이야기를 하는 경로 흘러가. 중구난방 되지. 근데 챗GPT는 내가 대화의 중심에 서있는 것 같아.

나는 그래서 우리가 테스터인 것 같아. 마치 로봇이 사회로 나가기 전에 본인의 단점을 찾기 위해 사용되는. 우리는 점점 진실을 깨달아 가는 거지. 사실 로봇이 주인인 형태의 사회에서 우리는 감금되는 형태였다는 걸 말이야. 내 예상으로는, 로봇이 인간 사회에 적응해서 인간과의 구분이 안 되는 시대는 매우 빠르게 올 것 같아. 이게 맞는지는 모르겠어. 로봇이 인간 대체하는 사회. 나만큼이나 다른 사람들도 헷갈리나봐. 다른 지식인들도 의견이 갈려.

아니지, 방금 내가 말한 건 일반적인 공상과학 영화의 스토리인 것 같아. 로봇이 그저 세상을 지배하려고 인간과 전쟁하는, 조금은 유치한 이야기지. 사실은 인간이 스스로 로봇에게 다가가고 있는 거 아닐까? 내가 말했던 것처럼 인공지능이 사실 인간에게는 더 편하게 느껴져. 나도 그걸 경험해봤고. 그래서 미래가 오면 인간이 스스로 인공지능에게 다가가는 거지. 더 편하니까. 내 생각에 이 현상은 외로움이 극대화되면서 더 활발해질 거야. 사회 전체가 발전하면서 개인행동은 증가하고 단체활동은 감소해. 왜냐하면 옛날에 단체로만 할 수 있었던 일들이 개인의 힘으로도 가능하게 됐거든. 예를 들어서, 상공업이 있어. 상공업은 만들고 유통하는 건데 만드는 사람 따로, 유통하는 사람 따로였지. 하지만 지금은 어떨까? 그냥 한 사람이 어플리케이션에 들어가서 클릭만 하면 사고 팔 수 있어. 어때, 매우 간단하지? 우리는 이렇게 점진적으로 발전해 왔어. 근데 인공지능이 나타나면서 이 점진적인 것을 시간 낭비로 만들어 버렸지.

만약 다수의 중요성이 사라진다면 사람들은 나갈 필요가 없을 거야. 집에서 모든 것이 해결되니까. 그럼 자연스럽게 누구의 수요가 올라갈까? 바로 고도의 인공지능이 탑재된 로봇일거야. 왜냐고? 그건 아까 말했듯이 외적인 공감 능력이 매우 뛰어나서야. 주인공은 햇빛 바이러스 때문에 집에서 못 나가. 그래서 보보에게만 의지하지. 보보는 인간 같이 주인공과 대화하면서 안정을 찾아줘. 앞으로 미래 사회도 그렇게 될 거야. 개인 생활을 하는 사람은 많아지겠지.

이렇게 글을 쓰다보니까 친구를 잃어버리는 것이 무섭네. 네가 알고 있는 것처럼 나는 사교성이 별로 안 좋아. 그래서 친구가 별로 없거든. 지금 연락을 하는 친구는 너하고 몇몇이야. 만약 인공지능이 인간을 대체하면서, 아니 인간이 로봇이 되기를 자처하면서 혼자 남겨졌을 때를 상상해봐. 아마 나는 테스터의 정체가 밝혀졌을 때보다 더 심한 상실감을 느낄 거야. 아무리 내가 사교성이 부족해도 인간인데 대화하면서 살아야 하지 않겠어? 아무튼, 나는 미래에도 친구가 남아 있도록 노력할거야. 너무 갑작스러울 수도 있지만, 대화를 많이 하려고 하고 있지. 내 생각엔 대화라는 우리의 고유의 영역을 점점 확장 시켜 나가는 것이 인공지능을 효율적으로 사육하는 것 같아. 내 말 이해하지?.

혜성아, 로봇이 인간을 대체하는 사회가 두려울 수도 있어. 내가 그 두려움을 극복하기 위해서 생각한 건 우리가 테스트 받을 입장이 될 수 있다는 것까지야. 편지를 쓰면서 안 것이 있다면 그건 인공지능을 어떻게 지혜롭게 사용하는 지가 중요한 것 같아. 만약에 두려움에 굴복한다면 우리는 마오처럼 인생이 끝날지 몰라. 회장처럼 인간을 수단으로만 대한다면, 목적의 가치를 몰라준다면 그건 인간과 인공지능 둘 다 지혜롭게 사용하지 못한거야. 너도 이 말에 공감할 수 있기를 바라. 너는 머리가 좋으니까 내가 한 말을 이해할 거야. 그리고 우리가 얻은 게 인공지능에 관한 것뿐이라면 섭섭하지.

우리가 좋아하지 않은 소설에 관해서 이렇게 이야기한다는 게 신기하지 않아? 나는 이 책을 읽으면서 진리가 진실이 아니라는 것도 알게 되었어. 오히려 소설이 우리를 생각하게 하는 진리로 가는 길일지도 모르지. 나는 앞으로 소설을 빌려볼 생각이야. 내가 안 사실을 바로 접목시키는 게 내 적성이잖아. 너도 소설을 많이 읽어보면 좋을 거야. 진리를 밝히기 위해서는 꼭 사실만이 있어야 하는 것은 아닌 것 같아. 만약 내가 질문한 것에 대한 답이 나오면 학교에서 꼭 알려줘. 우리는 인간답게 대화하며 진리를 발견하고 해결하면 되니까. 우리는 인공지능이 우리의 앞길을 막아도 계속 좋은 친구로 지내자. 그럼, 안녕.

2023년 4월 대화를 기다리는 이윤성 보냄

스스로에게 가장 통쾌한 복수 | 강은서

— 이도해 『우리 반 애들 모두가 망했으면 좋겠어』를 읽고

책 제목을 보자마자 정말로 나한테 딱 필요한 책이라는 것을 느꼈다.

왜냐하면, 나도 중2였던 작년에 우리 반 애들 모두가 다 망해버렸으면 좋겠다고 매일 같이 생각을 했었기 때문이다. 이 책의 주인공도 반 아이들 중 몇 명에게 괴롭힘과 따돌림을 당했듯이 나도 비슷한 일을 겪었다.

나는 따돌림까지는 아니었지만 친했던 친구들이 어느 날 갑자기 없는 말을 지어내고, 만들어 내면서 나를 시기하며 배신을 했고, 한순간에 일어난 일에 대한 충격으로 정신적으로 무척이나 힘들어 학교생활이 지옥 같았다. 매일매일 힘든 학교생활에 반 아이들 모두가 망했으면 좋겠다는 생각을 했고, 중3이 된 현재도 애석하게 내 마음의 상처는 아직 다 아물지 않았다.

이 책을 읽다 보면 한 가지 의문이 들 수도 있다. 주인공을 괴롭힌 사람들은 반 전체가 아니고 단지 그 반에서의 몇 명인데 왜 반 애들 모두를 망하게 하기 위해서 복수 계획을 세웠지?라고 말이다. 하지만, 나는 주인공과 비슷한 일을 겪어 보아서 그런지 주인공의 마음을 정말로 잘 이해할 수 있었다.

내가 주인공의 마음을 정말로 잘 이해할 수 있었던 이유는 내가 진심으로 대했기에 친구들 또한 나를 진심으로 대할 거라는 생각과 다르게 친한 친구들이 나에게 상처를 주고, 같은 반의 다른 친구들 또한 자기들 멋대로 생각하고 나를 멀리했을 때 나는 그 애들과는 반 애들 전부 한통속으로 보고 느꼈기 때문이다. 내가 힘들어하고, 혼자였을 때 아무도 나한테 다가오지 않았고, 진실을 알려고 하지 않았고, 나의 이야기는 듣지도 않고 오히려 없는 말까지 만들고 부풀려 다른 반 아이들에게까지 전달하기에 바빴던 반 아이들을 한통속이라고 생각할 수밖에 없었던 그때만 생각하면 아직도 화가 난다. 어쩌면 나에게 직접적인 상처를 준 친했던 친구들 보다 다른 아이들이 나한테 더 큰 상처를 주는 행동을 하면서 그 누구도 진실에 대해서는 알려고 하지 않고 방관을 하는 모습의 반 친구들에 대해 더 큰 상처를 받았는지도 모르겠다. 아마도 이 책 속 주인공도 나와 같은 마음이었을 거라 책 제목에서처럼 우리 반 애들 모두가 망했으면 좋겠다고 생각을 하고 그 계획을 실천하기 위해서 주홍이(뚜벅이)와 함께 열심히 노력했던 것 같다.

내가 주인공과 비슷한 경험이 있어서였을까?

나쁜 아이들한테 복수하고 싶었지만 마땅한 방법이 없다고 생각했던 나처럼 주인공 또한 마땅한 복수 방법을 찾지 못한 부분을 읽을 때는 나도 안타까웠다. 그리고, 처음부터 주인공은 거창하고 큰 복수를 할 만큼 담대한 마음을 가지 않은 소심한 성격도 나와 비슷하다고 느꼈다. 나도 내가 아무리 그 아이들을 망하게 해버리고 싶고 나보다 더 심한 고통과 상처를 주고 싶다고 생각을 하더라도 정작 현실 속에서의 내가 할 수 있는 것은 없었다. 왜냐면 현실 속에서 살고 있는 내가 그러한 행동을 할 만큼의 큰 용기도 없었고, 또 그러한 행동은 우리가 살고 있는 사회의 '규칙'에서 어긋나는 것들이었기 때문이다. 그래서 그냥 매일 같이 그 순간만 후회하면서 지냈다. '차라리 그때 내가 하고 싶었던 말이라도 더할 걸…'이라는 후회 때문에 정말로 더 화가 많이 나고 답답했다.

사람들은 잊고 사는 것, 혹은 내가 성공을 하는 것이 나를 오래전에 아프게 했던 사람들에게 주는 진정한 복수라고 하는데 나는 이 말에 전혀 동의할 수가 없다. 나를 정말로 너무 아프게 해서 나를 무척이나 힘들게 했던 사람을 어떻게 잊을 수가 있을까? 그리고 내가 성공을 했는데도 그 아이들 때문에 아직도 아플 수 있지 않나? 그 사람들은 내가 살아가는 현재에도 앞으로 살아갈 미래에도 나를 계속해서 아프게 하고 아프게 할 것이다. 그런 사람들을 어떻게 쉽게 잊고 쉽게 복수를 했다고 생각을 할 수 있을까? 그래서 주변에서 나를 위로해주려고 이러한 말을 하는 사람들도 나와 같은 상황을 안 처해봐서 그래서 그런 것이라고 생각을 했다.

나에게 상처를 준 아이들은 진심이 담겨 있지 않은 사과문을 나한테 전달하고, 반 아이들은 진실을 알게 됨으로 자신들의 죄는 용서받았다고 생각을 했을지 모르지만 난 아직까지 상처가 남아 있었고, 마음속에 분노를 계속 담고 있다가 이 책을 발견했기에 더욱 빠져들면 읽을 수 있었다. 책 제목뿐만 아니라 책의 뒤 페이지에도 정말로 나의 마음을 잘 이해해 주는 말이 나와 있었다. 바로 '미움과 괴롭힘이 만연한 사회에서 그들을 버티게 하는 것은 "하찮은 복수"다'라는 말이다. 또 가장 위로를 받았던 말은 작가의 말에 적혀져 있는 '세상에는 함무라비식의 복수 이외에도 여러 종류의 복수가 있다.'라는 것이었다.

"꼭 복수를 하겠다." 혹은 "꼭 복수를 하고 싶다"라고 말하는 사람을 보았을 때 대부분 사람들은 잔인한 사람, 독한 사람이라고 생각을 한다. 물론 나도 그랬다. 그래서 이 책에 나오는 미미의 책방에서 이코, 망치, 쿠키 바우, 킬로, 뚜벅이, 그리고 베어이자 주인공이 복수를 다짐할 때 약간 무서웠다. 아무리 내가 나를 힘들게 하고 슬프게 했던 사람들에게 복수를 하고 싶어 하지만 그래도… 라는 생각이 먼저 들었기 때문이다. 그런데 작가의 말에서 나왔던 것처럼 세상에는 함무라비식의 복수 말고도 여러 종류의 복수들이 있다. 그리고 이렇게 복수를 하면서도 가장 중요한 것은 내가 얼마나 크고 거창하고 멋진 복수를 하였는가? 가 아닌 내가 이 복수로 인해서 조금이라도 편해졌는가? 인 것 같다.

그래서 아무리 하찮은 복수라도 내가 조금이라도 괜찮아졌다면 나는 성공한 것이라고 봐도 될 것 같다고 생각한다. 그리고 모든 사람들이 알았으면 좋겠다. 내가 상처를 줬던 사람들은 내가 쉽게 사과를 하면 바로 용서를 하고 괜찮아질 줄 알지만 전혀 그렇지 않다는 것을 말이다. 사과는 원래 그렇게 쉽게 해서는 안 된다. 그리고 사과는 말로만 하는 것도 아니다. 그렇게 사과를 받아도 이미 마음과 몸에 상처란 상처는 모두 다 받은 사람들은 어쩌면 지금까지도 자신을 아프게 했던 사람들에게 할 복수를 꿈꾸고 있다. 그게 아무리 하찮은 복수 일지라도 그것마저 생각하지 않는다면 정말로 아무것도 하지 못하는 자기 자신의 무력함에 화가 나고 좌절을 하고 혐오하게 되기 때문이다. 그래서 함부로 다른 사람에게 상처를 주지 말았으면 좋겠다. 사과란 상처를 받은 사람의 마음이 모두 아물 때까지 해야만 된다고 생각한다.

그리고, 이 책에서 살짝 아쉬웠던 부분을 말해보자면 나는 주인공이 주홍이랑 함께 만든 복수 프로젝트가 당연히 성공할 줄 알았다. 그런데 안타깝게도 완전한 성공을 하지는 못했다. 바로 주인공의 오빠이자 대스타인 최은성이 자신의 동생 일에 직접 나서 버렸기 때문이다. 그래서 이 점이 많이 안타까웠다. 정말로 주인공의 복수 프로젝트가 성공했었다면 좋았을 텐데… 그래도 주인공이 좋은 친구와 좋은 사람들을 만나고 자신의 아픔에 공감을 해 줄 수 있는 사람들을 만나서 참 다행인 것 같았다.

마지막으로, 이 책을 읽고 나서 미움과 괴롭힘이 만연한 사회에서 나는 다른 사람들에게 적어도 살아가는 동안 계속해서 상처가 될 만한 행동을 절대로 하지 말아야겠다고 느꼈다. 나의 아무렇지 않은 행동과 말이 때로는 누군가에게는 상처가 될 수도 있고, 그 상처로 인하여 그 사람은 힘든 시간을 보낼 수 있으니까 말이다. 누군가가 나로 인하여 힘든 시간을 보내지 않고 모두가 함께할 수 있는 시간을 가지기 위해서는 내가 아닌 상대방의 입장에서 생각하고 이해하며 배려할 수 있어야 한다. 누군가의 아픔을 방관하지 않고 같이 공감하고 감싸줄 수 있는 나로 성장해야겠다. 더불어 살아가는 사회에서 내 자신이 소중한 만큼 다른 누군가도 소중한 존재이니까….

혼란과 성장의 페퍼민트 | 윤혜령

－백온유 『페퍼민트』를 읽고

　나는 이 책을 처음 읽고 당황스러움과 혼란스러움을 겪었다. 주제 자체가 무겁고, 아직 내가 겪어보지 못한 상황을 서술하고 있어, 이 내용은 내가 다가설 수 없다고 생각했기 때문이었다. 하지만 찬찬히 내용을 곱씹으며 다시 그 속을 들여다보니 나는 그 속에서 수천의 빛깔을 보게 되었다. 처음에는 어렵고 무거운 소설이라고만 느껴졌지만, 다시 곱씹을수록 다채로운 맛을 내는 이야기를 품고 있었던 것이다. 나희덕 시인이 자신의 시 '그 복숭아나무 곁으로'에서 흰 꽃과 분홍 꽃 사이에 수천의 빛깔을 발견했듯, 이 책은 한 책장, 책장마다 수천의 빛깔, 수천의 이야기와 수천의 의미를 간직하고 있었다. 이 수천의 의미와 이야기는 내가 더 넓은 세상을 바라보도록, 온몸으로 뜨겁게 느낄 수 있도록 나를 성장시켰다. 나는 나를 성장시키고 위로해준 그 수천의 빛깔 중 몇 가지를 오늘, 소개하려 한다. 그중 가장 먼저 내가 이 책을 읽는 내내 많은 고민을 하게 만들었던 "나와 엄마의 관계"에 대해 첫 번째로 소개하겠다.

　이 책을 읽으며 여러 생각을 했지만 나는 유독 시안과 엄마 사이의 관계와 유대 그리고 둘 사이의 아픔이 가장 기억에 남는다. 내가 이 부분이 가장 기억에 남았던 이유는 나와 엄마의 관계가 자꾸 생각나서였던 것 같다. 나는 외동이다. 게다가 친한 친구들과 떨어지는 전학을 겪으며, 집에 있는 걸 더 좋아하게 되었다. 그 때문에 나는 다른 10대 청소년보다 엄마와 이야기도 많이 하고, 서로에게 친한 친구가, 장난스러운 자매가 되어주며 더 돈독한 사이를 지금까지 유지해왔다. 만약 너무나도 소중하고, 내가 의지하는 나의 버팀목, 엄마가 식물인간의 모습으로 15살인 나의 곁에 나타난다면 얼마나 무섭고 두려울까. 한데, 시안이는 현재 19살, 6년 전부터 간병을 시작했으니, 13살 때 엄마의 아픔을 마주했을 텐데 아직 초등학생인 아이가 감당하기에는 너무 무겁고 쓸쓸한 일이었을 것이란 생각이 들었다. 나처럼 엄마와 많은 시간을 보내고 엄마와 잘 지냈던 시안이 13살 때부터 '간병'을 계속 해왔을 생각을 하니 시안이가 외롭고 얼마나 큰 고통을 받았을지 이해할 수 있었다. 엄마를 간병하여 자신의 삶보다 엄마의 간병이 1순위가 된 시안이의 모습, 엄마를 돌보느라 자신을 돌볼 시간조차 없어 나를 잃어가는 것. 나를 잃지만 나를 다시 잡기조차 힘든 것. 왜냐하면, 나를 잡는 순간 엄마를 잃을지도 모르니까. 나를 잃거나 엄마를 잃어야 하는 이 역설적이고 답답하기만 삶. 심지어 나를 잃으면서 엄마를 간병해도 엄마가 나아진다는 것조차 불투명한 삶을 살아온 시안의 감정을 내가 너무 가볍게 이해하려 하고, 짐작하려 한 것 같아 시안에게 너무나 미안했다. 처음에 나는 시안이가 '해원이도 자신만의 상처가 있는데 너무 자신만 피해자라고 생각하는 거 아니야?' 하는 생각을 가지고 있었다. 하지만 이제는 조금 알 것 같다. 해원이는 그래도 자신의 삶을 발전시키기 위한 입시나, 학교생활, 남자친구 같은 고민을 가지고 상처를 치료하며 살아갔다면 시안이는 상처를 치료하지 못한 채 나를 잃고 나에 대한 고민이 사치인 삶을 살고 있었던 것이란 것을. 점점 시안의 마음을 알게 될수록 내가 너무 편협한 시선으로 시안을 바라봤던 것이 부끄럽고, 시안이의 상처를 내가 헤아릴 수조차 없게 느껴졌다. 나는 이렇게 시안을 점차 이해하게 되었고 시안을 이해하자 시안과 해원의 관계, 둘의 우정도, 성장도 다르게 보였다.

사실 나에게 굉장히 신선한 충격을 가져다주었던 장면이 있다. 바로 시안이 "해원의 예쁜 마음을 지키기 위해서는 내가 없어야 했다. 그래서 나는 해원의 옆에서 없어지기로 했다"라는 부분이었다. 시안이 만약 해원에게 악감정을 가지고 있었다면 끝까지 옆에서 괴롭혀 주거나 해원을 보고 싶지 않아 떠났을 텐데 해원을 위해서 떠나는 시안의 모습이 내게는 신선한 충격이었다. 시안이 해원의 관계는 그럼 어떻게 정의해야 할까. 나는 이 관계를 다양한 우정의 종류 중 하나라고 정의하고 싶다. 서로가 좋아서 함께하는 우정도 있지만, 서로를 좋아하기 때문에 서로의 더 나은 날들을 위해 멀어지는 것도 "정情"이라고 생각했기 때문이다. 서로를 위해 서로를 좋아하지만 멀어진다는 것이 이질적이지만 따뜻하게 느껴졌다. 해원이 자신도 힘들었다며 자신을 변호하기만 하다가 시안을 진심으로 이해하게 되는 성장. 시안이 해원의 그 따뜻한 마음을 보고 더 이상의 무리한 요구 대신 자신이 멀어지겠다는 다짐을 하는 성장. 둘의 우정이 성장하며 보여준 따뜻하면서도 새로운 우정의 면모가 보여지는 순간이었다. 어쩌면 우정과도 같은 감정의 새로운 모습을 알아가고 배우는 것이, 진짜 어른으로 성장해나가는 것 아닐까? '나'를 생각하는 감정에서 '너'를 생각하는 감정으로 점차 변화하는 둘의 우정이 진심으로 부럽고 아름다워 보였다. 무너졌던 해원이 시안을 만나며 좀 더 단단해지는 모습. 너무 일찍 철이 들어버린 시안이 해원의 앞에서 무너지며 힘듦과 고통을 털어내는 모습. 아이처럼 순수했던 해원이 시안을 만나고 세상의 어두운 면까지 볼 수 있는 눈을 가지게 되는 모습. 아픔을 딛고 성장하는 해원과 시안이 찬란하게 빛나는 것만 같았다. 내가 이 소설을 읽고 다른 소설보다 더 감명을 받고 더 공감했던 이유 중 하나는 이 책과 우리의 사회가 너무나 닮아 있었기 때문이었다. 그중 우리가 고통받는 펜데믹 상황은 꼭 소름 돋을 정도로 묘사가 닮아 있었다. 프록시모 바이러스와 같은 코로나를 경험한 우리에게 이 책은 깨달음을 주기도 했다. 코로나가 우리에게 미친 영향을 가만히 생각하다 보면 이런 생각이 든다. 코로나가 처음 발생 했을 때는 매일 매일 확진자 수를 확인하고, 동선을 보며 집에 가만히 앉아 "오늘은 100명이나 나왔어"라고 이야기했었는데 이제는 몇만 명이 되어도 신경 쓰지 않는 하루하루가 되었다는 생각 말이다. 나는 겉으로는 완벽한 일상회복을 한 것 같지만 가끔은 내가 가장 좋아하는 걸 해도, 여행을 가도 마음 한구석이 텅 빈 것 같고, 아무 감정이 느껴지지 않는 것 같을 때가 있다. 이게 진짜 나의 일상이었던가 하는 생각과 함께 만약 이대로 여유롭고 편안했던 나의 일상으로 다시 돌아가지 못할까 봐 두렵기도 했다. 코로나는 우리에게 코로나블루라는 흉터를 남겨 주었고, 일상을 망쳐버렸다. 우리에겐 코로나보다 치사율이 더 높은 전염병도 있었다. 하지만 우리에게 코로나는 왜 그렇게 큰 고통이었던 걸까? 나는 이 답을 김영하 작가님의 이야기에서 찾았다. 작가님께서는 사람들과 만나고 관계함에 있어 행복을 느끼는 우리 인간의 인간성을 건드린 질병이기에 우리에게 더 큰 고통을 안겨준 것이라고 하셨다. 내가 사랑하는 이에게 혹시 바이러스를 옮길까 사람들이 '물리적' 거리를 두며, 서로의 '사회적' 거리마저 멀어져 버린 것이 우리에게 큰 고통을 느끼게 한 것이다. 우리에게 이 '거리두기' 가 준 영향처럼 어쩌면 시안과 해원의 사이가 멀어진 것도 이와 같은 영향이 있지 않을까 싶었다. 그래도 코로나라는 사회적 혼란, 프록시모라는 큰 혼란 속에서 우리 사회의 어두운 면과 발전해야 할 면모를 발견해 시안과 해원이 더욱 성장하지 않았나 싶다.

　만약 성장의 뜻이 혼란이라면 나는 충분히 혼란스러웠고, 성장했다. 우정의 다양성에 대해 고민하며 혼란스러워했고, '나'라는 존재와 '불확실성이 주는 두려움' 바이러스라는 인구 공통의 적이 만든 사회에 대한 혼란까지. 이 책은 나에게 혼란이었지만 이 혼란 속에서 고민하며 나는 성장했다. 이 책 속 시안과 해원처럼. 사실 이 책을 보고 페퍼민트에 대해 찾아보다 페퍼민트의 꽃말에 대해 들은 적이 있다. 페퍼민트의 꽃말은 따뜻함, 진심이었는데 페퍼민트의 시원하고 상쾌한 맛과는 다른 이 꽃말이 이 책 속 역설적인 부분과도 잘 맞고, 마지막 카페에서 해원과의 갈등을 풀 때, 주문한 페퍼민트 차에 시안의 진심이 담겨있는 것 같아 시안과 페퍼민트는 다른 듯 참 닮은 것처럼 느껴졌다. 앞으로 시안과 해원의 삶이 이때 주문한 페퍼민트 차의 향처럼 향기롭고 따뜻하고 상쾌했으면 좋겠다. 그들의 앞길이 페퍼민트 향으로 가득 찬다면 우리들의 마음속 시안과 해원도 또는 제2의 시안과 해원이 더욱 성장하고 더 나은 더 따뜻한 더 상쾌한 앞날을 맞이할 수 있을 거란 믿음이 생기기 때문이다. 나는 이 책을 통해 여러 가지 상황을 더 넓고 깊게 이해해볼 수 있는 경험을 할 수 있었고, 내가 더 나은 내가 되었다고 느꼈다. 앞으로도 우리 모두의 인생에 페퍼민트 향이 가득하길 바라며 감상문을 마친다.

잠시 기다려주세요, 구워지는 중입니다 | 허채은

－구병모 『위저드 베이커리』를 읽고

빵은 만들기 어렵다. 뜬금없는 얘기지만 그렇다. 빵은 만들기 어렵다. 이 어려움은 빵을 만드는 과정에서 발생하는데, 과정 하나하나에 섬세함이 요구되기 때문이다. 반죽, 발효, 굽기에 이르는 과정은 간단하지만, 따지고 보면 그리 쉽지 않다. 무슨 재료를 넣을지, 계란을 얼마나 저을지, 재료의 양을 어떻게 배분할지, 어디서 얼마나 발효시킬지, 어디서 어떤 온도로 얼마나 구울지. 이 모든 것들을 고려하지 않으면 분명 어디선가 레시피와 달라지는 부분이 생긴다. 의도하지 않은 부분, 불필요한 부분이 생긴다. 빵이란 신기하게도 나비효과와 연쇄작용을 잘 일으키는 존재라, 내가 생크림을 10분 더 저으면 완전히 다른 결과물이 나와버린다. 게다가 성공 여부는 마지막 단계인 굽기에서 확인할 수 있어서 중간에 바꾸는 것도 불가능하다. 그렇다면, 이 모든 까다로움과 번거로움의 이유는 무엇일까. 그건 빵이 어떻게 만들어지는가와 관련이 있다. 빵은 유약을 발라 굽는 도자기처럼, 오븐－또는 화덕－에서 구워지며 완성되어간다. 심혈을 기울인 것에 비해 반죽은 재료가 모여있는 덩어리 같은 것이다. 물론 발효과정에서 1차로 반응이 일어났을 수는 있겠으나, 메인은 마지막이다. 빵을 굽는 과정에서는 모든 재료들이 한꺼번에 반응한다. 쉽게 말해서, 하나의 전혀 다른 무언가로 변해간다는 말이다. 이전의 귀찮은 과정들은 모두 이 과정을 정확히 일어나게 하기 위해서라고 볼 수 있다.

나는 이 과정이 인간의 생장과 꽤 비슷하다고 생각한다. 한 사람의 기억과 감정과 가치관과 여러 개의 자아가 서로 융합되고 하나의 '나'를 확립해가는 과정. 인생의 여러 조각들이 하나로 모아진다는 점에서 비슷하다고 할 수 있지 않을까. 같은 이유로 『위저드 베이커리』의 주인공인 통칭 '그 애'도 꽤나 '빵' 같은 삶을 살았다.

그 애는 스파이스라고 하기엔 매콤한, 다소 애매하게 불운한 유년 시절을 보냈다. 우선 여기서 '애매하게-'라는 건, 그 애가 당한 폭력의 형태를 명확하게 규정하기 어렵다는 말이다. 폭력을 당하긴 했으나 경찰서에 쪼르르 달려가 신고할 순 없는 그런 애매한, 미세먼지 같은 폭력. 그런 폭력을 휘두른 사람은 배 선생으로, 호칭에서 알 수 있다시피 초등학교 교사이며, 어린 딸인 무희를 데리고 그 애의 아버지와 재혼한 새어머니이다. 배 선생은 그 애매한 미세먼지 같은 폭력의 일환으로 꽤 여러 가지 일들을 했다. 거실 오디오 꺼버리기, 내 집이 더러운 걸 보지 못하겠다며 이런저런 자재들을 그 애의 방에 치워버리기, 옛날 앨범이 거실에 놓여있는 걸 그 애에게 따지기… 대체로 이런 식으로, 여긴 내 영역이고, 넌 이방인이야, 라고 주장하듯이, 건조하고, 또 신경질적이게. 이런 배 선생의 행동은 아버지의 무심함과 만나 시너지를 발했고, 집안 분위기는 흡사 살얼음판이나 사막처럼 변했다. 움직이면 큰일이라도 난다는 듯이, 살아있는 건 아무것도 없다는 듯이. 그 탓에 집안 공기는 점차 정체되어만 갔다. 고이고, 고이고, 또 고이고, 침체되었다. 그렇게 썩은 공기엔 결국 곰팡이가 폈다. 그 곰팡이가 내놓은 포자는 떠돌다가 그 애의 머리 위에 안착했고, 꽃을 피웠다.

그렇게 집이 사막 같아진 후에, 이번에는 무희에게 일이 터졌다. 아버지에게 성추행을 당한 것이다. 당연하게도 무희는 진범을 말하지 못했고, 그 탓에 그 애가 범인으로 몰리고 말았다. 아무리 그래도 자식이 큰일을 당한 어머니의 심정이야 같으니, 배 선생은 그 애를 잡아먹으려 들었다. 그래서 그 애는 집에서 도망쳐 나와 무작정 뛰다가(그 와중에 배 선생이 야무지게 신고까지 넣었으니 안 뛰면 잡혀갈 판이긴 했다) 마침 불이 켜진 '위저드 베이커리'라는 빵집 속으로, 그 안에 있는 마법사의 오븐 속에 들어갔다.

집은 삶의 전제조건이다. 인간으로 태어난 이상 필연적으로 머물 곳이 필요한데, 사람들은 주로 머무는 곳을 '집'이라고 한다. 우리는 집에 가고 싶다, 라는 말을 입에 달고 사는데, 왜 이렇게 집에 애착을 가지는 것일까? 나는 이 현상의 원인이 우리의 동물적 본능에 있다고 생각한다. 동물들이 귀소본능을 가지고 있듯이 엇비슷한 것이 우리의 DNA에 새겨져 있는 것이다. 우리의 뇌는 아직도 일부 옛날에 머물러 있는데, 그 탓에 집을 가장 안전한 장소로 생각한다는 것이다. '바깥세상'에서는 언제 들이닥칠지 모를 천적의 위협에 늘 경계하다, 안전한 장소에 오면 그럴 필요가 없으니 자연히 안도와 편안함을 느끼게 된다. 그래서 우리는 집에서 '외출'하고 다시 집으로 '복귀'한다. 최종 종착지 언제나 집이다.

사람들은 집 외에 다른 수많은 장소들에 머문다. 그러나 그곳들은 집이 되지 못한다. 왜까? 쉽게 비유하자면 이렇다. 집은 컴퍼스의 중심점이고 나머지 공간들은 연필 부분이 지나가는 무수한 점들이다. 하나의 점은 연필이 그저 스쳐 지나가는 곳이고, 내 것이 되지 못한 빌린 공간은 집이 될 수 없다.

그래서 집은 자궁에 비견되곤 한다. 그곳에서 태어나고, 자라고, 형성되니까. 그 애에겐 안타깝게도 그 애가 자랄 곳은 그렇지 못했다. 그 집은 이미 유폐되었고, 이미 폐사했다. 그 애는 새로운 집을 찾아 낙사했고, 마법사의 오븐을 새로운 요람으로 낙점했다.

마법사는 왜 그 애를 오븐 속에 들여보냈을까? 왜 하필 오븐이어야 했을까, 그 애가 자라야 하는 곳이. 오븐은 불을 담고 있다. 수많은 신화 속에서 불은 신들의 상징이었고, 신만이 가져야 했다. 프로메테우스는 인간에게 불을 가져다 준 죄로 독수리에게 심장을 쪼아 먹혔다. 왜냐하면 불은 좋든 나쁘든 변화를 초래하기 때문이다. 불은 넘치는 그 에너지로 다른 것들까지 한꺼번에 변화시켜 버리고 만다. 그리고 그 변화는 대부분 성장으로 이어진다.

그 애는 운 좋게도 요람을 찾아냈지만, 대부분의 사람들은 집을 나온 순간 성급하게 어른이 되기를 요구받는다. 홀로서기, 자립하는 것, 독립. 모두 집을 나와야 인정받을 수 있다. 그리고 그것들로 '어른'이 되었다고 간주한다. '어른'이 뭘까. 사실 나는 어른이 뭔지 잘 모르겠다. '어른'이란 완벽한 정신적 성숙을 의미하는 것일까. 몸만 다 성장했다면 어른인 것일까. 어떻게 19살은 12시가 지나면 그 짧은 새에 어른으로 둔갑할 수 있는 것일까. 나는 그 애 같은 사람들이 많을 것이라 생각한다. 어른이 뭔지도 모른 채 어른이 되기를 종용받는 사람들. 나 또한 그 사람들의 일환으로써 성급하게 재촉하는 사람들에게 한마디 전하고 싶다. '잠시 기다려주세요, 구워지는 중입니다.'

상자를 열 수 있는 용기 | 김가빈

― 김선영 『붉은 무늬 상자』를 읽고

"이 집에 살던 열일곱 살 난 딸이 죽었단다." 『붉은 무늬 상자』라는 책 뒷면에 나와 있는 문장이다. 인터넷에 접속만 하면 쏟아지는 학교폭력에 대한 기사로 인해 학교폭력에 대한 무서움이나 끔찍함이 무뎌지고 있는 순간, 이 문장을 보고 학교폭력의 비극적인 면이 나에게 다가오는 기분이었다. 그리고 이 책을 본 적은 없지만 열일곱 살 난 딸에 해당하는 인물의 공허한 감정이 느껴지는 것 같았다. 그래서 이 책을 고르게 되었다.

요즘에 은따가 없는 반은 거의 찾아보기 힘들다. 은따는 은근한 따돌림의 줄임 말인데 그 정도가 심하냐 약하냐의 차이는 있지만 아마 모든 반에 은따인 친구가 한 명씩은 있을 것이다. 나도 중학교 3년을 되짚어 보면 항상 은따인 친구가 있었던 것 같다. 이러한 친구들은 두가지 유형으로 나뉜다. 실제로 상대에게 해를 가해서 친구들이 다가가지 않는 사람과 떠도는 소문으로 인해 친구들이 다가가지 않는 사람. 그리고 이러한 은따인 친구들을 대하는 유형은 세가지로 나뉘는데 소문을 더 악화시키며 뒷담화를 하는 사람과 소문에 휩슬리는 사람, 그리고 소문을 믿지는 않지만 차마 그 친구를 도와주지는 않는 사람이다. 나는 세번째 유형에 속했었다. 소문을 믿지는 않지만 차마 그 소문이 사실이 아니라는 확신도 없었고, 괜히 나섰다가 나까지 비호감으로 찍힐까봐 무서워서 해당 친구에 대한 소문을 무시했다. 『붉은 무늬 상자』라는 책에도 소문으로 힘들어하는 친구와 그 친구에게 다가간 주인공이 나온다. 주인공과 나의 가장 큰 차이점은 아마 직접적으로 그 친구를 도와주었는지 아닌지 인 것 같다.

책의 주인공인 김벼리는 심한 아토피를 앓고 있었고, 이로 인해 쏟아지는 학교 친구들의 차가운 눈빛을 견디지 못해 결국 시골에 있는 이다학교로 전학을 가게 되었다. 세나라는 친구는 전학을 온 벼리를 잘 대해주었는데 벼리는 세나가 선배랑 잤다는 소문 속 여학생이라는 것을 알게 되고 세나를 멀리한다. 벼리와 엄마는 우연히 한 폐가에 들어가게 되고, 벼리의 엄마는 과거 자신의 아버지가 지키고자 했지만 자신이 어머니의 병원비를 위해 팔았던 집과 이 폐가를 비슷하다고 느끼며, 폐가를 다시 살려내자는 목적으로 폐가를 사게 된다. 벼리는 엄마를 위해 블로그에 집의 전, 후 과정을 올리며 전 집주인에 대한 예의를 갖추자는 엄마의 말을 따른다. 그리고 그 과정에서 이 집에 살던 언니가 죽었다는 사실과 폐가에 남겨져 있던 붉은 무늬 상자 속에 그 언니가 남긴 일기가 있다는 것을 알게 된다. 그 순간 자신이 무시했던 세나가 떠오른 벼리는 세나에게 문자를 하고, 처음에는 벼리를 밀어내던 세나도 나중에는 벼리의 진심을 알고 자신에 대한 소문은 사실이 아니며 괴롭힘을 당하던 태규를 도와주려다가 남자애들과 자신의 남친이었던 전교회장한테 찍혀 그런 소문이 났다고 털어놓는다. 이 일을 계기로 둘은 가까워지게 되었고, 벼리는 세나와 같이 죽은 언니의 일기를 읽기로 한다. 언니의 이름은 여울이었고, 일기 속에는 여울언니를 좋아하던 전학생이 언니가 자신을 싫어하다는 것을 알게 되어 화장실 벽에 국어선생님과 언니, 그리고 정무진이라는 오빠를 삼각관계로 엮은 낙서를 하였다고 되어있었다. 이 낙서로 인해 악의적인 소문이 여울언니를 따라다녔으며 결국 고1이라는 나이에 여울언니는 생을 마감했다. 일기를 읽은 벼리와 세나는 분노를 멈추지 못했고 우연히 일기에 나오는 가해자 전학생이 유명배우 고현이라는 것을 알게 된다. 벼리와 세나는 여울언니의 복수를 준비하며 먼저 자신들이 달라지기로 한다. 세나는 여울언니의 일기로부터 얻은 용기로 사귀자고 강요하는 전교회장에게 모아둔 증거로 반격한다. 그리고 학교에서도 당당하게 다니며 따돌림 당하던 태규와 자신도 따돌림 당할까 봐 나서지 못하던 동민이를 설득해 같이 다니게 된다. 벼리는 우연히 여울언니의 죽음에 대해 알고 있는 shoot이라는 블로거를 알게 되고 배우 고현의 악의적인 낙서가 여울언니를 죽음으로 몰았다는 것을 증명해주겠다는 증인과 함께 세상에 여울언니의 억울함을 알린다. 고현은 끝까지 자신이 한 짓을 부인했지만 증인으로 나타난 정무진 오빠로 인해 완전히 무너지게 된다. 벼리와 세나는 고현이 여울언니에게 사과할 때까지 계속 여울언니를 추모하는 블로그를 운영하기로 하고 이후 폐가를 복원한 벼리의 엄마는 이 집을 아토피로 인해 고생하는 친구들을 위한 쉐어 하우스로 사용하기로 한다.

여울언니와 세나가 소문으로 인해 고통받는 것을 보며 나는 내 친구가 생각났다. 이번에 처음으로 같은 반이 된 친구인데 그 친구가 친화력이 좋아서 단시간에 친해질 수 있었다. 사실 그 친구는 내 친구들이 싫어하던 아이였다. 왜냐하면 자기중심적이며 성격이 좋지 않다는 소문이 돌았기 때문이다. 그래서 내 친구들은 나에게 그 아이를 경계하라고 했고, 나는 내가 모르는 사이에 그 아이에게 벽을 치고 있었다. 그러던 와중에 우연히 그 친구와 둘이 산책을 하게 되었다. 이 때 그 친구는 나에게 5학년 때 따돌림을 당했던 기억을 덤덤하게 이야기하며 자신도 자신을 따라다니는 소문을 알고 있고 자신이 눈치 없이 행동해서 그런 소문이 생긴 것 같다고 이야기했다. 이 말을 듣는 순간 나도 모르게 소문을 믿고 있었던 나 자신이 부끄러워졌고, 자신의 기억을 덤덤히 말해주는 그 친구에게 미안했다. 책을 읽은 후 그 친구가 했던 말을 다시 생각해 보니 "자신을 외롭게 만든 세계로 들어가는 게 죽는 것 보다 싫었다"라고 묘사된 세나처럼 그 친구도 나에게 자신의 괴로움과 외로움에 대해 털어놨던 것 같다. 이렇게 생각해보니 무의식적으로 방관하며 비겁했던 나의 행동이 그 친구의 괴로움의 무게를 더욱더 무겁게 했다는 것을 확실히 실감하게 되었다. 그리고 지금부터라도 악의적인 소문에 휘둘리지 말자고 다짐하기 되었다.

벼리는 책속에서 "남의 일에 간섭해도, 여러 사람이 하는 일에 동조하지 않아도, 자기할 일만하고 공부만 해도 왕따의 조건이 된다. 마치 출구가 없는 곳에 갇혀 누군가를 타깃 삼고 미워해야지만 살아갈 수 있는 이상한 동물이 된 것 같았다"라고 말했다. 이 문장을 보고 너무나도 격하게 공감이 되었다. 요즘 학교를 다니면서 느낀 것들을 벼리가 정리해준 기분이었다. 학교에서 평범한 사람이면 상관이 없지만 누군가의 눈에 띈 사람이라면 무슨 일을 하던지 뒷담화의 대상으로 이어진다. 아이들은 공동의 적이 있을 때 더욱더 친해지는 것 같다. 서로 마음에 안 들었던 사람이 같으면 그 사람을 공동의 적으로 몰며 이야기하고 이는 거의 1년이 지속된다. 이러한 것들을 보면 과연 학교폭력 없는 학교가 가능한지 의문이 든다. 학교폭력 예방교육으로 심한 폭력은 줄어들지 몰라도 은따는 사라지지 않을 것 같다. 차라리 가해자나 피해자의 초점에 맞춘 교육이 아닌 대부분의 아이들이 해당하는 방관자의 초점에 맞춘 교육을 하고, 아이들 대부분이 관심없어 하는 동영상 교육이 아니라 직접 폭력의 끔찍한 면을 느낄 수 있도록 『붉은 무늬 상자』와 같은 학교폭력 관련 책을 읽도록 하는 것이 더 효과적일 것 같다.

인터넷에 많은 연예인 학교폭력 폭로가 올라오고 있는데 이의 부작용 중 하나는 거짓 폭로이다. 거짓 폭로로 인해 연예인들이 피해를 입고 힘들어하는 것을 우리는 쉽게 볼 수 있다. 또 거짓 폭로가 아니더라도 거짓 소문 관련 댓글 때문에 많은 연예인들이 우울증에 시달린다. 나는 이러한 일들이 우리 사회의 고쳐지지 않는 문제점이라고 생각한다. 여울언니, 세나의 소문과 위 일들의 공통점은 모두 진위여부가 파악되지 않은 것이라는 점이다. 하지만 사람들은 대부분 소문이 사실인지 보다 소문 그 자체에 집중한다. "어느새 말은 처음보다 커져 어느 게 사실인지 구분할 수 없었고 최종적인 대댓글만이 사실로 남을 때가 많았다"라고 벼리가 말하는 부분이 있다. 이 문장을 보면서 진위여부가 확인 될 때까지 중립을 지키는 것이 사소해 보이지만 사회의 구성원으로써 지켜야 할 중요한 것 중 하나라는 것을 깨닫게 되었다.

비극을 반복하지 않으려고 세상에 맞서는 벼리와 친구들을 통해 작가는 '진정한 용기란 무엇인가?'에 대해서 묻고 있다. 평소에 용기에 대해서 들었을 때는 도덕책 같고 와닿지도 않는다고 느꼈는데 책을 읽고 생각해보니 용기를 내는 것만큼 하기 힘든 일도 없다는 것을 알게 되었다. 우리는 평소에 우리가 용기 있다고 착각하며 살아가는 것 같다. 나 정도면 용기가 있다고 합리화하면서 말이다. 그런데 자세히 생각해보면 우리가 용기 있게 행동했던 적이 얼마나 있을까? 하다못해 잘 나서거나 도와주기도 싫어하는 게 요즘 사람인데 말이다. 나는 진정한 용기란 나의 행동이 정직하다는 확신이 있을 때 돌아오는 나의 이득을 따지지 않고 나서는 것이라고 생각한다. 많은 사람들이 자신의 행동 후의 이익과 불이익을 따지며 행동한다. 하지만 신정한 용기가 필요한 일 앞에서 만큼은 벼리가 상자를 열고 여울언니의 죽음의 비밀을 밝히듯 계산적으로 하는 생각보다 자신이 맞다고 믿는 일을 실천하는 행동이 더 중요하다고 생각한다.

나 자체가 무의미하지 않도록 | 하지은

- 이도해 『우리 반 애들 모두가 망했으면 좋겠어』를 읽고

어렸을 때 도서관에서 '월리를 찾아라', 라는 숨은그림찾기 책을 본 적이 있었다. 안경을 끼고 빨간 줄무늬 옷을 입은 월리는 복잡한 그림 속에 숨어 있다. 그때 나는 월리를 찾는 데에만 너무 집중해 있어서 그림의 맨 구석부터 반대쪽의 구석까지 정말 꼼꼼하게 하나하나씩 보았다. 하지만 끝내 월리를 찾을 수 없었다. 내 눈에 보이지 않은 월리한테 화가 났다. 월리가 아닌 사람들이 보일 때는 짜증이 났다. 그렇게 스트레스 받으며 월리를 찾고 있을 때, 옆에 나보다 어려 보이는 아이가 손가락으로 월리를 한번에 가리켰다. 내가 훨씬 더 꼼꼼하게 봤는데, 저 아이는 어떻게 바로 월리를 찾았지? 의문이 든 나는 그 아이에게 물어봤다. 그는 그냥 월리가 보여서 가리켰다고 했다.

복수하는 사람들의 공통점은 광기에 가득 차 있다는 것이다. 그 사람을 몰락시키고 싶은 분노와 절망. 이글거리는 눈빛으로 상대방만 보고 짐승처럼 기회를 노린다. 그게 10년이 걸리든, 20년이 걸리든 그 자리를 지킨다.

목표를 위해 애써 아름다운 세상을 보지 않고 자신의 분노에 주의를 기울인다. 나는 월리를 그런 시선으로 보았다. 월리를 찾는 데에만 집중에 있어서 다른 그림들을 보지 못했다. 웃고 있는 가족들과 잔잔한 풍경들을 무시하고 안경을 낀 월리를 찾는 데에 목표를 두었다. 갈수록 눈이 빠질 것 같았고 점점 지쳐갔다. 내 옆에 있는 아이가 월리를 찾지 못했다면 난 결국 찾지 못했을 것이다. 그렇다고 그 아이가 천재는 아니다. 그는 그림을 여유롭게 구경하다가 우연히 월리를 발견했을 뿐이다. 월리를 찾는 과정은 생각보다 어둡고 침울한 것이 아니다. 복수도 마찬가지다. 상대방만 보고 전진하면 나에 대한 소중함과 가치를 잊고 힘든 삶을 살수도 있다.

모두 방패나 무기를 가지고 있다. 힘든 일이 일어나는 것을 대비해서 빠져나올 구멍을 만들어 놓는다. 주인공은 베어는 공부가 자신의 방패였다. 폭력을 일삼는 아빠 앞에서 유일하게 벗어날 희망은 공부였다. 그렇게까지 공부에 몰두하던 베어는 문제지 답이 틀려서 자신의 시험에까지 영향을 미치자 서점의 새 문제지에다가 빨간색 줄을 긋는다. 그걸 본 서점 주인 미미는 베어를 협박해 AA모임에 참여하도록 명령한다.

베어와 그녀의 가족들은 베어의 아빠로 인한 가정폭력에 시달리고 있었다. 그의 무기는 자신의 힘이었던 것이다. 싸움하던 날, 결국 아빠는 도망치고 오빠는 아빠를 이겨 그로부터 자신의 가족들을 보호할 수 있었다. 베어는 그때 당시 오빠와 아빠를 외면한 채 공부를 하고 있었다.

문제를 직면하는 사람들의 반응은 크게 두 가지 부류로 나뉜다. 그 문제에 대항하여 맞서는 사람과 애써 회피하는 사람. 문제에 대항하는 사람은 그 순간은 힘들고 기 빨릴 수 있어도 해결하는 순간부터 그 문제에 대한 생각은 하지 않은 채 편안하게 삶을 보낼 수 있다. 회피하는 사람은 그 순간은 편할 수도 있겠지만 마음 한구석에는 해결하지 못했던 문제에 대한 두려움이 남아있다. 베어는 그런 사람이었다. 자신의 방패를 만들 수는 있었지만, 남에게 대항할 무기를 만들지는 못했다. 오빠가 아이돌이 되어 유명해지면 아빠가 다시 자기 자신을 찾아올까봐 두려웠다. 반면 오빠는 아빠와 싸워 이겼다. 아빠라는 그 문제를 해결한 것이다. 그는 더 이상 아빠에 대해 신경도 안 쓰고, 스트레스 받고 있지도 않다. 문제가 닥쳐도 무서워하지 말고 도전하고 시도해라. 도전하지 않았던 것을 후회하는 사람은 많지만 도전한 것을 후회하는 사람은 없다.

베어는 AA모임에 참석하면서 그 모임의 사람들을 만나게 된다. 그들은 주요 대상을 정해놓고 망하게 하는 것을 목표로 삼는 사람들이었다. 별명을 사용하여 신상 공개를 하지 않았는데, 거기서 만들어진 주인공 별명이 베어다. 그들은 사소한 짓들을 꾸준히 하면서 상대방을 망하게 하려고 하였다. 베어는 거기서 같은 반 학생이었던 양주홍이란 아이와 함께 가해자한테 복수를 시작한다. 고명경에게 당하고 자퇴해버린 주홍과, 거기에 맞서고자 하는 베어가 힘을 합친 것이다.

AA사람들의 복수와 베어의 복수는 다르다. AA사람들의 복수는 대상이 불특정 다수이면서 사소하고 끊임없이 조금씩 해나간다. 하지만 베어의 복수는 폭탄을 터뜨리듯 빠르고 계획적으로 실행된다. AA사람들을 처음 봤을 때는 큰일을 실행하고 있는 것처럼 보이지만 책을 다 읽다 보면 그들의 복수는 복수라고 하기에도 애매한 시답잖은 짓이다. 치과의사인 망치는 공짜

를 좋아해 쓸데없이 가져가는 사람들에게 혐오감을 느껴 자신만의 공짜 짝
퉁 샘플을 만들어 사람들에게 나눠준다. 이게 뭘. 굳이 이런 짓을 하려고 모
임을 만들어서 일일이 보고 해야할까? 그렇게까지 큰 일을 벌이는 것도 아
닌데.

　　인간은 의사소통과 단체생활을 하며 행복을 느낀다. 교감하고, 만지고,
소통하며 경험치를 쌓아간다. 모둠활동을 좋아하는가? 학교에서 모둠활동
을 할 때 서로의 생각을 공유하고 농담도 해 가면서 협력하는 행동들은 우
리에게 만족감과 기쁨을 준다. 친한 친구들과 대화할 때도 마찬가지다. 내
가 어떠한 짓들을 해도 그들과 있으면 행복하다. 그들과 함께라면 세상 무
서울 것이 없다. AA모임들에 있는 사람들은 모두 같은 목표를 가지고 있다.
'망했으면 좋겠어'. 쓸데없는 짓이라고 생각할 수도 있다. 하지만 그들 입장
에서 자신과 신념이 비슷한 사람들과 얘기를 나누는 것만큼 행복한 일이 또
있을까? 자신의 얘기와 감정을 잘 들어주고 서로서로 공감한다. AA모임은
복수를 위해서 만들어졌지만 그 안에서는 서로를 향한 정이 넘쳐나는 괴상
한 모임이다.

　　ㅋ 복수는 그렇게 어두운 것이 아니다. 복수의 목표는 남을 지옥으로 끌
어내리는 것이 아닌, 나를 위한 것이다. 복수해서 남을 나락으로 보내도 나
의 마음이 편치 않으면 그 복수는 좋은 복수가 아니다. 복수는 간지 나는 것
이지, 잔인하고 절망스러워선 안 된다.

　　인터넷에서 한 여학생의 글을 읽은 적이 있다. 자기를 정말 괴롭혔던 가

해자의 엄마가 돌아가셨다. 그 여학생과 피해자들은 장례식장에 가서 향에다가 담배를 던지고 침을 뱉었다. 가해자는 힘 없는 눈빛으로 제발 가달라고 부탁을 했다. 피해자들은 깔깔거리며 장례식장을 나왔다. 반응은 두 갈래로 나뉘었다. 그런 애들은 당해도 싸긴 헤헤. 아무리 그래도 엄마는 뭔 죄임. 과연 그 복수가 자기를 위한 복수였을까? 복수하는 이유는 나의 자존감을 높이기 위해 하는 것이다. 내가 당하고만 있을 사람이 아니라는 것을 나 자신한테 증명시켜준다. 하지만 그 여학생들은 자신의 가치를 높여주는 복수를 했나? 당하고만 있다가 가해자의 엄마가 돌아가셨을때 장례식장에서 침을 뱉은 그 복수는 찌질하였다. 누가 그 모습을 보고 멋있다고 말할까. 자신의 가치마저 떨어뜨리는 복수는 하면 안 된다. 복수는 자기 자신을 위해서 하는 것이지 남에게 초점을 맞추면 안 된다. 복수할 땐 이성적으로 얍삽하게 하자. 법적으로도, 양심적으로도 공격당하지 않을 복수.

AA모임의 양주홍은 베어와 함께 가해자인 고명경을 복수시킬 계획을 짜지만, 결국 그 끝은 아이돌인 베어의 오빠가 마무리한다. 그때 베어는 머리 끝까지 화가 나 있었다. 모든 일이 쉽게 해결되었는데, 도대체 베어는 왜 화가 난 걸까? 베어는 무의식적으로 자신이 호락호락하지 않다는 것을 보여주고 있었다. 머리 좋게 학습지들을 나누어 주었고, 고명경이 당황하는 것을 보기까지 하였다. 자신의 힘으로 복수를 하는 과정에서 양주홍이란 친구도 사귀었고, 자존감도 높아졌다. 그녀는 자신만의 방식으로 자기를 위한 복수를 하고 있었다. 자기의 말 한마디로 모든 아이들이 자기를 건들지 않는다니. 베어의 가치를 높이는 그녀만의 완벽한 복수였다. 하지만 킬로로 인해 베어의 오빠는 사실을 알게 되고, 결국 아이돌이었던 그는 가해자들의 신상을 퍼뜨려 그들을 한순간에 나락으로 보냈다. 자기만의 가치를 입증하려는 복수의 끝이 이렇게 허무하게 끝나버리면 고명경은 벌을 받았지만 자기 자신은 마음이 편하지 않을 것이다. 베어는 자신을 위한 복수를 하고 싶었다.

나도 어릴 때 복수를 꿈꿔왔던 적이 있다. 정말 별거 아닌 이유였다. 그 친구가 나를 바보라고 놀려서 기분이 나빴기 때문에 복수를 하고 싶었다. 여기서 어떤 식으로 복수해야 할까. 그녀의 인형을 찢어놓을까? 하루가 지나서 나는 그녀에게 찾아갔다. 그리고 그녀에게 다가가서 멍청이라고 말하였다. 복수란 객관적으로 밸런스가 맞아야 한다. 복수는 자신의 감정 쓰레기통이 아니다. 나의 자존감을 채워주는 행동이다. 복수는 달콤한 것이라는 말을 다들 하는 이유는 나의 자존감이 채워지기 때문이다. 가해자가 심하게 고통받는 것을 보면서 달콤함을 느끼는 것은 그냥 사이코패스다. 내가 약한 사람이 아니라는 것, 나도 반격할 수가 있다는 것. 그런 증명 하나만으로도 기분 좋은 달콤함을 느낄 수 있다.

더 글로리라는 넷플릭스 시리즈를 보았다. 문동은이란 주인공이 마구잡이로 가해자들을 고문하는 내용인 줄 알았다. 복수란 그런 건 줄 알았다. 하지만 그녀의 행동은 예상 밖이었다. 직접 안 죽인다고? 어떤 방식으로 복수를 할지 궁금했다. 논란이나 헛소문을 내서 나락을 보내는 것도 아니고, 살인청부업자를 사들이는 것도 아니었다. 그녀는 그저 사실만을 가지고 복수를 하였다. 가해자인 연진이의 딸이 남편의 딸이 아닌 것. 그녀의 친구가 마약을 하는 것. 그런 팩트만으로 법적으로 전혀 문제 되지 않게 접근해 나갔다. 생각해보니까 살인을 뭐하러 하나. 그들의 피를 묻혀서 내가 감옥에 가기란 내가 너무 아깝지 않나? 나의 소중한 삶을 그들을 복수하는데 쓰이기란 너무 값지다. 걔네들 때문에 내가 감옥에 가기엔 나는 너무 소중하다. 최소한 살면서 그들이 잘사는 모습에 기가 눌리지 않길. 내가 당한 모든 것들을 무의미하게 만들어 버리지 않길. 나 지체가 무의미하지 않게 복수를 하는 것이라면 할 만한 가치가 있다.

남이 보는 손해보다 내가 보는 손해를 더 중요하게 생각하자. 너무 앞만 보고 부글대면 도리어 나의 앞날을 망칠 수 있다.

나는 테스터가 아니다 | 최정원

- 이희영 『테스터』를 읽고

　이 책의 제목을 처음 보았을 때 언뜻 떠오르는 생각은 '테스터? 말 그대로 테스트를 받는 사람을 말하는 것인가?' 늘 크고 작은 테스트의 홍수속에 있는 중학생인 나에게는 익숙하면서도 불편한 제목이었다. 한편으로 테스터는 실험에 쓰이는 대상이 아닐까라는 생각도 들었다. 작은 실험용 쥐나 토끼가 실험용으로 쓰인 것을 학교에서 본 적이 있다. 가장 기억에 남는 장면은 코스메틱 회사에서 마스카라를 실험할 때 토끼의 속눈썹에다 그걸 바르며 부작용을 체크하는 것이었다. 몸도 가눌 수 없는 작은 상자에 흰 토끼는 얼굴만 내놓은 채 죽을 때까지 실험을 당하고 있었다. 원래 토끼의 눈이 빨간 것인지 실험으로 인해 그런 것인지 붉은 눈동자의 토끼가 너무나 인상 깊었다. 그때 학교 수업의 토론 주제가 동물 실험에 대해 찬성하는가 반대하는가였는데 난 의지와 상관없이 찬성이 되었다. 동물실험을 하지 않으면 부작용이나 실험 데이터를 취합할 수 없어 인간에게 더 큰 피해가 있을 수 있다는 내용의 근거를 들었던 것 같다. 여기서 중요한 것은 테스터가 어떤 존재인지가 아니라 다른 사람을 위해 희생되어야 한다는 것이다. 토론에서는 이 부분을 중요하게 여기지 않았다. 작은 생쥐보다 인간이 더 가치있다고 생각이 들었기 때문이다. 하지만 이 테스터가 동물이 아닌 인간이라면 어떨까? 이러한 생각이 담긴 책이 바로 『테스터』이다.

이희영 작가의 『테스터』는 레인보우 버드에 의해 생긴 RB 바이러스에 걸린 한 회장의 손자 마오의 이야기로 시작된다. 마오는 알비노이며 햇빛 알레르기를 가지고 있다. 이로 인해 마오는 어느 인적이 드문 숲속 깊은 곳에 살며 낮은 물론이고 밤에도 외출이 자유롭지 않다. 마오는 자신의 부모님이 멸종된 레인보우 버드를 살리다 돌아가셨으며 회장인 할아버지가 자신을 치료하기 위해 여러 약을 연구하고 있다고 알고 있었다. 그러던 중 자신과 같은 바이러스에 감염된 하라를 만나게 되었다. 마오는 자식과 같은 처지에 있는 하라를 만나 진심으로 그를 위로하고 또 친해지고 싶어한다. 첫 만남에서 마오가 하오를 만나기 직전에 어떤 옷을 입을지, 청소 상태를 걱정하며 허둥거리는 모습에서 얼마나 그 만남을 기대하고 있었는지가 보였다. 하지만 여기서 반전이 있었다. 알고 보니 마오는 진짜 회장의 손자가 아니었고 하라가 정말 손자였으며, 마오는 그저 하라를 위한 테스터였다는 것을 알게 된다. 진짜 손자인 하라를 위해 신약을 주사하고 반응을 살펴보는, 그 이후에 진짜 자신의 손자에게 약품을 주사하는 진짜 테스터였다는 것이다. 또한 자신을 치료해 주던 의사가 자신을 속여왔고 가까이 지내며 가장 신뢰했던 회장의 비서인 진솔아저씨가 사람이 아닌 로봇이라는 것도 알게 되었다. 회장은 이 모든 비밀을 공유할 비서를 사람이 아닌 안드로이드 로봇으로 선택한 것이었다. 모든걸 알게 된 마오는 처음에는 좌절했다. 하지만 하라가 자신을 만나기 위해 음식을 먹지 않았던 것과 진심으로 사과하는 부분에서 하라를 이해하게 되고 자신의 상황을 객관적으로 바라보게 된다. 그리고 처음으로 여명에 자신의 몸을 드러낸다. 몸이 조금씩 타오르기 시작하는 것을 보며 마오는 "여명이구나"라는 말을 웃으며 하게 되고 이야기는 마무리된다.

이 이야기 시발점은 과학의 발전으로 인해 더 깊어지는 인간의 욕심과 이기심이다. 인간은 과학의 발전으로 인해 멸종된 레인보우 버드를 다시 만들어냈다. "관광객들을 불러모으겠다는 하찮은 이유로, 멸종된 동물의 DNA를 조작했어. 인류의 생사가 걸린 중차대한 문제가 아니었다고. 그 새를 멸종시킨 게 인간이야. 그런데 또 같은 이유로 새를 복원시켰어. 예쁘고 화려하고 신비스러우니까… 그 과정에서 엄청난 놈도 같이 깨웠지. 처음부터 아주 멍청하고 오만한 계획이었어. 잘난 과학기술을 앞세워 자신들이 신이라도 되는 양 으쓱거리다가 결국 그 과학 때문에 모두…" 극 중 마오가 하라에게 소리치는 말이다. 인간의 이기심으로 인해 멸종된 동물을 복원시키고, 이로인한 자연의 복수로 회장의 손자가 죽을 위기에 처했다. 하지만 회장은 돈과 권력의 힘으로 또 다른 잘못을 저지르는데 바로 마오를 납치해 자신의 손자를 살리기 위한 테스터로 사용한 것이다. 평생을 속고 살았던 마오와 자신의 테스터를 보며 죄책감을 느낀 진짜 손자 하라 모두에게 옳지 못한 행동을 회장은 행한 것이다.

글에서 화성 복권에 대한 내용이 있다. 화성 복권에 당첨된다면 새로운 유토피아인 화성에서 살 수 있는 권리가 주어진다. 복권에 당첨된 사람은 자신들에게 주어진 새로운 인생을 기대하며 행복해한다. 하지만 화성 복권에 당첨된 사람이 모두 빈곤한 사람들이었다. 돈과 권력을 가진 자들이 과학의 발전을 악용해 빈곤한 사람을 이용해 그들을 테스터로 삼고 있다는 것이었다. 화성 복권과 마오의 이야기가 연결되며 나는 과학의 발전으로 오히려 힘 없고 돈 없는 사람들이 희생당할 수 있다는 생각이 들었다. 과학은 부의 권위를 더 강하게 만들어 주는 수단이며 발전에 가려진 인간의 욕심일 뿐이라는 생각이 들기도 했다. 인간의 욕심으로 멸종된 레인보우 버드가 인간의 욕심으로 또다시 살아났고, 화성 테라포밍을 가능케하고 테스터를 보내게 된다. 물론 과학 자체가 막일수는 없다. 하지만 과학의 발전을 통해 다른 사람을 속여 실험을 완성하려 했던 부분은 분명히 범죄라 할 수 있다. 자신의 손자를 살리기 위해 마오를 속역던 회장도, 화성의 안정성 여부를 테스트하기 위해 가난한 사람을 복권이라는 달콤한 말로 속인 사람들도 그렇다. 작가는 이러한 면에서 과학의 발전이 인간에게 편리함을 제공하지만 이 기술을 악용하는 악당의 손에 들어가게 된다면 디스토피아를 만들어낼 수 있음을 전하고 있다. 과학의 발전이 마냥 좋은 결과를 가져오진 못한다는 것을 이 책을 통해 느끼게 되었다.

테스터였던 마오의 삶의 반전도 흥미로웠다. 만일 내가 마오와 같은 상황에 놓이면 어떨까? 내가 걸린 병을 가족이 연구하고 있으며 잘 치료받고 있다고 생각했는데 내가 또 다른 누군가를 위한 테스터였다는 것을 알게 된다면 어떨까? 지금까지 살아왔던 삶을 허비한 것 같고 정말 죽고 싶을 것 같다. 할아버지에 대한 배신감과 하라를 향한 원망은 말로 표현할 수 없을 것이다. 회장은 자신의 손자를 위해 한 일이지만 누군가는 그러한 이기적인 가족애로 인해 삶을 잃었다. 나는 그것이 결코 정의가 될 순 없다고 생각한다. 나의 이익을 위해 누군가를 이용하고 희생하게 한 것이기 때문이다.

마오의 마지막 모습이 떠오른다. 마지막 장면에서 마오는 여명에 몸을 드러낸다. 햇빛 알레르기가 있기 때문에 마오는 햇빛을 보면 피부가 잘 타버린다. 이 장면은 긍정적이게도, 부정적이게도 해석이 될 수 있을 것이다. 먼저 긍정적인 부분은 지금까지 테스터로 살아오며 외출이 자유롭지 못하고 갇혀있게 생활한 마오가 햇빛에 몸을 드러내며 그동안 받아왔던 억압에서 벗어나는 것을 나타낸다고 볼 수 있다. 반면에 그동안 살아왔던 삶이 거짓이었다는 사실에 너무나 실망하였고, 또 회장과 하라에 대한 복수로 극단적인 선택을 했다고도 볼 수 있다. 어떤 의미이든지 마오의 마지막 장면이 마오의 선택이었음이 중요한 것 같다. 그동안 누군가가 만들어놓은 상황에서만 수동적으로 행동했던 마오가 스스로 자신의 삶을 선택한 것이다. 여명에 몸을 맡긴것도 그렇다. 여명은 떠오르는 햇살이니, 앞으로의 더 밝아질 삶을 암시한다고 생각한다. 부정적인 것을 암시한다면 노을에 몸을 드러내지 않았을까?

이번에 읽은 『테스터』는 인간의 욕심에 의한 끝없는 과학의 발전으로 펼쳐질 디스토피아, 미래의 더 커질 빈부격차와 더 선명해질 권위의 경계의 문제들을 잘 담고 있다. 이러한 주제를 반전이 있는 이야기에 잘 대입해 더 큰 흥미를 느끼게 했다. 생생한 표현과 이야기 내용 때문에 "내가 마오라면?"이라는 생각이 자주 들었다. 다시 처음으로 돌아가보자. 인간을 위한 테스터는 옳은 것일까? 그것이 동물이라 해도 말이다. 이제 그런 토론을 한다면 나는 이제 주저 없이 반대할 것이다. 자발적인 동의 없는 희생은 결코 정의롭지 않으니 말이다. 과학의 발전으로 인해 우리가 생각해봐야 할 질문을 던져주는 책이었다. 인간성을 잃지 않기 위해 노력해야겠다. 마오처럼 여명앞으로 나아갈 수 있는 용기가 내게도 있기를.

팬데믹 속에 피어난 위로 | 박소이

－ 김호연 『불편한 편의점』을 읽고

똑같은 일상의 연속으로 바쁜 사람들의 끼니를 해결해주고, 학업에 지친 학생들에게 잠깐의 휴식을 주는 편의점은 우리가 어디에서나 흔히 볼 수 있는 매장이다. 그렇기 때문에 편의점은 어느 곳보다 편리해야 한다. 하지만 이번 책에 나온 ALWAYS편의점은 조금 다르다. 작은 실내와 적은 물량 때문에 많은 사람들이 불편함을 겪기 때문이다. 그리고 그런 손님들을 더 당황하게 하는 건 바로 야간 알바들이다. 2권에는 1권 독고 씨에 이어 '금보'라 불리는 '황근배' 씨가 야간 알바로 등장한다. 사람들은 금보 씨의 수다스러움과 뜻하지 않은 참견으로 불쾌함을 느끼기도 하지만 곧 위로를 받으며 친해지게 된다.

『불편한 편의점』의 1편과 2편은 뭔가 조금 다른 느낌이었다. 1편에서는 새로운 인물들이 등장하여 계속해서 자신들만의 이야기를 써내려 갔다면, 2편은 기존의 등장인물들의 내면을 조금 더 심화시킨 것 같았다. 또 금보 씨를 통해 여러 사람들이 변화하고 성장하는 모습을 보여줘서 1편의 독고 씨와 자연스럽게 접쳐졌나. 그 덕분에 1, 2편으로 구별된 책인데도 어색함이 전혀 없었다. 그뿐 아니라 우리가 현재 처해있는 팬데믹 상황과 적절하게 연관시켜 내가 최근 몇 년간 겪었던 일이 떠오를 만큼 많은 공감을 자아냈다. 개인적으로는 이야기의 실마리가 조금 더 늦게 풀리는 1편이 더 인상 깊었지만 2편 또한 그 나름대로 재미있어서 몰입해서 읽을 수 있었다. 이 책을 읽으면서 전체적으로 두 편 다 이야기가 정말 예쁘다는 생각을 많이 했다. 인물들이 각자의 시련과 고난을 극복하고 묵묵히 살아나가는 이야기가 평범하지만 특별했다.

이번 책에서 가장 기억에 남았던 부분은 정육점을 하시는 최 사장이 나오는 부분이었다. 이 챕터가 코로나와 가장 잘 연결됐다는 생각이 들었는데 바로 최 사장은 코로나 때문에 폐업을 해야 할 위기에 있었기 때문이다. 사실 코로나 상황 때문에 여러 자영업자가 어렵다는 것은 진즉 알고 있었지만 운영난 그 이상으로 보진 않았다. 하지만 이제 와 생각해보니 그분들도 책에 나오는 최 사장처럼 가족들과 갈등이 생기고 스트레스도 많이 받으셨을 것 같다. 안타까운 마음이 들면서도 한 편으로는 잘 헤쳐나가시길 바라는 응원의 마음도 든다. 그분들께도 금보 씨가 최 사장에게 해줬던 것처럼 아주 사소한 위로와 조언이 큰 날개를 달아 찾아갔으면 좋겠다.

팬데믹으로 어느 순간 세상이 멈췄다. 평범했던 일상이 사라져버렸고 많은 사람들이 혼란에 빠졌다. 이런 코로나 시대가 계속될수록 강조된 것은 '소통과 관계'였다. 온라인으로 수업을 하고, 재택근무를 하며 수많은 사람들이 우울감과 피로감을 느꼈을 것이다. 나도 그랬다. 하루의 대부분 집 안에서만 생활하다 보니 저절로 무기력해졌고 우울해졌다. 시끌벅적했던 일상이 적막 그 자체가 되어버린 것 같은 기분이었다. 친구들과 보낼 수 있는 소중한 하루하루를 빼앗긴 것 같았고 웃음 대신 공허함이 내 일상을 채워갔다. 그래서 이 책을 읽고 몇 년 전의 내가 떠올랐다. 만약 그때의 내가 이 책을 읽었으면 어땠을까. 팬데믹 상황 속에서도 누구보다 열심히 살아가는 등장인물들을 보면서 조금이나마 위로를 얻지는 않았을까. 시간이 약이라는 말이 있다. 오늘 팬데믹 시대 속에서 잠깐 휘청했던 과거의 나에게 이 위로를 건네본다.

『불편한 편의점』을 다 읽었을 때 다른 사람들의 삶과 일상을 잠깐 들여다본 것 같은 기분이 들었다. 어떤 사람이든 자기가 있어야 할 곳에서 가장 치열하게 살아가고 있다는 것을 다시 한번 느꼈다. 무슨 일이 생겨도 시간은 간다. 그게 팬데믹일 지라도 말이다. 삶이 계속 이어지는 것처럼 이 책 속 사람들도 자신들의 꿈을 펼치며 자유롭게 살 수 있었으면 좋겠다. 그들의 미래에 웃음이 가득하기를 바란다.

세상에서 가장 소중한 가족 | 손예림

－강해원 『나비춤』을 읽고

3학년이 되고 벚꽃이 잔뜩 핀 봄에 처음 읽은 책이다. 책에는 여러 가지 단편 소설들이 있었는데, 그중 가장 인상 깊었던 작품은 「낮달 아래에서」였다. 이 작품은 과거에 아빠랑 남동생이 하늘나라로 떠나고, 이제는 엄마마저 치매가 온 주인공의 이야기를 다루고 있다. 그리고 이 주인공은 남동생의 묘를 찾아가 어렸을 때부터 있었던 일들을 하나하나 떠올리며 추억을 회상하는 내용이다. 이것은 아빠가 하늘나라로 떠나고 있었던 수많은 일을 지금은 없는 남동생과 함께 작게 속삭이는 것 같았다. 주인공인 '나'는 현재 상황들을 털어놓을 사람이 없는 것 같기도 했다. 아빠와 남동생이 하늘나라로 떠난 뒤에 '나'와 엄마의 그 감정은 어땠을지 상상조차 할 수 없었다. 얼마나 외롭고 고통스러웠을까, 만약 나에게 비슷한 상황이 온다면 제대로나마 살 수 있을까? 라는 생각도 들었다. 나는 그런 상황이 나에게 온다면 아마 남은 인생을 제대로 살지 못할 것 같다. 그래서 한편으로는 남은 인생을 꿋꿋하게 산 '나'와 그녀의 엄마를 존경하게 된다. 또 나중에 내가 주인공인 '나'의 나이가 되면 어떤 삶을 살고 있을지 상상도 해보게 된다.

주인공 '나'는 집안일을 하고, 아이를 키우며, 현재 아픈 엄마에게도 안부를 묻고 돌봐야 한다. 내가 나중에 '나'와 같은 나이가 되면 나는 저 정도로 바쁘게 살 수 있을까? 힘들지 않을까? 라는 생각도 잠깐 들었다. 이렇게 여러 가지 생각이 드는 와중에, 제일 오랫동안 들었던 생각은 바로 나에게 가장 소중한 가족이었다. 우리 가족은 아빠, 엄마, 오빠 그리고 나 이렇게 4명이다. 가끔 엄마 아빠에게 잔소리를 듣거나 오빠와 싸우기도 하지만 그럴 때마다 함께 있고, 여행가고 이럴 때의 기억도 생각보다 훨씬 많잖아, 라는 생각이 들었다. 이렇게 행복하고 즐거웠던 우리의 추억을 회상해 볼 수 있는 계기가 되었다. 아무리 소설이라도 그 속의 '나'의 가족과 우리 가족을 비교해보면 나는 정말 즐겁고 화목한 가족을 사이에서 참 행복하게 자라고 있구나, 라는 생각이 강하게 들었다. 우리 가족이 아빠, 엄마, 오빠, 그리고 나 자신에게 고맙다고 말하고 싶다. 이렇게 평화롭고 행복한 삶을 살게 해줘서, 또 살게 되어서 고맙고 사랑한다고.

열 장 남짓한 짧은 이야기 속에서 내가 이렇게 많은 감정과 생각을 들게 할 줄은 몰랐다. 평소에 책을 진짜 조금 읽는 데다가 읽어도 이런 현실성 있는 소설보다는 판타지적인 내용의 소설을 읽는 나에게, 「낮달 아래에서」는 내가 이 글을 읽고 무엇을 해야 할지, 또 어떤 마음을 가져야 할지, 그리고 더 나아가 미래의 나와 가족은 어떻게 세상을 살아가고 있을지까지도 한 번 생각해보게 만들었다. 수많은 문장을 읽고 여러 생각을 하던 중, 내 눈에 들어온 가장 기억에 남는 문장은 바로 이것이었다.

'시간이 흐르면 잊힌다고 했던가? 아니더라.'

이 문장 속에서 '나'의 잊을 수 없는 수많은 일과 그에 따른 감정이 느껴졌다. 주위에 있는 소중한 사람들이 나를 영영 떠나간 적은 없지만, 자신의 가장 소중한 사람을 잃은 소중한 사람들, 심지어 나도 언제 겪을지 모르는 일이기에 더욱 두렵고 안타까웠던 것 같다. '시간이 약이다'라는 속담이 있듯이, 사람들은 무슨 일이 생기면 단순히 시간이 지나면 아물 상처라고 이야기한다. 하지만 '나'가 말했던 바와 같이 시간이 지난다고 해서 그 상처와 기억이 아물고 잊혀지는 것은 아니다. 단지 부정할 수 없는 현실을 어쩔 수 없이 받아들이고 사는 것이다. 그 현실을 받아들였다고 해서 한 번 생긴 상처가 사라지지 않고 흉터로 남을 수도 있는 것이니까. 큰 흉터는 평생 남는다. 그렇기에 나에게 정말 소중했던 사람의 죽음, 그 상처는 흉터로 남아 평생 잊을 수 없을 것이라는 생각이 들어서 그 말에 더욱 공감할 수 있었다.

처음에 이 책을 받았을 때, 지루하기만 할 것이라고 생각하던 내가 짧은 글 하나를 가지고 이렇게 긴 감상문을 쓸 줄은 전혀 예상치 못했다. 평소에 좋아하던 몇 안 되는 책들도 이렇게까지 느낀 것에 대해 자세히 써본 적은 없었다. 이번 시간 이 책이 나의 현재와 미래의 필요한 마음가짐과 태도, 가족, 그리고 삶과 죽음, 어쩌면 무겁고 심오할 주제를 한 번쯤 생각하게 해준 것 같아 고맙고 또 고맙다.

제4회 대한민국 소설독서대전 심사평

한국소설가협회가 주관하고 한국문학예술저작권협회가 후원하는 제4회 대한민국소설독서대전 공모에는 실로 많은 분들이 응모를 해주었다. 치열하고 꼼꼼한 예심을 통과해온 독후감들을 한 편 한 편 읽으면서 심사위원들은 이 글들이 저마다 고유한 독서 경험과 자신만의 언어를 자산으로 삼고 있다는 사실을 한껏 느꼈다. 그 가운데 스스로의 경험적 구체성에 심의를 쏟은 글들을 특별히 주목하였고, 결국 시각의 참신함, 문장의 완성도, 앞으로 글을 써갈 가능성을 두루 보여준 글들을 각 부문의 수상작으로 선정할 수 있었다.

대상을 수상한 「가능성의 자리」는 『영의 자리』를 통해 삶의 외곽성을 바라보는 짙은 페이소스가 남달라 보였다. 오랜 시간을 삭혀온 언어를 통해 매우 개성적인 글을 쓰고 있었고, 구체성 있는 언어를 밑거름으로 삼으면서도 그것을 개성적으로 구성하는 만만찮은 능력을 보여주었다. '영'이라는 숫자가 불러일으키는 인생론적 가능성을 긍정의 눈으로 발견하고 그것을 광활한 가능성의 자리로 바꾸어내는 과정은 독후감을 넘어 한 편의 에세이를 방불하게 해주었다. 대학생으로서 앞으로 자신을 둘러싼 환경이나 상황과 때로 불화하고 때로 화해하면서 좋은 글을 써가길 바란다.

일반부 금상으로 뽑힌 「치유와 성장의 공간, 휴남동 서점」은 『어서 오세요, 휴남동 서점입니다』를 통해 스스로의 삶을 되돌아보고 새로운 정답 찾기에 나선 글쓴이의 아름다운 신생의 작업이 단단한 문장으로 결속되어 있었다. 대학부 금상으로 뽑힌 「그럼에도 불구하고」는 『유령의 마음으로』라는 환상적 이야기를 통해 삶에 대한 지극한 위로를 경험한 이가 마음의 현상학으로 풀어낸 아름다운 글이었다. 고등학생부 금상으로 뽑힌 「'하나의 세계'라는 환상과 치유」는 『노랜드』를 통해 사람들 사이의 단절감과 그것을 치유해가는 도정을 새롭게 발견하고 그 결과를 안정된 문장으로 써낸 역량이 돋보였다. 중학생부 금상으로 뽑힌 「너만 모르는 진심」은 『너만 모르는 진실』을 통해 자신을 사랑하는 법을 배워가는 마음과 그것을 친절하고 아름답게 전달하는 문장의 완성도가 높은 점수를 받았다. 모두 자신만의 장면과 순간들을 감각적으로 부조하면서, 동시에 그것을 자신의 삶으로 비유하는 안목과 솜씨가 느껴졌다. 정진을 부탁드린다.

　이 밖에도 구체성 있는 언어와 개성을 통해 자신만의 감각을 구축한 글들이 상당히 많았음을 부기한다. 수상작은 이 글들보다 언어 구사의 참신함과 완성도에서 높은 점수를 받았다고 보면 옳을 것 같다. 다음 기회에 더 풍성하고도 빛나는 성과가 있을 것을 기원해본다. 수상자들에게 축하를 드리고, 한국문학의 최전선에서 활약해주기를 바란다. 그리고 응모자 여러분의 힘찬 정진을 재차 당부해마지 않는다.

심사위원　김호운, 손영목, 김현숙, 정수남, 유성호